LA MORT SUR SES ÉPAULES

JORDAN FARMER

LA MORT SUR SES ÉPAULES

Traduit de l'anglais (États-Unis)
par Simon Baril

Collection fondée par François Guérif

RIVAGES/NOIR

Retrouvez l'ensemble des parutions
des Éditions Payot & Rivages sur

payot-rivages.fr

Collection dirigée par Jeanne Guyon
et Valentin Baillehache

Titre original : *The Pallbearer*

Pour ma famille,
ces pages rendues possibles
grâce à leur soutien et à leurs sacrifices

Prologue

Ils empruntèrent Dairy Road en direction de Huntington avec un calibre douze à canon scié, deux Glock et de la marijuana de premier choix dont – merci Shane – l'épaisse fumée empuantissait la Chevrolet depuis Lynch et irritait les yeux de Huddles. La pluie tombait en cascade sur le pare-brise et inondait la route, noyant les lignes jaunes qui réfléchissaient leurs phares. La lumière éblouissante aidait Huddles à lutter contre le sommeil tandis que Shane, fortifié par son cocktail quotidien de crystal meth et de stéroïdes, demeurait parfaitement impassible sur le siège passager. À côté de ce colosse aux deltoïdes gonflés chimiquement et aux énormes épaules ciselées, Huddles se sentait bien maigrelet.

En général, les expéditions nocturnes ne dérangeaient pas Huddles. Il préférait rouler la nuit, être le dernier conducteur sur la route avec pour seule compagnie les rares aboiements de coyotes disséminés à flanc de coteau. En revanche, quand il fallait partir au crépuscule, à l'heure où le soleil commençait tout juste à descendre derrière les montagnes, c'est là que sa léthargie le rattrapait. Le plus souvent, il trouvait le moyen d'éviter ces trajets-là. Il se plaignait de manquer de sommeil et suppliait son frère de le laisser dormir quelques heures sur le canapé. De toute façon c'est mieux la nuit, affirmait-il : moins de circulation, à peine quelques officiers de la police de l'État qui font la chasse aux gamins bourrés. Mais tout à l'heure, alors qu'il se tenait sur les marches du Cat's Den, ses narines agressées par l'odeur des ordures qu'un voisin brûlait, il avait compris que ce soir rien n'y ferait : Ferris lui demanderait de prendre le volant.

Dairy Road se mit à tourner un peu moins. Le marquage au sol indiquait deux voies, mais deux véhicules ne se croisaient pas sans risque sur l'étroit ruban de macadam. À l'époque du boom du charbon, quand seule Dairy Road reliait Huntington à Lynch, la mine au sommet de la montagne engendrait un incessant ballet de camions. Désormais cette route n'était plus utilisée que par les habitants des trous perdus qu'elle desservait et par les types qui, comme Huddles et Shane, convoyaient de la drogue la nuit. Les mines fermaient les unes après les autres et Huddles estimait que, dans dix ans, on ne verrait plus la moindre voiture par ici. La forêt reprendrait ses droits et recouvrirait l'asphalte.

Au loin, Huddles discerna les silhouettes noires d'un troupeau de bétail. On voyait peu de fermes en Virginie-Occidentale, seulement des mines à ciel ouvert qui tuaient les poissons des rivières. Avant d'abandonner le lycée, il avait eu un prof pour qui la mentalité locale relevait d'un certain « fatalisme des Appalaches », mais Huddles jugeait cette théorie débile. Personne dans le Vermont, l'État yankee d'où venait M. Walker, n'avait jamais payé le grand-père de ce prof en *scrip*[1]. Peut-être cela expliquait-il pourquoi Huddles adorait prendre l'argent des étudiants. Sentir leurs billets tout frais, tout craquants dans ses mains rugueuses et les fourrer dans sa poche lui apportait une profonde satisfaction.

---

1. Monnaie utilisée par les compagnies minières pour payer leurs employés, valable uniquement dans les magasins appartenant à ces mêmes compagnies. (*Toutes les notes sont du traducteur.*)

– Ton frère aurait dû nous laisser dormir, dit Shane en remplissant à nouveau la douille de sa pipe.

Si seulement Huddles avait au moins pu s'épargner le death metal de Shane… Quand son coéquipier se lassa enfin des guitares distordues, cédant le contrôle de la radio, Huddles la régla sur la station des vieux classiques country et les voix spectrales de crooners défunts s'engouffrèrent par les enceintes. Les plaintes nasillardes et les violons à la mode cow-boy l'aidèrent à se concentrer.

À l'horizon se dessina une grange aux fenêtres brisées, au bois pourri par les termites et les intempéries. Derrière le bâtiment, un énorme chêne solitaire se dressait au milieu d'un champ, les angles bizarres de ses branches rappelant les cous à moitié tranchés de ces dindonneaux à qui il reste encore assez de vie pour essayer de relever la tête. Huddles fixait la grange si intensément que la Chevrolet dérapa sur une grosse flaque ; il reprit le contrôle et évita de justesse la glissière de sécurité. Un coup d'œil au compteur lui permit de se rendre compte qu'il roulait à plus de cent dix kilomètres-heure. Il leva le pied.

– Sois prudent, dit Shane avant de tirer une grosse bouffée puis de tousser dans le pli de son coude.

Loin derrière eux, une sorte de gémissement commença à se faire entendre. Au début, Huddles songea à un oiseau-moqueur qui n'aurait pas encore réintégré son nid, mais une lueur bleue envahit le rétroviseur et aussitôt il pensa à son frère. Il pensa aux poings de ce grand frère, balafrés et couverts de tatouages décolorés, et à ce qu'il éprouverait quand ces poings s'écraseraient contre ses dents, les arrachant à leurs racines.

Shane toussa, agita la main pour dissiper la fumée et dit :

– Tu ferais mieux de t'arrêter.

Puis il entrouvrit la vitre et lança la pipe dans la nuit. Elle traversa le faible halo de lumière autour de la voiture avant d'être engloutie par l'obscurité.

La Chevrolet ne ralentit pas. Comme si le moteur, devenu autonome, voulait continuer d'avancer. Étant donné que Dairy Road collait à la paroi de la montagne, Huddles pouvait faire mine de chercher un endroit suffisamment large pour se ranger. Il mit ce temps à profit pour réfléchir aux mensonges qu'il raconterait au policier. La drogue était planquée dans le coffre, mais le pistolet de Shane se trouvait sous le siège passager. C'était ça qui l'inquiétait. Shane paniquait, allumant une Marlboro d'une main presque tremblante et tirant la plus grosse bouffée possible pour remplir la voiture d'une odeur susceptible de masquer celle de l'herbe.

– Quand tu t'arrêteras, reste calme, dit Shane. Laisse-moi parler.

Huddles examina rapidement le visage de Shane, sa mâchoire carrée, les hématomes autour de ses yeux sombres, souvenir d'une bagarre dans un rade. Ils pourraient raconter toutes les histoires qu'ils voudraient, aucun flic n'y croirait jamais. Un ancien taulard et un ado de seize ans sur une route quasi abandonnée, rien de tel pour éveiller les soupçons. Devant eux, sur la gauche, une station-service Marathon qui se faisait braquer tous les deux mois. Pour les automobilistes filant vers Lynch, la dernière possibilité de prendre de l'essence ; pour ceux qui roulaient en direction de Huntington, la première trace de civilisation. Huddles savait qu'il avait intérêt à se garer au milieu des pompes désertées et à laisser Shane tenter sa chance, mais l'instinct de fuite prit le dessus et il écrasa l'accélérateur.

– Et merde, dit Shane.

Huddles boucla sa ceinture tandis que son ami appuyait sur le tableau de bord ses mains aux articulations déformées, souvent brisées et jamais correctement soignées.

À la radio, une chanson de Hank Williams céda la place aux premiers accords mélancoliques du *Mama Tried* de Merle Haggard. À nouveau, Huddles sentit la Chevrolet perdre contact avec la route. La voiture dérapa, heurta la glissière de sécurité et Huddles réaccéléra de plus belle alors que la Crown Vic grandissait dans le rétroviseur. La sirène se mua en hurlement de chat sauvage et les gyrophares bleus illuminèrent l'habitacle. À peine trois mètres séparaient les pare-chocs.

Huddles pensait à son frère. Il revoyait les premiers jours après sa sortie de prison. C'était l'année de la mort de leur père et Ferris avait pu participer à la veillée mortuaire, les muscles gonflés grâce à toutes ces années sans rien d'autre à faire que transformer son corps en machine de chair – preuve qu'il avait su résister au régime à base de pain de mie et de saucisson. À cette époque, Ferris dégageait quelque chose d'invincible, quelque chose qui refusait l'inévitabilité de cette mortalité dont ils venaient pourtant tous d'être témoins.

Shane sortit le Glock. Le souffle de la clim fit voleter le bout de ruban adhésif qui servait à fixer le pistolet sous le siège et pendait encore au canon.

– Je vais vite le calmer, moi, dit Shane.

La voiture de patrouille les percuta. Shane lâcha l'arme. Il essaya de la récupérer, mais elle avait glissé trop loin sous le siège. Huddles enfonça un peu plus la pédale d'accélérateur.

Un autre choc et la Chevrolet fit un tête-à-queue ; leurs phares éclaboussèrent le pare-brise de la voiture de patrouille, qui écrasa leur capot contre la glissière de sécurité. Ils calèrent. Huddles essaya de passer la marche arrière, mais leur moteur se contenta de hoqueter. L'odeur sucrée du liquide de refroidissement qui s'évaporait sur le radiateur lui monta au nez.

Le policier descendit de voiture en brandissant à la fois son pistolet et sa lampe torche. Aveuglé par le faisceau, Huddles plissait les yeux tandis que Shane cherchait encore à ramasser son flingue.

– Laisse-le, dit Huddles.

Le policier se planta devant leur pare-brise, leur cria de mettre les mains sur le tableau de bord et de ne pas bouger d'un putain de millimètre. Huddles tourna la tête vers Shane et, du regard, tenta de lui dire ce que sa bouche ne pouvait pas. Quand le policier ouvrit sa portière, Huddles put l'examiner plus attentivement. Jeune, costaud, yeux clairs au regard pas très rassuré sous le rebord d'un chapeau à la Smokey Bear[1]. Jambes écartées, pistolet braqué sur Huddles, adoptant la position parfaite qu'il venait d'apprendre à l'académie de police, l'officier semblait vibrer de tout son corps. Huddles posa les pieds sur le bitume et l'homme le poussa contre la portière en le retournant, lui tira les bras en arrière et le menotta tout en criant à Shane de s'allonger sur le ventre. Les poignets mordus par le métal, Huddles s'assit sur le sol humide et regarda le policier fouiller la voiture. Il hésita à s'élancer vers les collines pendant que le flic vérifiait la banquette arrière, mais s'enfoncer dans les bois avec les bras menottés ne lui parut pas judicieux. Le policier marmotta quelque chose dans son émetteur radio et examina le plancher de la Chevrolet, écartant les vieux emballages de fast-food.

Il ne mit pas longtemps à trouver les pistolets sous la banquette arrière, vida leurs chambres, éjecta leurs chargeurs et les posa sur le capot. Puis il s'attaqua au coffre et en sortit un des sachets plastique remplis de cachets. Sa Maglite éclaira l'assortiment de pilules qu'il secoua comme un homme sur le point de nourrir ses poules.

– Je comprends pourquoi vous n'étiez pas pressés de vous arrêter, les gars, dit-il avant de leur réciter leurs droits.

Huddles n'écouta pas, laissant son esprit se perdre dans la forêt où, au début de l'automne, quand les feuilles des montagnes se paraient d'une multitude de teintes différentes, son

1. L'ours Smokey est la mascotte du Service des forêts des États-Unis.

frère partait autrefois courir, le torse nu et sale. Quand Ferris rentrait, il dégageait une odeur animale et des plaques de boue collaient aux poils rêches recouvrant ses tibias. De temps à autre, Huddles se mettait en tête de l'accompagner, mais jamais il n'arrivait à suivre les longues foulées de son frère.

Le policier embarqua Huddles et Shane à l'arrière de la voiture de patrouille et démarra. La route n'était plus accompagnée par des voix country fantomatiques, mais par les grésillements de la radio tandis que le flic informait ses collègues de l'arrestation.

– Vous avez un truc à dire, les gars ? demanda-t-il alors qu'ils retournaient vers Lynch.

– Avocat, soupira Huddles avant de se caler contre l'appuie-tête et de fermer les yeux.

Bientôt il n'y eut plus que le murmure des pneus sur l'asphalte et, de loin en loin, le bruit d'un morceau de charbon tombé d'un camion qui se retrouvait happé sous la voiture.

Première partie

LES ENFANTS

1

Un orage de début d'été avait privé de courant Fuller Street, plongeant dans l'obscurité les maisons jumelles bâties par la compagnie minière au tournant du XXe siècle. Le vent violent avait arraché les branches des arbres qui poussaient au pied des montagnes et déraciné un chêne massif qui s'était écroulé sur un groupe électrogène. Encore sous tension, le câble s'agitait sur le macadam à côté d'un ancien magasin de la compagnie transformé en église – la caisse enregistreuse avait cédé la place à une chaire. Des réparateurs s'affairaient autour du câble à la gaine éventrée, dévoilant des fils qui ressemblaient aux entrailles d'un monstre. Ils ôtèrent leurs casques, essuyèrent leurs fronts moites et tâchèrent de décider lequel d'entre eux allait annoncer aux habitants du quartier que le courant ne serait peut-être pas rétabli avant plusieurs jours.

Fuller Street n'avait jamais attiré des gens riches, mais on y trouvait une diversité économique assez rare en Amérique alors que les banlieues uniformes ne cessaient de s'étendre. Une voie ferrée désaffectée séparait les deux rangées de maisons. À gauche les foyers pauvres, à droite ceux qui l'étaient un peu moins. Les quelques familles qui en avaient les moyens faisaient raser les vieilles bicoques de la compagnie minière pour les remplacer par des maisons modernes dotées du chauffage central et de baies vitrées. Ces constructions neuves voisinaient avec des taudis aux galeries aussi tordues que des colonnes vertébrales malformées, aux jardins jonchés de parpaings et de planches récupérés ici ou là par les propriétaires pour retarder l'inévitable écroulement.

La pire de toutes ces baraques appartenait à Henry Felts. Auparavant, c'était resté pendant de nombreuses années un repaire de drogués, une énorme source de nuisances à cause de tous les junkies qui venaient de loin pour s'y shooter des jours durant. Fuller Street était située trop à l'écart pour que les autorités se soucient d'intervenir, jusqu'à ce qu'un type à l'intérieur en blesse un autre avec un fusil de chasse. Après l'incident, la police effectua une descente et le comté vendit cette ruine aux enchères pour une poignée de dollars.

Felts la rénovait et Terry Blankenship lui filait un coup de main. À seize ans, Terry avait déjà l'habitude de bosser dur, et il n'y allait pas à reculons, n'empêche que ce chantier lui paraissait désespéré. Il y avait des trous dans le toit, comme si Dieu donnait régulièrement des coups de poing rageurs à travers le plafond, et la maison n'avait plus de façade, les morceaux qui restaient du revêtement mi-aluminium mi-bois pendouillant tels des lambeaux de chair sur un squelette rongé. La charpente elle-même vacillait, à deux doigts de s'effondrer. Pire encore, le vieux Felts préférait lever le coude et se contenter de superviser. L'essentiel du travail retombait sur les jeunes épaules de Terry. Au regard de la propension de Felts à se blesser, ça valait peut-être mieux. Depuis ses douze ans, Terry avait bossé avec son père sur pas mal de chantiers non autorisés et assisté à toutes sortes d'accidents – dont un gars qui s'était tiré dans le mollet avec une cloueuse –, mais il n'avait jamais vu quelqu'un d'aussi maladroit que Felts. Trois jours à enchaîner les électrocutions, les coups de marteau sur les doigts, les chutes après s'être pris les pieds dans des rallonges… Encore et toujours, il revenait à Terry de terminer les tâches du patron.

Ils travaillaient la nuit pour éviter la chaleur. Voyant que le soleil allait bientôt se lever, Terry décida d'arracher les dernières planches autour de l'évier de la cuisine. Chaque fois qu'il enfonçait son pied-de-biche dans le parquet en chêne blond que l'eau avait réduit à l'état de pâte à papier, ça lui faisait mal au cœur. Plutôt que d'imaginer ce à quoi cette maison devait jadis ressembler – trop douloureux –, Terry demeura concentré sur ses gestes jusqu'à ce qu'il ait fini de mettre à nu la terre sous le plancher. Il regardait les nids que les ragondins avaient fabriqués à l'aide de bouts de tissus quand Felts entra dans la pièce de son pas traînant et lui tendit une Old Milwaukee glacée.

– On n'a qu'à arrêter là pour aujourd'hui, dit Felts. Mon neveu doit passer jeter un coup d'œil à la maison.

– Vous voulez qu'il la voie dans cet état ? s'étonna Terry.

La canette froide apaisait les ampoules de sa main. Il l'appuya contre sa nuque brûlante.

– Il a vu pire, dit Felts.

Ils s'assirent sur les marches de la galerie et contemplèrent le jardin envahi par les mauvaises herbes. Des lames de revêtement extérieur en aluminium étaient empilées près de l'allée en gravier, à côté d'un autre tas de lames en plastique. À la fin, quand ils auraient retiré toute cette merde dépareillée, Terry aurait pour mission de la remplacer par des éléments neufs. Plusieurs semaines de travail, une perspective satisfaisante. Dans le coin, il n'aurait pas pu dégoter un boulot mieux payé, alors pas question de faire le difficile. Les gosses qui grandissaient à Lynch savaient depuis un bon moment ce que les autres jeunes Américains commençaient tout juste à comprendre : pour survivre, cette génération allait devoir trimer trois fois plus dur que leurs parents.

Quittant la grande route, un pick-up Ford cabossé vint se garer devant la maison. On coupa le moteur et Terry vit un homme de petite taille sauter de la cabine. Il mesurait peut-être un mètre cinquante ; les hautes herbes caressaient les pans de sa chemise. Quand il s'approcha, Terry remarqua que les jambes trop courtes de l'homme formaient la seule partie vraiment étrange de son corps, son torse et ses bras étant proportionnés à une silhouette un peu plus imposante. Lorsqu'il put les distinguer dans la pénombre, les traits de son visage frappèrent Terry. Un grand front, des yeux verts, des pommettes si hautes et si saillantes qu'elles auraient pu transpercer sa peau bien tendue. Un nez légèrement trop long, au bout recourbé comme la lame d'un couteau bec d'oiseau.

L'homme leur adressa un petit sourire – seul le coin gauche de ses lèvres remonta – et Terry ressentit un trouble qu'il n'aurait jamais cru qu'un homme aussi petit puisse susciter. À sa façon singulière, il était beau. Terry se dit que si ses fémurs mesuraient quelques centimètres de plus – à peine la taille d'une bite molle –, il aurait pu être véritablement beau. Le drame, c'est qu'à cause de ces quelques centimètres en moins, un grand nombre de personnes ne prêteraient aucune attention à cet homme. Terry savait ce que ça signifiait d'être différent dans une bourgade paumée comme celle-ci. Ce n'est jamais facile, mais à la campagne on en bave dix fois plus. Tout écart de la norme vous vaut d'être stigmatisé. Terry n'ignorait pas que les gens parlaient de lui, se faisant part de leurs soupçons en petits groupes, derrière son dos, mais il pouvait toujours se cacher. Dissimuler son homosexualité n'allait pas sans souffrance, mais au moins c'était possible, voire préférable dans un coin où l'on risquait sa vie rien qu'en étant soi-même. Mais ce petit homme… le pauvre. Devoir afficher sa différence en plein jour, ça c'est effrayant.

– Félicitations, tu as acheté la pire baraque du monde, dit l'homme.

Le timbre de sa voix évoquait le bruissement de roseaux secs.

Felts sourit, puis lui répondit :

– Attends que les chauves-souris se pointent.

– Des chauves-souris ?

– Elles nichent sous l'avant-toit. (Felts pointa un petit trou dans les bardeaux.) Elles vont bientôt rentrer se coucher, mais je suis prêt.

Son doigt descendit vers l'angle de la galerie et le fusil à pompe Remington appuyé contre la balustrade.

– Jamais vous en toucherez une, dit Terry.

– Ça m'empêchera pas d'essayer, répondit Felts.

Le vieux scruta la maison, se demandant peut-être où surgirait la première chauve-souris, puis se retourna vers le petit homme.

– Terry, je te présente Jason Felts, mon neveu. Jason, je te présente Terry Blankenship. Il m'aide sur ce chantier.

Un peu plus tôt, Terry s'était entaillé l'index et l'avait entouré d'un morceau de ruban adhésif isolant. À cause de ça, leur poignée de main fut maladroite. Terry avait beau se tenir sur la marche la plus basse, il surplombait Jason, son aîné, de toute la hauteur de son torse.

– Quand il avait ton âge, Jason me filait un coup de main aux pompes funèbres, lui dit Felts. Maintenant il bosse à la Carcasse. Mais on pourra compter sur lui jeudi, quand il faudra arracher cette foutue moquette.

– Première nouvelle, dit Jason.

La Carcasse, c'était le surnom de l'établissement pénitentiaire pour mineurs Shelby. Un lieu qui dévorait une plus grande portion de la jeunesse locale que les overdoses ou les mines. Terry avait eu la chance d'y échapper ; reste qu'il était difficile d'imaginer Jason arpentant ces couloirs et ordonnant à des adolescents deux fois plus grands que lui de regagner leur cellule. Quant aux gardiens, c'était pire encore. Un homme avec un gabarit d'enfant, contraint d'évoluer parmi des durs à cuire qui ne respectaient que les muscles et le cynisme. Terry hésitait : devait-il plaindre ou admirer Jason ?

Plutôt que d'aborder le sujet, il reporta son attention sur Felts et lui annonça :

– J'ai bouché la plupart des trous dans le couloir. Pour la cuisine, ça va prendre plus de temps.

– OK, dit Felts. (Il extirpa un billet de cinquante dollars de son portefeuille et le donna à Terry.) T'as besoin qu'on te raccompagne chez toi ?

– Je termine ma bière, puis je rentrerai à pied.

Terry ne pouvait pas leur avouer qu'il ne rentrait pas chez lui. Ça faisait plus d'une semaine que son père l'avait mis dehors, mais il s'était débrouillé pour ne rien révéler de son expulsion ni de la raison de celle-ci. Si Felts apprenait les détails, ça lui porterait peut-être préjudice.

– Et toi, Terry, tu crois que c'est possible de sauver cette horreur ? demanda Jason.

– À quoi d'autre tu voudrais que je m'occupe ? intervint Felts. Quand j'ai rien à bricoler, je fais que me bourrer la gueule. J'ai intérêt à ralentir si je veux pas me péter le foie.

– Et si tu te trouvais une femme ? suggéra Jason.

– C'est pas comme si ç'avait été un franc succès les trois dernières fois. Merci, mais ça ira comme ça. C'est à toi qu'il faut une femme.

Jason eut l'air gêné. Terry imaginait la famille de Jason lui répétant jusqu'à plus soif qu'il était beau, intelligent et charmant, tout ça parce que ces gens pensaient qu'il avait besoin de l'entendre. On lui organisait probablement des rencards avec des inconnues, on l'encourageait à flirter à la moindre occasion, ne serait-ce que pour s'entraîner. Nul doute que les boucles noires sur sa tête avaient été caressées par des centaines de femmes d'âge mûr qui pensaient que, avec un homme aussi minuscule, ce geste ne les engageait à rien. Si Jason menait une existence solitaire, ça s'expliquait sûrement par les préjugés, l'ignorance de son entourage. Encore une chose que Terry ne comprenait que trop bien.

– Vous ne devinerez jamais qui ils ont arrêté cette nuit, dit Jason. Le frère de Ferris Gilbert.

L'estomac de Terry se noua lorsqu'il entendit ce nom. Avec un peu de chance, l'obscurité avait masqué l'expression sur son visage. Les deux hommes ne semblaient pas avoir remarqué quoi ce soit, mais sa bière venait de prendre un goût de cendres.

– Le shérif va venir faire pression sur lui, dit Felts. Quand j'ai acheté cette maison aux enchères, partout au tribunal on ne parlait que des nouvelles mesures contre le trafic de drogue.

Ils regardèrent tous trois vers le flanc de la montagne, vers sa forêt qui les surplombait et se moquait de la fragilité des constructions humaines.

– Quand mon père dirigeait encore les pompes funèbres, reprit Felts, j'allais à l'école en bus avec les autres gamins. Papa ne voulait pas qu'à cause de notre pognon je me croie au-dessus des autres. Et donc, mon premier jour de lycée, je monte à bord et Francis Gilbert – le Gilbert avec qui j'ai fait les quatre cents coups – est assis au fond. Il sirote une petite bouteille de whiskey cachée dans un sac avec son casse-croûte. Une fois qu'il l'a terminée, au moment où le bus tourne à l'angle de la quincaillerie Porter's, il la balance par la fenêtre et elle explose le pare-brise d'une Cadillac roulant en sens inverse.

– Oh putain, dit Terry.

– Quand on arrive au lycée, qui est-ce qui nous attend ? L'officier Millhouse. Assis sur le capot de sa voiture de patrouille, il lance : « Tu descends, Francis ? Viens discuter un peu avec moi. » Francis se fait pas prier, il descend, crache sur les chaussures de Millhouse et lui claque : « Allez, fous-moi en taule, sale pédé. »

Le mot fit frissonner Terry. Il craignait que son employeur ait perçu sa réaction, mais Felts se contenta de poser sa canette vide par terre et de les laisser méditer cette histoire quelques secondes.

– Y a des types qui peuvent pas s'empêcher de chercher les emmerdes, conclut-il. Francis Gilbert était comme ça, et ses fils c'est la même chose. S'agit surtout pas de l'oublier.

Entendre autant de peur dans la voix d'un homme à la réputation aussi féroce surprit Terry. Quand Henry Felts avait perdu son entreprise de pompes funèbres, il s'était mis à traîner dans les bars avec un revolver bon marché glissé dans une de ses bottes. Henry prenait sa Harley et partait de l'autre côté de Mount Gay pour s'enivrer dans les pires bouges. Il y avait quelque chose de sauvage dans son sang, quelque chose qui durant sa jeunesse le poussait à errer de bastringue en bastringue, puis à revenir s'enfermer chez lui avant l'aube, comme un vampire.

La conversation cala et le regard de Terry se perdit dans les broussailles que les lucioles éclairaient par intermittence. Il avait entendu assez d'histoires sur les Gilbert, cette famille de hors-la-loi, il ne voulait plus penser à eux, seulement observer les lucioles qui communiquaient avec leur langage de lumière et de silence.

– Faut que je rentre, dit-il. Ravi d'avoir fait votre connaissance, Jason.

Terry serra la main de Jason tandis qu'Henry Felts sortait un filet à cheveux de la poche de son jean et en coiffait sa toison grisonnante. Il chargea son fusil par la culasse et ajusta les premières chauves-souris qui se précipitaient vers l'avant-toit. Le canon cracha des chevrotines, mais aucune petite bestiole ne tomba du ciel tel un fruit trop mûr.

* * *

Terry ne voulait pas cambrioler une autre maison. Il ne s'agissait pas d'un problème moral – les circonstances ne lui laissaient pas le choix. Mais travailler tard l'avait épuisé. Tout ce qu'il voulait, c'était arriver enfin au chalet après la longue marche qui l'attendait, se blottir contre Davey et avaler quelques cachets. Chaque fois qu'il retrouvait leur logement de fortune, il éprouvait le besoin de sentir les mains de Davey sur lui.

Terry s'arrêta, tira le billet de cinquante dollars de sa poche et examina le visage froissé du président Grant. Les efforts qu'il fournissait pour rénover cette baraque auraient mérité d'être payés en billets de cent dollars. Mais il frotta le billet de cinquante entre ses doigts, se rappela que dans sa situation il ne pouvait pas faire le difficile et se remit en route.

Dans l'obscurité, les quelques maisons au bout de Fuller Street semblaient plus sinistres encore. Sans les lumières des galeries pour éclairer les pelouses bien tondues et les parterres de fleurs, rien ne détournait plus l'attention des marques de pauvreté. On ne voyait pas les carrosseries fraîchement astiquées des voitures et des pick-up, seulement leur usure et le mastic qui les empêchait de tomber en morceaux. Sur les murs la peinture s'écaillait, sur les toits les bardeaux se soulevaient dans le vent – on aurait dit des langues possédées par l'Esprit-Saint. Terry se demanda si l'une de ces baraques valait la peine qu'il prenne un tel risque. À cause de la coupure de courant, les habitants se tenaient forcément sur leurs gardes, et les coups de fusil de Felts, aussi discrets qu'une alerte aérienne, n'arrangeaient rien. Terry se répéta qu'il n'avait pas le choix, mais se promit de battre en retraite au moindre accroc.

Descendant de la voie ferrée, il traversa la route et se hissa par-dessus le grillage qui entourait la propriété de Mme Frasier. Un gigantesque châtaignier se dressait au milieu du jardin. Pendant la période où les bogues tombaient, la pelouse se transformait en champ de mines pour tous ceux qui auraient l'imprudence de s'y promener pieds nus. Terry craignait que les épines transpercent les semelles ramollies de ses Chuck

Taylor, mais sinon aucune voiture n'était garée dans l'allée et la maison paraissait vide. Tout en gravissant les marches de la galerie à l'arrière, il se dit qu'il avait bien fait de jeter son dévolu sur cette habitation-là. La porte était verrouillée ; il l'enfonça d'un coup d'épaule.

La petite cuisine encombrée puait l'urine et les poubelles. De la vaisselle sale dans l'évier – des tasses avec des restes de café ou de crème tournée, une soucoupe poissée de gelée de mûres. Le long du mur, les carreaux de mauvaise qualité menaçaient de se détacher et de se fracasser sur une cuisinière vieille de plusieurs décennies. Terry pouvait presque voir les fantômes des femmes de mineurs, penchées au-dessus de la plaque. À la grande époque du charbon, deux familles se partageaient cette maison. Deux familles qui essayaient de préparer leurs repas dans la même cuisine, deux femmes qui essayaient de garder le contrôle de leurs enfants respectifs pendant que leurs maris s'échinaient dans les profondeurs de la mine. Un mode de vie qui semblait primitif, mais avait été la norme ici. Terry en percevait encore l'écho.

Il ouvrit les placards de la cuisine et lut les étiquettes sur plusieurs flacons de pilules. Beaucoup de médicaments contre l'hypertension, mais rien contre la douleur. Parfois, les vieilles bonnes femmes avaient des comprimés amincissants qui vous maintenaient éveillé si vous en avaliez suffisamment. Soudain affamé, il glissa dans sa poche une boîte de saumon en conserve.

Dans la salle de bains, sur l'étagère du bas de l'armoire à pharmacie, Terry trouva un flacon de Bactrim et un autre d'Augmentin. Il les prit tous les deux. Une inspection plus poussée lui permit de découvrir du Lortab – la moitié d'un flacon – et du Xanax – un flacon plein. Il avait espéré de l'oxycodone, mais du Xanax, c'était quand même génial. Terry en profita pour étudier son visage dans le miroir.

Toujours ces ecchymoses ; il toucha prudemment sa mâchoire violette avant de monter à l'étage.

La chambre principale était encore dans son jus. La penderie ne contenait rien d'intéressant hormis un uniforme de l'armée datant de la guerre du Vietnam. Le vert de la veste de treillis avait passé et l'écusson *Airborne* ne tenait plus à l'épaule que par quelques fils. Terry porta la manche à son nez. Une odeur de rives lointaines continuait d'imprégner le tissu. Dans une boîte à chaussures, il trouva deux cents dollars en petites coupures qu'il glissa dans sa poche. Il aurait pu fouiller longtemps comme ça, mais préféra ne pas s'éterniser.

En sortant, il aperçut au bout de la rue une lumière, allumée grâce au générateur personnel d'un des riverains. Ce générateur ne permettait sans doute d'alimenter qu'une ampoule et, au mieux, un réfrigérateur. Mais ce signe de vie suffit à précipiter la fuite de Terry. Davey devait se demander où il était. Il remonta sur la voie ferrée, ramassa un morceau d'ardoise gros comme la paume de sa main – au cas où quelqu'un l'agresserait dans les bois, ou des chiens errants se jetteraient sur lui – et s'attaqua aux cinq kilomètres qui le séparaient du chalet. À cause des histoires de Felts, il n'arrêtait pas de penser aux Gilbert. Le bois des traverses étouffait le bruit de ses pas. Seules les pilules dans ses poches marquaient la cadence, et encore, il n'y avait que lui pour les entendre.

Des bougies brûlaient derrière les fenêtres brisées du chalet. Terry regardait les flammes danser tandis que sous ses pieds le vent faisait tournoyer les feuilles mortes de l'automne dernier. La plupart des types qu'il connaissait associaient la forêt à quelque chose d'apaisant, mais ça n'avait jamais été le cas pour lui. Rien de plus inquiétant que cet éternel calme vert – à l'exception d'une branche qui craque inopinément. Il ne faisait pas confiance à la nature. Certains jours, il s'asseyait à l'ombre, s'amusait à gratter un peu la terre et tombait très vite sur de la roche. Terry n'en revenait pas qu'autant de plantes puissent pousser sur un sol pareil, sans parler des grands arbres qui entouraient le chalet.

Ce chalet avait été le pavillon de chasse d'un certain Randall Kittredge, qui possédait une épicerie à l'entrée de Bradshaw Hollow. Il s'y retirait tous les étés pour chasser le dindon ; puis, un jour, un de ses employés l'avait découvert étendu à côté de la vitrine de la charcuterie, mort subitement alors qu'il s'apprêtait à découper un saucisson de Bologne. Le chalet était demeuré vide quelques années jusqu'à ce que Davey et Terry décident d'y passer leurs nuits. Terry savait ce qu'il risquait si son père le trouvait avec un autre garçon. Son père ne lui avait jamais posé la question directement. C'était inutile. Dès la naissance de Terry, il avait détecté certains traits chez lui et décidé que si son fils s'avérait être ce qu'il craignait, il préférait ne jamais en obtenir la confirmation. Pour s'assurer que Terry ne lui révèle pas son secret, il ne manquait pas une occasion d'exprimer son mépris, marmonnant des insultes à l'encontre des habitants du coin dont il croyait flairer l'homosexualité. Dès qu'une personne montrait la moindre petite fragilité, il la soupçonnait. En fin de compte, Terry et Davey décidèrent qu'il était plus prudent de se retrouver discrètement au chalet.

Les quatre pièces étaient exposées aux courants d'air et le toit fuyait ici ou là, mais hormis les problèmes occasionnés par un raton laveur qui avait élu domicile dans le couloir, ce refuge convenait très bien aux garçons. Ils se servaient du poêle en fonte pour se chauffer, de bougies pour s'éclairer, du ruisseau à proximité pour se laver, de la forêt pour faire leurs besoins.

Quand Terry entra, il trouva Davey accroupi devant le poêle, ses mains en coupe devant le feu comme si la chaleur était un insecte qu'il voulait garder prisonnier. Ces nuits d'été n'offraient guère de fraîcheur, mais Davey avait toujours froid. Il cherchait la chaleur tel un reptile attiré par les plaques de grès brûlées par le soleil. Les flammes dessinaient des ombres sur ses joues, illuminaient la longue cicatrice lui barrant l'arête du nez. Terry ne lui avait jamais demandé d'explication sur cette cicatrice, mais c'était une marque trop précise pour qu'il s'agisse d'un accident. Quelqu'un avait dû lui faire ça. Étrangement, Terry éprouvait de la reconnaissance envers cet agresseur inconnu.

– Pourquoi t'as mis autant de temps ? demanda Davey.

Terry s'agenouilla et vida les flacons sur le plancher. Il ne s'attendait pas à avoir autant envie d'une de ces pilules. Jamais il ne s'autorisait à prendre de la drogue avant de se pointer sur un chantier. Felts s'enfilait tellement de bière qu'il n'aurait peut-être rien remarqué, mais Terry savait que les gens qui souffrent d'une addiction n'aiment pas le miroir tendu par celle des autres. Et s'il avait été trop défoncé pour reboucher du placoplâtre correctement, Felts l'aurait sûrement viré. Il ne pouvait pas prendre ce risque.

Davey plissa les yeux pour déchiffrer les étiquettes des flacons. Il avait besoin de lunettes, mais les aurait-il portées ? Malgré la saleté du chalet, Davey se souciait toujours autant de son apparence, recoiffant sans cesse les cheveux emmêlés qui lui tombaient sur les épaules, rongeant sans cesse ses ongles pour qu'ils restent à la bonne taille.

– Lortab de merde, dit Davey. Ce truc me donne des démangeaisons.

– Je croyais que c'était le Percocet.

– Le Percocet me fait faire des cauchemars, mais à part ça j'aime bien.

– Quel genre de cauchemars ? demanda Terry en lui passant un bras autour de la taille.

– Un jour, quand j'étais encore chez mes parents, j'ai pris du Percocet et je me suis endormi dans la chambre de mon frère. Et il avait tous ces soldats…

– Des figurines ?

– Pas des petites merdouilles en plastique. Des poupées genre Ken, mais avec des uniformes et tout. Il les avait disposés dans tous les coins de la pièce, des scènes de bataille sur chaque commode. Je me suis endormi et j'ai rêvé que ces enfoirés me tendaient une embuscade. Qu'ils escaladaient les pieds du lit.

Terry déboucha le flacon de Lortab et avala une pilule.

– Dur, dit-il.

– J'ai rabattu la couverture par-dessus ma tête tellement j'avais peur, dit Davey. (Il tendit la main et Terry déposa deux pilules dans le creux de sa paume.) T'as ramené du fric ?

– Quelques dollars.

– Assez pour Gilbert ?

– Non, loin s'en faut.

Terry tenta d'ouvrir la conserve de saumon avec un ouvre-boîte. Il avait beau appuyer de toutes ses forces, le mécanisme refusait de tourner. Davey lui prit l'ustensile des mains.

– Tu devrais avaler un autre cachet, lui dit Davey en désignant le flacon de Lortab. Ça soulagerait ta mâchoire.

Terry s'était pris un coup de poing la veille au soir, aux arènes de Bradshaw. Davey et lui y avaient amené Roscoe, le chien de Terry, histoire de se faire un peu de fric. Ce chien n'avait jamais été violent jusqu'à ce qu'il se batte avec le Bluetick d'un voisin et lui arrache la gorge. Selon Davey, Roscoe montrait beaucoup de potentiel. Quand le père de Terry s'était endormi sur le canapé, la dernière High Life de la soirée en équilibre sur son genou, Terry avait discrètement fait monter Roscoe dans le pick-up du vieux.

Terry ne s'était jamais rendu aux arènes, tandis que Davey les fréquentait régulièrement depuis ses dix-huit ans. Les combats se déroulaient dans une grange abandonnée, on commençait par les coqs et on terminait par les chiens. Regarder les coqs se battre donnait la nausée à Davey. Il détestait les mouvements saccadés de ces volailles qui se sautaient dessus et s'arrachaient les plumes avec leurs éperons. Les perdants tentaient de ranimer leurs oiseaux en leur faisant une injection voire, à l'image d'un pauvre bougre particulièrement désespéré, en leur soufflant dans le trou du cul. Terry revoyait encore les lèvres de ce vieux péquenaud sur le coq ; il avait soufflé de toutes ses forces, comme dans une trompette de chair sanguinolente.

Lors du premier round, Roscoe avait tenu bon. Il s'était jeté sur une des pattes avant de l'autre corniaud, ne l'avait plus lâchée, mais dès le deuxième round il s'était retrouvé avec une oreille déchiquetée et le museau qui saignait abondamment. Davey avait jeté l'éponge. Plus de mille cinq cents dollars de perdus en une soirée. Ferris Gilbert s'était approché avec son chien – muselé, tenu par une chaîne en acier – et avait posé une main tatouée sur l'épaule de Terry.

– Il s'est bien battu, ton bâtard. Je sais que tu disposes pas d'une somme pareille, mais je te donne cinq jours pour me payer.

Sur le parking, Terry et Davey s'étaient renvoyé la responsabilité de la défaite, Terry reprochant à Davey d'avoir abandonné trop tôt, puis lui décochant un uppercut à la John Wayne, complètement raté. Davey avait riposté par un direct à la mâchoire – en plein dans le mille. Le lendemain matin, Davey s'était excusé, affirmant qu'il n'aurait pas dû frapper Terry, mais ce dernier boudait. Même si Davey n'avait fait que se défendre, Terry voulait le punir d'avoir eu l'idée stupide d'amener Roscoe aux arènes.

Une fois la boîte de saumon ouverte, ils mangèrent en pêchant des morceaux avec les doigts. Les membres de Terry s'engourdissaient peu à peu. Dehors, la lune se déplaçait derrière un épais manteau de nuages. Le ciel semblait prêt à déverser sur eux toute la pluie qu'il retenait. Pourvu que le toit résiste, se dit Terry, pourvu que l'eau ne s'infiltre pas par de nouveaux trous, ou qu'au moins elle ne soit pas trop glacée. Dans le tas de médicaments, il prit le Bactrim et l'Augmentin. Sans être bien sûr des doses, il pensait que l'association des deux empêcherait l'oreille et le museau de Roscoe de s'infecter.

– Demain, faudra que je passe voir Ferris Gilbert, dit Terry.

Mais, recroquevillé sur lui-même, les bras autour des genoux, Davey dormait déjà.

2

Après la mort de leur père, Ferris n'avait pas laissé Huddles se faire la moindre illusion. Huddles était âgé de dix ans à peine quand, quelques jours après les funérailles, en plein mois de décembre, son frère l'avait emmené sur le toit-terrasse enneigé du Cat's Den et leur avait servi à tous les deux un petit verre de whiskey avant de se lancer dans une longue explication. Leur vie était régie par la loi des probabilités. Livrez de la drogue à suffisamment de reprises, trimballez un pistolet chargé suffisamment de fois, et vous finissiez nécessairement par vous faire choper. Ferris était parti de ce constat pour lui raconter son expérience personnelle de la prison : les gardiens, les gangs, les règlements, les hétéros qui devenaient homos derrière les barreaux. Ferris lui avait dit que la pire nuit avait été la première. Par la suite, il s'était évadé en empruntant les corridors de sa mémoire. Il ne s'agissait pas d'une méthode de méditation spécifique, mais d'un exercice improvisé, fruit de la nécessité. Ainsi, en suivant les instructions de son frère, Huddles avait appris à s'évader de son propre esprit pour se réfugier dans une sorte de néant qu'il créait lui-même. Dans cette obscurité-là ne subsistait qu'une vibration réconfortante ; il s'y sentait en sécurité.

Le soir de son arrestation, Huddles essaya de se souvenir de tout ça. Mais, malgré ses efforts pour contrôler sa respiration, la réalité de la Carcasse et de sa cacophonie de bruits mécaniques s'imposait à lui. Au lieu d'être conduit au tribunal ou au poste de police en attendant qu'on puisse tirer le juge du lit, Huddles atterrit directement dans une cellule de détention. Il s'allongea sur le matelas couvert d'une housse en plastique qui lui collait à la peau. Étrange. Les mineurs n'étaient censés être incarcérés qu'après une audience avec le juge, mais les gardiens lui dirent qu'on ne disposait d'aucun autre endroit où le mettre avant l'ouverture du tribunal. Huddles soupçonnait une raison secrète : personne à Lynch ne se précipiterait pour traduire en justice le frère de Ferris Gilbert. On s'arrangerait pour le cuisiner aussi longtemps que possible, on n'informerait Ferris de son arrestation qu'au dernier moment.

Tout ce qu'il souhaitait, c'était pouvoir lire un bouquin. Un des officiers avait mentionné l'existence d'une petite bibliothèque de livres de poche mais, assis à l'arrière de la voiture de patrouille, Huddles s'était juré de n'accepter que le strict minimum. Tout confort supplémentaire les aiderait à le briser plus facilement encore.

Il s'attendait à être saisi de panique au moment où la porte se refermerait sur lui, au lieu de quoi il sentit une énergie bouillonnante l'envahir. Mais il savait que faire les cent pas tel un animal en cage reviendrait aussi à afficher une forme de vulnérabilité. Les gardiens y verraient la preuve de son angoisse, les autres garçons y décèleraient un signe de faiblesse. Mieux valait rester allongé, laisser le matelas lui pomper la sueur, se retourner sans cesse en se débattant avec la couverture toute fine qu'on lui avait fournie.

Un papillon de nuit tournait dans la pièce. Il voletait d'un mur en parpaings à l'autre, ses ailes mouchetées de brun et de blanc poudrant l'air. Huddles tenta de l'attraper, mais l'insecte lui échappa jusqu'à ce qu'il ferme les yeux. Au bout d'un moment, ayant réussi à mettre son cerveau en veille, il sentit le baiser du papillon sur sa lèvre inférieure. Huddles l'écrasa avec sa paume, le réduisit à une traînée de poussière sur son menton.

* * *

Environ une heure plus tard, un gardien vint le chercher. Dénommé Hendricks, il était grand – largement plus d'un mètre quatre-vingts – et maigre, mais son crâne rasé lui donnait l'air athlétique. Tout chez lui révélait une grande agitation. Ses lèvres pincées semblaient prêtes à cracher des obscénités. Des cicatrices zébraient ses bras glabres, on aurait dit de longs vers blancs s'efforçant de crever la peau. Huddles avait entendu, venant du couloir, les voix d'autres gardiens qui l'appelaient Sir Hendricks. Sans connaître les origines de ce surnom, il lui parut approprié. Hendricks se comportait comme si le seul fait de porter cet uniforme lui conférait autorité et noblesse.

– Où sont mon frère et mon avocat ? demanda Huddles.

– Ils arrivent. Toi, tu viens avec moi.

À distance, depuis la salle de contrôle, on leur débloqua l'accès au hall principal, qu'ils traversèrent en passant entre des tables octogonales, reliées à des bancs par des espèces de tuyaux en inox. L'ensemble évoquait des pieuvres métalliques géantes. Huddles imagina l'heure du repas, les garçons serrés les uns contre les autres, la tête courbée sur leur assiette tandis que les gardiens leur tournaient autour. Être constamment observé lui pesait déjà. Savoir que chacun de ses mouvements était surveillé par ces hommes, ou enregistré par les yeux électroniques nichés à l'intérieur des boules noires au plafond. Cette sensation étouffante persista même lorsqu'ils quittèrent la salle. Étant donné que le jour se levait, Huddles crut qu'on l'emmenait au tribunal. Or Sir Hendricks le conduisit dans un long couloir menant au gymnase.

Contrairement au reste de la Carcasse, qui dégageait une impression de stérilité totale, le gymnase puait la sueur. Un terrain de basket-ball occupait la majeure partie de l'espace. Les garçons de l'unité B se tenaient contre le mur du fond, plus ou moins en rang. La moitié d'entre eux étaient torse nu, leur peau bleuie par les coups reçus en jouant. Un bleu presque aussi éclatant que celui du terrain. Mais le parquet était plus résistant que leur chair ; seules les lignes de la raquette commençaient à s'estomper, usées par les pieds qui trépignaient dessus avant chaque lancer franc. Huddles inspira une grande bouffée de cette atmosphère de vestiaire. Ici, il y avait de la vie. Pas uniquement celle, dérisoire, des insectes croisés dans sa cellule, mais l'énergie bien réelle d'un bref moment de plaisir et de défoulement.

– Le parquet nous a été donné par le lycée Mercer avant qu'ils le rasent, dit Sir Hendricks comme s'il lisait dans les pensées de Huddles. Un fonctionnaire qui a décidé de faire un geste pour les petits gars comme toi. Accessoirement, ç'a dû lui permettre de réaliser des économies.

Pour guider leur échauffement, les garçons de l'unité B se servaient d'un jeu de cartes. À chaque couleur correspondait un exercice différent. Un dix de pique exigeait dix pompes. Une reine de carreau, douze relevés de buste. Une fois parvenus à la fin du paquet, les garçons se divisaient en deux équipes – ceux qui gardaient leur haut et ceux qui se mettaient torse nu.

– Et si tu t'entraînais un peu avec le ballon en les attendant ? suggéra Hendricks.

Huddles enfila la paire de vieilles Converse que Hendricks lui tendit et alla s'entraîner au tir à l'autre bout du terrain. Les autres ne s'approchèrent pas de lui. Personne ne prit la peine de lui crier une insulte quand, tentant un tir à trois points, il ne parvint même pas à toucher le cerceau.

Le shérif Thompson entra juste au moment où Huddles ratait un nouveau panier. Les bottines bordeaux à talons plats qu'il portait, étranges et malcommodes dans ce pays montagneux, claquaient sur le parquet. Il tenait son chapeau dans sa main gauche, comme s'il s'apprêtait à annoncer la mort d'un fils ou d'un mari, tandis que les doigts de sa main droite caressaient l'étui du pistolet qu'il avait déposé à l'entrée. Huddles était surpris qu'il ait accepté de s'en séparer, mais Thompson avait toujours été à cheval sur les bonnes manières. Quand il s'adressait à Ferris, il l'appelait monsieur Gilbert, même si on voyait bien que ce nom laissait un mauvais goût dans sa bouche.

– Bonjour, Huddles.

La voix de Thompson résonna contre les murs en parpaings. Les ballons cessèrent de rebondir.

– J'ai rien à dire, lança Huddles.

Toutes les jeunes oreilles alentour se focalisèrent sur leur conversation. Thompson lui posa une main sur l'épaule ; Huddles essaya de se dégager, mais Thompson serrait fort.

– Discutons quand même un peu.

Sir Hendricks leur ouvrit une porte au fond du gymnase et Thompson emmena Huddles dans une partie grillagée de la cour. Se retrouver dehors aurait dû lui procurer une certaine joie. Même s'il n'avait passé que quelques heures à l'intérieur de la Carcasse, c'était des heures sans liberté, sans aucune possibilité de sortir de sa cellule. Et maintenant il aurait dû profiter de la douce lumière ambrée du matin, sauf que la présence de Thompson éclipsait le soleil. Peu importe, se dit Huddles. De toute façon, la vue derrière la Carcasse se résumait aux mêmes vieilles montagnes fatiguées. Le seul détail intéressant, c'était un ruisseau qui coulait au pied de la colline et sur lequel des canards nageaient en cercles. Un de ces colverts plongea sa tête émeraude sous l'eau pour tenter de pêcher un petit poisson.

Thompson arpentait la pelouse mal entretenue, donnant des coups de bottine dans les mauvaises herbes.

– T'as vu ça ? Le nombre de serpents qu'y doivent se planquer là-dedans, observa-t-il d'une voix déformée par le tabac dans sa bouche. Je voulais te parler avant ton passage au tribunal.

Depuis environ un an, le shérif Thompson avait pris l'habitude de stationner devant le Cat's Den, toujours dans la même Chevrolet Cavalier bleue aux portes rongées par la rouille. La plupart du temps, un adjoint en civil était assis à côté de lui sur le siège passager. Huddles savait qu'il s'agissait toujours du même homme, parce que cet adjoint était assez bête pour laisser pendre son bras rougi par le soleil et tatoué d'une croix celtique.

– Vous n'avez pas été très subtil, dit Huddles. Avec vos flics en civil qui débarquaient en voulant nous faire croire qu'ils n'étaient là que pour les strip-teaseuses.

Thompson avait remis son chapeau. Il l'ôta et, avec le revers de sa manche, essuya la sueur sur son front. Il ne regardait pas Huddles mais le brouillard matinal qui recouvrait la vallée au loin.

– Peu importe, répliqua-t-il. Maintenant je t'ai, toi. Ton frère est plus malin, ou alors c'est juste qu'il n'en a rien à foutre des autres. Quoi qu'il en soit, si tu n'es pas prêt à me dire ce que tu sais, je vais m'assurer que le juge Wallace fasse de ta vie un enfer. Tu resteras en détention jusqu'au procès, puis je ferai en sorte qu'on t'envoie à Tiger Morton où ton nom de famille ne te protégera plus.

Une brise souffla, chargée de parfums provenant des montagnes alentour. Huddles ferma les yeux et tenta de séparer l'odeur du musc des cerfs de celle des jeunes arbres, l'odeur des glands pourris de celle de la terre humide, mais le temps refusa de s'arrêter. Le monde ne voulait pas se plier à sa volonté et lui permettre de s'évader par le biais d'une de ces transes prônées par son frère. Ferris devait posséder des pouvoirs magiques, et pas lui.

– Tu sais à quel point c'est dur, à Tiger ? Dis-moi juste qui vous fournit ces médocs, Huddles. Ferris a un contact plus au sud ? Un de ces médecins spécialisés dans le traitement de la douleur ? Donne-moi quelque chose de concret et tu pourras rentrer chez toi. Sans micro ni aucune connerie dans le genre.

– J'ai rien à dire.

Thompson cracha un filet de jus de tabac et secoua la tête.

– Ton pote Shane est moins enthousiaste à l'idée de se sacrifier.

Huddles essaya de sentir si le shérif bluffait. Non, Thompson était trop calme, comme s'il venait d'énoncer un simple fait.

– En quoi ça me concerne ? demanda Huddles.

– Je voulais simplement te tenir au courant avant que tu te retrouves coincé. Je préférerais que ce soit toi, l'informateur ; tu en sais davantage.

– Qu'est-ce qui vous fait croire que je n'avertirai pas Ferris dès que je le verrai ?

Huddles n'arrivait pas à affronter le regard de Thompson. Alors il observa les canards qui s'envolaient à l'horizon, décrivant des cercles près du sol.

– Tu n'es pas idiot, Huddles. Je sais que tu vas bien réfléchir avant de prendre ta décision.

Thompson essuya sa lèvre inférieure avec son pouce, examina les traces de tabac sur son doigt avant de le frotter contre son pantalon.

– Mais ne tarde pas trop, ajouta-t-il. L'audience a lieu dans deux heures. J'ai demandé au juge de faire traîner les choses au maximum.

Thompson donna un coup de bottine dans la porte. À l'intérieur, un groupe de garçons piquaient un sprint le long du terrain. Le claquement de leurs semelles sur le parquet noyait tous les autres bruits, mais Huddles vit les sourires sur leurs lèvres, la lumière dans leurs yeux qui éclairait leurs visages rougis par l'effort : on aurait presque pu les confondre avec des gamins normaux en train de s'amuser.

– Réfléchis bien, vraiment, dit Thompson.

Huddles s'adossa au mur froid et se laissa glisser à terre. Au moment où le shérif quittait le gymnase, il sentit ses poumons se vider. Un des garçons de l'unité B s'approcha de lui en dribblant. L'air détendu, arrogant, son corps se balançant de gauche à droite tandis que le ballon passait d'une de ses mains à l'autre, entre ses jambes.

– Qu'est-ce que t'avais à lui dire, au shérif ? demanda le garçon.

– J'avais rien à lui dire.

La Carcasse avait d'ores et déjà changé la voix de Huddles : elle était plus dure. Il se tenait prêt à se relever en un éclair de seconde.

Le ballon rebondissait sur les lattes. À gauche, à droite, derrière une jambe, devant l'autre. Huddles avait envie de donner un coup de pied dedans.

– Sale petit mouchard, dit le garçon.

Huddles se jeta sur lui et le poussa violemment. Le ballon roula de l'autre côté du terrain, le garçon allait tomber en arrière mais Huddles le retint par son T-shirt. Les gardiens accouraient ; Huddles se dépêcha de lui envoyer deux directs au visage puis de lui enfoncer son coude dans le ventre, si profondément qu'il lui sembla toucher la colonne vertébrale du gamin. Il lui asséna un dernier coup, puis vit une espèce de vomi blanc mousseux s'échapper du coin de sa bouche juste avant que les gardiens lui attrapent les bras, le plaquent au sol et lui menottent les poignets. Conscient que les autres garçons observaient la scène, Huddles ne cessa de hurler des insultes qu'une fois enfermé en cellule d'isolement.

Au moment de son incarcération, Huddles avait fait de son mieux pour mémoriser le plan de la prison. Mais, quand on entrait par le service des admissions, tout était fait pour qu'il soit très difficile de se repérer. On vous menait à travers une série de couloirs dignes d'un labyrinthe ; partout les mêmes murs blancs, partout les mêmes portes en acier gris. Les seules touches de couleur étaient les murs aux tons pastel du hall principal, du rose rappelant la viande crue et du violet évoquant des lèvres tuméfiées. Des couleurs douces, des couleurs d'œufs de Pâques, comme si les garçons se trouvaient dans une crèche de haute sécurité.

Après l'avoir laissé mariner une heure à l'isolement, Sir Hendricks vint chercher Huddles et l'emmena dans une partie du bâtiment où il n'était encore jamais allé. Un groupe de gardiens bavardaient devant une porte ouverte. De la pièce derrière eux s'échappait le bruit de casiers qu'on refermait, d'un réfrigérateur qui bourdonnait, de couverts qui raclaient des assiettes. Au bout du couloir, une autre porte. Elle n'avait pas de vitre, mais Huddles imagina qu'elle menait à une sorte de vestiaire où les gars pointaient, s'attardaient pour bavarder. Derrière, on devait pouvoir accéder à l'extérieur, au parking. Il ne put en avoir confirmation car, quelques mètres avant d'atteindre cette porte, Sir Hendricks lui saisit l'épaule pour le faire pivoter sur sa gauche et ils s'engagèrent dans un autre couloir.

Dès que Hendricks ouvrit la porte du parloir, Huddles remarqua que Ferris semblait beaucoup trop large pour la chaise qu'il occupait. Croisées sur la table, ses mains étaient couvertes de tatouages bleus et noirs, un enchevêtrement de symboles de cartes à jouer et de lettres que ses multiples cicatrices rendaient impossibles à déchiffrer. Plus trace de la barbe qu'il arborait il y a encore quelques jours, hormis quelques poils gris ici ou là dans les cratères de ses joues, entre les rides creusées par le soleil. Floyd Mitchum, l'avocat arthritique qu'employait Ferris, était assis à côté de lui. Costume froissé à motif pied-de-poule, nœud papillon à pois enserrant un cou à la peau parcheminée. Floyd frotta ses yeux chassieux.

– Puisque je suis en charge de ta défense, je me permets de te dire que tu as sacrément merdé. Tabasser quelqu'un juste avant de passer devant le juge, tu pensais que ce serait une bonne idée ?

– Je n'ai pas eu le choix, répondit Huddles.

D'un geste de la main, Ferris les fit taire tous les deux. Il posa une bouteille de Dr. Pepper sur la table.

– Ils m'ont dit que je pouvais te la donner si je l'achetais pendant ma visite.

La bouteille de soda sortait tout juste du distributeur, le plastique était encore froid. Huddles ôta le bouchon et but. Les bulles piquèrent ses lèvres gercées, brûlèrent sa gorge autant qu'une rasade de whiskey.

– Ce matin, Thompson a envoyé deux de ses adjoints au club, reprit Ferris. Ils m'ont occupé avec des conneries pendant que lui, il venait te voir.

Huddles ignorait que Ferris était déjà au courant de la visite de Thompson, mais ça ne le surprit pas. Son frère possédait un don mystérieux, celui de pouvoir prédire les actions des gens. Huddles se demanda ce qu'il savait d'autre. De son côté, toute la matinée il s'était posé la même question : devait-il ou non rapporter à Ferris les propos de Thompson au sujet de Shane ? Si c'était vrai, il fallait avertir Ferris, mais peut-être que Thompson le baratinait, le manipulait pour qu'ils se déchirent avant l'audience. Par le passé, Shane avait purgé des peines sans se plaindre ; n'empêche, quand il s'agit de prison, tout le monde a sa limite. Peut-être qu'il parlerait, mais ce « peut-être » ne justifiait pas que Huddles condamne son ami à mort.

– Thompson m'a dit que je pourrais rentrer chez moi si je lui révélais ce que je savais. Autrement le juge me laissera ici, puis on me transférera à Tiger.

Mitchum secoua la tête.

– De toute façon, on ne t'aurait jamais libéré. Pas avec ton nom de famille, et encore moins après avoir agressé ce garçon.

– Pourquoi est-ce que je ne suis pas encore passé devant le juge ? demanda Huddles. On m'a arrêté hier soir.

– Thompson voulait d'abord essayer de te faire craquer, lui expliqua Mitchum. On est à Lynch, mon grand. Ici les règles ne s'appliquent pas. Maintenant qu'il a pu te parler seul à seul, ils vont t'emmener au tribunal d'un moment à l'autre.

– Et Shane ?

– On verra, dit Mitchum. Mais il a des antécédents assez lourds.

– Thompson va revenir te voir, dit Ferris. Appelle chez Megan une fois qu'il sera reparti, compris ?

Megan dansait au Cat's Den depuis que Huddles avait huit ans. C'était la première femme qu'il avait vue toute nue, se tortillant autour de la barre métallique ternie plantée sur les planches de contreplaqué branlantes censées soutenir le poids des danseuses en talons aiguilles. Il était descendu pour la regarder en cachette et elle l'avait surpris, et encore aujourd'hui, après quelques bières, elle aimait rappeler à Huddles l'expression sur son visage d'enfant – souvenir qui provoquait chez lui la même bouffée de chaleur que lors de cette lointaine soirée. De temps à autre, Ferris passait la nuit chez elle. Comme ils partaient du principe que le téléphone de la boîte était sur écoute, c'est elle qui prenait tous ses appels.

Ferris le fixait avec des yeux aussi gris que de la viande bouillie. Huddles voulait que son frère sache qu'il était fort, mais la proximité du gardien les obligeait à s'exprimer silencieusement. Il essaya de déchiffrer le langage corporel de Ferris, de discerner une éventuelle marque d'approbation dans sa manière de carrer les épaules. Huddles fit plus attention à son propre corps et tâcha d'adopter une posture calme, sereine.

– Tu vas tenir le coup, dit Ferris.

Ils se turent un moment, le temps que ces mots puissent devenir vrais.

3

Les bardeaux arrachés au toit du Cat's Den flottaient à la surface des flaques autour des pieds de Terry. On aurait dit des poissons massacrés à coups de dynamite. Ça faisait des années que Cherry Tree ne ressemblait plus à rien mais, à cause des tempêtes de ces dernières nuits, le quartier avait franchi un nouveau palier dans la décrépitude. Des détritus échappés des terrains vagues jonchaient les ruelles, la vitrine du mont-de-piété à côté de la boîte avait volé en éclats. Des bouts de verre recouvraient le bitume, projetant des arcs-en-ciel sales sur les murs en brique. Dans le temps, Cherry Tree était un quartier plus prospère que les anciens appelaient Black Bottom parce que, dans les années 1930, des commerçants afro-américains s'étaient établis là. La rue principale était restée dynamique jusqu'à ce que ces gens déménagent pour Charleston ou des villes plus au nord. Alors des junkies blancs les avaient remplacés, louant les chambres au-dessus des boutiques fermées. En l'espace d'une génération, tous les commerces s'étaient reconvertis en bars ou en boîtes de strip-tease, créant une sorte de quartier chaud comme la Virginie-Occidentale n'en avait plus vu depuis l'époque de Cinder Bottom[1]. À Lynch,

1. Au début du XXe siècle, ce quartier des prostituées de la ville de Keystone était connu d'un bout à l'autre des États-Unis, voire internationalement.

une bonne partie des crimes qui n'étaient pas commis dans les collines l'étaient ici.

Le Cat's Den fut la première boîte locale à proposer le nu intégral. Rien que ça aurait suffi à lui conférer une réputation sulfureuse, mais qu'elle appartienne aux Gilbert augmentait encore le nombre d'histoires à dormir debout qu'on racontait à son sujet. Les vieux les répétaient jusqu'à ce que tout le monde finisse par croire que Freddy Monroe, par exemple, avait véritablement été abattu sur le parking. Les détails ne cessaient d'être enjolivés. Autant que Terry le sache, la seule histoire à peu près fidèle à la réalité était celle d'un étranger tabassé et laissé pour mort dans une des pièces à l'arrière pour avoir sorti sa bite pendant une *lap dance*. C'est son père qui lui avait raconté ça, et bien que celui-ci soit un fabulateur-né, Terry sentait qu'une peur authentique le saisissait chaque fois qu'il mentionnait cet épisode.

La boîte était presque devenue légendaire. Le genre d'endroit où les lycéens se mettaient au défi de passer leur samedi soir. Au fil des ans, le Cat's Den avait survécu à bien pire que les orages de la semaine passée – d'ailleurs, la relative absence de dégâts semblait prouver sa nature indestructible. Le vernis sombre des boiseries autour de la porte était intact. Quant à la fenêtre aveugle, au verre rendu bouillant par le soleil estival, elle ne présentait qu'une seule fissure, qui ne traversait même pas le reflet de Terry. Là-haut, dans le chalet, il n'y avait pas de miroir. Hormis les commentaires de Davey, Terry ne connaissait de son apparence récente que ce qu'il avait vu en se penchant au-dessus des flots marron de Cow Creek. La moustache qu'il essayait de cultiver depuis des années avait épaissi et quelques poils garnissaient enfin son menton. Malgré ces changements, son reflet dans la fenêtre gris-noir de la boîte ne lui renvoyait toujours pas l'image d'un homme.

À l'intérieur, un spot bleuté illuminait la scène étroite où une femme allait et venait en se déhanchant sur ses talons aiguilles. Elle était vêtue d'une sorte de haut moulant satiné ; Terry avait déjà vu ce genre de chose, porté par des personnages d'aristocrates dans des vieux films, mais il ne se souvenait plus du nom. Le tissu bleu était assorti à celui de la culotte de la femme, et noué dans son dos avec des lacets. À côté de la scène, deux hommes assis dans des fauteuils pivotants, leurs mains noircies par le charbon mais pleines de billets, des gouttes de condensation perlant sur les grands verres de bière posés devant eux. Ils essayaient de discuter à voix basse avec la femme mais, appuyée contre la barre métallique, elle se contentait de gratter un coin de cuir chevelu entre ses boucles blondes.

De l'autre côté de la salle, deux employés se tenaient derrière le bar, entourés d'une sélection de bouteilles à moitié vides. Celui qui était barbu lisait une revue, ses lèvres marmonnant les mots déchiffrés par ses yeux. L'autre, un type obèse à la peau si blanche qu'on aurait dit qu'elle n'avait jamais vu la lumière du jour, fixait Terry. Quand il avait dix ans, Terry et son père avaient trouvé le corps d'un noyé dans une rivière, la Guyandotte. À force de rester sous l'eau, la peau était devenue aussi fine que du papier paraffiné. Lorsqu'il l'avait traîné sur la rive, le cadavre boursouflé s'était déchiré et Terry avait vu que les entrailles n'étaient plus composées de tissu normal, mais d'une sorte de gelée. L'homme au teint cireux lui rappelait ce cadavre.

– Qu'est-ce que tu fous ici ? demanda le pâlot.

La femme sur scène s'arrêta de danser et, l'espace d'une seconde, Terry crut qu'elle allait couvrir ses jambes nues. Mais non, elle resta figée sur place tandis que les haut-parleurs continuaient de déverser un blues plaintif.

– Je suis venu voir M. Gilbert, dit Terry.

Des mots sortis de sa bouche aussi involontairement que du vomi, mais qui suffirent à stopper le pâlot alors qu'il s'avançait vers Terry. Quant au barbu, il referma son magazine et dit :

– Va le chercher.

Le pâlot semblait sur le point de protester, mais il fit demi-tour et ouvrit une porte derrière la scène.

– Comment ça s'appelle, ce truc ? demanda Terry à la danseuse.

– Quel truc ? dit-elle d'une voix dont la douceur contrastait avec la rugosité de la musique.

– Ce truc autour de votre ventre. Les femmes dans les vieux films en portent.

– Un corset, dit-elle. Ça sert à rétrécir la taille.

– Ça fait mal ?

Elle prit le temps d'y réfléchir.

– Pas trop.

Terry allait l'interroger davantage mais le pâlot l'appela. Dans l'arrière-salle, Ferris Gilbert trônait derrière un bureau couvert de journaux. Plusieurs trous ornaient le mur derrière lui ; en voulant retirer des clous, quelqu'un avait arraché des morceaux de plâtre. Une simple ampoule éclairait la pièce et projetait de longues ombres. La faible luminosité modifiait l'apparence de Gilbert. Sa barbe, autrefois longue et dure comme des piquants de porc-épic, avait été taillée. Ses doigts où les tatouages se mêlaient aux taches d'encre s'évertuaient à dénouer sa cravate rouge.

– Je t'accorde une minute pour te ressaisir, dit Ferris. Mais je dois partir au tribunal. Pas question que tu restes scotché là à trembler toute la matinée.

Terry s'assit en face de Ferris, de l'autre côté du bureau, et lissa les plis de son T-shirt sale. La pièce était si petite qu'il n'avait aucun mal à sentir sa propre puanteur, masquée sous le talc dont il s'était saupoudré le corps avant d'aller travailler. Hormis se frotter les aisselles et les parties génitales avec un gant humide, il n'avait pas effectué de réelle toilette depuis trois jours. Heureusement, Ferris ne semblait rien remarquer. Il respirait à peine, attendant que Terry cesse de remuer sur cette chaise en bois très inconfortable. Sa patience laissait entendre que le temps n'affectait que les autres.

– Je vois bien que tu n'as pas l'argent. Mais je sais que tu as essayé de te le procurer. Je me trompe ?

– Non.

– Comment tu t'y es pris ?

– J'ai bossé sur un chantier.

– Et quoi d'autre ?

– J'ai cambriolé une maison sur Fuller Street.

Ferris hocha la tête.

– Ça valait le coup ?

Pour la première fois, il n'avait plus l'air de s'ennuyer.

– Pas vraiment, avoua Huddles.

– Ça aurait pu, cela dit. Tu aurais pu y arriver, mais quelque chose t'a détourné de ton objectif.

Une bouffée de chaleur dans sa poitrine, un frisson sur sa nuque : les rumeurs n'avaient pas préparé Terry à ça. Seul face à Ferris dans l'arrière-salle, il n'en revenait pas du calme de ce dernier. Cet homme aurait pu l'étrangler aussi facilement qu'on étrangle un poulet, puis sans transition se replonger dans les affaires qui avaient laissé des taches d'encre sur ses mains.

– J'imagine, dit Terry.

– Y a rien à imaginer, dit Ferris. T'es l'esclave de ces cachetons.

Terry n'avait pas les dents rongées par le crystal meth, ne se grattait pas la peau comme un junkie de série B, et pourtant Ferris voyait à quel point il était faible face à son addiction. Il en éprouva une honte profonde.

– J'ai deux cents dollars sur moi, dit-il. C'est tout ce que je possède. Si vous me laissez un peu de temps, je peux cambrioler d'autres maisons.

– Et le fric que tu trouveras, tu le dépenseras aussi sec. Non, tu vas pas t'en tirer avec seulement deux cents dollars.

Ferris sortit un petit revolver du tiroir du haut et le posa sur le bureau. Le père de Terry avait accumulé une sacrée collection de pistolets au fil des ans. Petit, Terry avait manié la plupart d'entre eux, les nettoyant ou même s'entraînant au tir, mais le flingue devant lui paraissait différent des autres. Chez son père, les armes à feu étaient toujours déchargées et rangées derrière une vitrine fermée à clé. Ce flingue-là était chargé, il apercevait les reflets cuivrés des balles dans le barillet. Nul doute que son canon avait été collé à la joue de plusieurs hommes. Terry l'imagina appuyé contre ses propres lèvres, tel un doigt lui commandant de se taire.

– Tu les as eus, tes dix-sept ans ? demanda Ferris.

– Pas encore. En décembre.

– Je connais un peu ton cas. Ton père t'a foutu dehors, et maintenant tu vis dans la montagne. Personnellement, je trouve que c'est très triste, mais ça ne veut pas dire que je ne vais pas exploiter ta situation à mon profit.

Terry ne répondit rien. Aucunement surpris que Ferris soit au courant de tout ça, il attendait juste de voir si Davey ou son père allaient être inclus dans les négociations. Avec Gilbert, rien n'était sacré.

– Toi et moi, reprit Ferris, on est sur le point de passer un marché. Non, c'est pas exactement le mot. (Cherchant le bon terme, Ferris mordilla sa lèvre inférieure.) Un contrat, voilà.

Un de ses doigts tatoués tapota sur le revolver.

– Tu fais cette chose que je te demande, et toutes tes dettes sont effacées. Je te file un sachet de pilules et Willis – que tu viens de croiser – te conduit à Pittsburgh, Lexington, Knoxville, où tu veux dans un rayon de cinq cents kilomètres, n'importe quel endroit où tu auras du bitume sous les pieds et plein de lumières la nuit.

– Qu'est-ce que je dois faire ? demanda Terry.

Ferris poussa le pistolet vers lui.

– Je veux que tu tues le shérif Thompson.

Tout simplement. Cet homme lui demandait de commettre un meurtre comme on demanderait d'emprunter un outil.

Terry secoua la tête.

– Autant que vous m'abattiez tout de suite.

– Je sais que c'est pas une perspective réjouissante, mais tu le feras. Tu n'as pas le choix si tu veux éviter le pire. Après ça, on sera quittes. Tu ne me devras plus rien. Ni toi, ni personne de ta famille.

Gilbert poussa le pistolet plus près de Terry. Deux de ses doigts s'attardèrent sur la crosse, traçant des cercles sur le bois jusqu'à ce que Terry s'en empare. Dans sa main, la crosse paraissait chaude et lourde.

– Où je veux, après ?

– Où tu veux dans un rayon de cinq cents kilomètres.

Terry ferma les yeux et essaya de se représenter le genre de gratte-ciel qu'il avait vu à la télévision, le bruit d'une grande ville, un grouillement humain sans fin. Il ne s'était jamais aventuré à plus de vingt-cinq kilomètres de Lynch et se demandait ce qu'on pouvait ressentir face à un bâtiment de la taille d'une de ces montagnes. Une masse qui ne faisait pas partie de la terre, que des hommes avaient conçue et qui n'était pas uniquement occupée par des biches et des ratons laveurs. Peut-être que Davey pourrait le rejoindre, et qu'ils se trouveraient un vrai logement, et qu'ils n'auraient plus besoin de se cacher. Emportant le revolver, Terry se leva sans attendre que Gilbert le congédie.

Il traversa la salle, conscient des regards posés sur lui mais refusant de se retourner malgré l'envie de voir une dernière fois la femme au corset, si possible au moment où elle l'enlèverait pour révéler les empreintes laissées dans sa chair, aussi profondes que celles de bottes dans la terre humide.

4

Avant de partir pour le tribunal, Huddles chercha à fortifier son mental. Autrefois, la méditation lui servait surtout à créer un lien avec son frère. Après tout ce temps perdu à cause de l'incarcération de Ferris, Huddles aimait partager ne serait-ce que ce silence, quand ils faisaient le vide dans leur tête et synchronisaient leur respiration, leurs deux corps à l'unisson. Il était rare que Huddles approche d'une quelconque transcendance ; en tout cas, il n'aurait pas pu décrire ces expériences-là. Il ouvrait les yeux et savait que quelque chose venait de se produire, mais quelques secondes plus tard il ne lui en restait plus aucune trace. Était-ce davantage l'influence de Ferris qu'une révélation en bonne et due forme ? Reste qu'il n'abandonnait pas espoir d'accéder à cette déprise dont parlait Ferris, ce point indéfinissable où toutes les peurs s'évanouissaient.

Pour dominer le sentiment de panique, lui avait expliqué son frère, il fallait se représenter le pire scénario possible et le laisser devenir réalité un moment. Huddles ferma les yeux et imagina un confinement perpétuel dans une de ces cellules. Plutôt que de s'accrocher aux choses qu'il aimait, il effaça de sa mémoire tout ce qui les lui rappelait. Il abattit les arbres sur les montagnes avant que leurs feuilles changent de couleur à l'automne, trancha les doigts dont il avait toujours apprécié le contact chaud sur sa peau. Tout devait être exorcisé. Pour que Huddles puisse éventuellement supporter la prison à perpétuité, même Ferris devrait tomber dans l'oubli.

Après s'être débarrassé du monde extérieur, Huddles contempla son reflet pâle dans la vitre de la cellule. Même s'il n'existait plus rien de tangible hormis ces murs en béton, Huddles sut qu'il pourrait survivre. Et savoir ça lui apporta le réconfort qu'il attendait.

Sir Hendricks lui fit mettre une combinaison orange avant de lui passer des entraves. La chaîne qui lui enserrait le ventre était reliée à des menottes et à des bracelets autour de ses chevilles. Marcher s'avéra difficile ; il traîna maladroitement ses pieds du linoléum lisse de la Carcasse aux graviers du parking. Quant au fourgon, il ne pouvait pas monter dedans tout seul, Sir Hendricks dut le pousser à l'intérieur. Huddles se rendit alors compte qu'il avait d'ores et déjà perdu l'habitude des contacts physiques. Tout ce qui était normal lui paraissait maintenant étrange. Ils ne restèrent que quelques instants sous le soleil, mais la clarté du matin lui brûla les yeux et, après plusieurs jours à respirer l'atmosphère recyclée de sa cellule, l'air lui blessa les poumons. Pourrait-il un jour se réhabituer à la liberté ?

Fitzgerald, un gigantesque gardien noir aux bras épais comme des jambons, l'enferma derrière la grille métallique qui séparait les prisonniers de la partie avant de l'habitacle. Le fourgon dévala la colline et s'inséra sur l'autoroute en direction de Lynch. La route sinuait entre les montagnes, qui avaient été dynamitées expressément pour lui faire de la place. Les différentes strates de roche ressemblaient aux marches d'un grand escalier en pierre. Plus haut sur les sommets, Huddles vit que de nouveaux pans de forêt avaient été rasés. Les compagnies minières étaient censées reboiser, mais il ne voyait aucun signe de renouveau. Bientôt, les étudiants qui militaient pour la défense de l'environnement viendraient prendre des photos pour leurs blogs ou leurs journaux.

Ils prirent la sortie vers Lynch et passèrent à vive allure devant les maisons construites à la périphérie – plus grandes que la moyenne, car les quelques habitants du comté qui disposaient d'un peu d'argent tenaient à vivre à l'écart du centre. Huddles regarda ces imitations de maisons de planteur, leurs kiosques se dressant au milieu de pelouses impeccables, leurs grandes galeries en bois, leurs pergolas, leurs portails en fer forgé. Loin d'envier leur charme sudiste en toc, il était fier de pouvoir se dire que Ferris et lui vivaient au-dessus de la boîte la plus glauque du coin alors même qu'ils avaient plus de fric que n'importe qui dans cette banlieue ringarde. Derrière la vitre du fourgon, les maisons devenaient plus modestes à mesure qu'ils se rapprochaient du centre-ville.

Le tribunal du comté de Lynch donnait l'impression d'avoir été taillé dans le granit. Des marches en pierre polie, un porche orné de jolies sculptures de pionniers plongeant les mains dans des torrents, de femmes devant des cabanes en rondins et d'animaux à moitié cachés derrière des arbres. Huddles n'eut pas le temps d'admirer tout ça. La fourgonnette s'arrêta dans une ruelle et on le fit entrer par un sous-sol qui sentait encore les eaux de la dernière crue. Empruntant un ascenseur décrépit, ils montèrent au quatrième étage où un huissier les attendait, un vieil homme à la moustache qui lui mangeait les coins des lèvres. Un revolver à canon long accroché à sa hanche gauche, il inspecta Huddles avec un détecteur de métaux, malgré les chaînes.

– C'est vraiment nécessaire ? demanda Huddles.

L'huissier le dévisagea. Derrière celui-ci, Huddles aperçut Mitchum. Bien que sa visite à la prison ne remonte qu'à quelques heures, il s'était changé : un complet anthracite sans le moindre pli, une chemise d'un blanc éclatant et un nœud papillon que l'humidité n'avait pas réussi à avachir. Une mallette était posée entre ses brogues rouge sang.

– On fait comme on a dit, lui chuchota Mitchum.

La salle d'audience était quasiment vide. Des rangées de bancs déserts, deux tables à l'avant dont une occupée par le procureur qui feuilletait un bloc-notes. Ferris assis tout au bout de la dernière rangée, à l'écart, les bras et le menton appuyés sur le dossier du banc en bois devant lui. Au premier rang, le shérif Thompson en uniforme, chapeau posé sur un genou comme à l'église.

Mitchum abandonna Huddles à la table de la défense pour aller parler au procureur. Agrippant l'épaule rembourrée de la veste de son confrère, il se pencha près de son oreille pour s'assurer que personne n'entende leur conversation. Huddles lança un coup d'œil en arrière, vit que Thompson tripotait son chapeau. Quand il croisa son regard, le shérif lui fit un clin d'œil et Huddles s'empressa de tourner la tête.

– On l'emmerde, dit Mitchum en le poussant du coude. Reste concentré.

– Qu'est-ce qu'il a dit, le procureur ?

– Qu'il ne te laisserait pas retourner chez toi. Même avec un bracelet électronique.

L'huissier annonça le juge Wallace et tout le monde se leva. Huddles s'attendait à le voir débarquer en robe, mais le juge ne portait qu'un blazer bleu et une cravate à rayures. Sa calvitie était cachée par une mèche fixée avec du spray – on aurait dit une nageoire d'orque rabattue sur son crâne. Mitchum interpella le juge avant même qu'il ait eu le temps de s'asseoir.

– Votre Honneur, je demande qu'on retire ces chaînes à mon client. Nulle raison de le traiter comme un criminel lors de cette audience.

– Il n'y a que moi ici, maître, répondit le juge Wallace. Aucun jury que cela risquerait d'influencer.

Huddles imagina le sourire narquois qui devait s'afficher sur le visage de Thompson.

– Votre client est inculpé de détention et trafic de substance contrôlée, de refus d'obtempérer à la police et de port illégal d'arme à feu. L'accusé plaide-t-il coupable ou non coupable ?

– Non coupable, Votre Honneur.

Le juge Wallace se massa les tempes.

– Très bien.

– Votre Honneur, nous demandons que mon client soit remis à la garde de son frère en attendant le début du procès. Il n'a pas d'antécédents judiciaires et n'a aucune raison de s'enfuir.

Le procureur se leva et lissa son pantalon aux rayures fines avant de prendre la parole. Huddles avait rarement entendu une personne originaire de ces montagnes s'exprimer avec autant de clarté et de concision. Cet homme gagnait sûrement la plupart de ses procès par la seule grâce de son élocution.

– Je me dois d'objecter, juge Wallace. Ces chefs d'inculpation sont très graves, et il me semble que nous connaissons tous la réputation du frère de l'accusé, un criminel notoire soupçonné dans nombre d'affaires non élucidées. Laisser ce garçon retourner auprès de cet homme serait rendre un bien mauvais service à la fois à notre communauté et à l'accusé lui-même.

Mitchum voulut répliquer, mais le juge l'interrompit.

– En attendant son procès, l'accusé sera confié à l'établissement pénitentiaire pour mineurs Shelby. Il demeurera en détention, mais pourra recevoir les visites de sa famille et de son avocat. La séance est levée.

Pas de coup de marteau. Le juge Wallace sortit de la salle et Sir Hendricks saisit le bras de Huddles.

– Qu'est-ce que ça signifie ? demanda Huddles.

– Qu'il faut que tu sois courageux.

De retour dans la ruelle, Sir Hendricks fit monter Huddles à l'arrière du fourgon et vérifia ses chaînes. Ce matin, Hendricks tenait sous son bras un livre intitulé *L'Art du combat médiéval*. Associé aux cicatrices, le livre permit à Huddles de comprendre enfin d'où provenait ce « Sir ». Huddles visualisa Sir Hendricks en cotte de mailles, pénétrant sur un champ de bataille avec un casque de chevalier sous le bras, prêt à se battre en duel avec d'autres types rêvant de vivre au Moyen Âge. Huddles comprenait même pourquoi Hendricks tolérait ce surnom : il ne se rendait pas compte qu'on se moquait de lui.

Hendricks desserra ses chaînes jusqu'à ce qu'il y ait un peu de jeu. Au moment où les portes se refermaient, une voix retentit.

– Attendez une minute, dit le shérif Thompson.

Sir Hendricks s'écarta pour le laisser planter sa large silhouette devant l'ouverture du fourgon. À cette faible distance, il dégageait une odeur de polyester humide et de cuir huilé.

– Je t'avais prévenu que ça se passerait comme ça, dit le shérif en appuyant les paumes contre la grille en acier qui le séparait de Huddles. J'espère que ça va t'ouvrir les yeux.

Huddles haussa les épaules.

– J'avais rien à dire et j'ai toujours rien à dire.

– Tu dois avoir drôlement peur de ton frère. Garde à l'esprit que chaque jour qui passe, Shane a de plus en plus de choses à nous raconter.

Rentré à la Carcasse suffisamment tôt, Huddles participa à la séance de groupe de Beverly, une des conseillères. Woods, un jeune péquenaud du comté de Pocahontas, parlait de sa récente rupture. Huddles s'ennuyait, mais un petit Noir avec des béquilles l'assura que c'était mieux que les trucs habituels sur les dangers du tabac et l'éducation des enfants. Huddles crut qu'il plaisantait, qu'on n'abordait quand même pas des sujets aussi ridicules ici. Il comptait au moins trois junkies dans le cercle.

Si l'on exceptait son bref moment de liberté au gymnase, Huddles n'avait pas encore côtoyé les garçons de l'unité B. Ils connaissaient tous la réputation de sa famille, mais le fait d'être placé en isolement avait empêché les interactions. Ces garçons ne correspondaient pas à ce qu'il avait imaginé. Pour commencer, leur apparence s'avérait plutôt soignée, malgré le OR-LA-LOUA tatoué dans le cou de Woods. La plupart arboraient des physiques maigrelets, des têtes de bébé aux oreilles disproportionnées, des crânes rasés, frisottés ou bardés d'épis. Certains possédaient des voix encore fragiles, comme si leurs couilles n'étaient pas complètement formées. Huddles leur trouva un seul facteur commun : les yeux. Verts, marron, bleus ou noisette, le vide sidéral n'était perturbé que par un rare clignement. Un regard fixe, injecté de sang, comme si seule la partie reptilienne subsistait dans leurs cerveaux atrophiés. Le regard abattu de tous les garçons élevés par le système.

La thérapie de groupe ne semblait pas fonctionner, pourtant Beverly avait la tête de l'emploi. Une femme attirante d'une quarantaine d'années, la seule personne au cœur tendre de l'établissement. L'autre conseiller, Huddles n'arrivait pas à le déchiffrer : Felts, un nain dont le manteau en cachemire noir paraissait dater d'il y a plus de cent ans. La rumeur voulait que Felts ne quitte jamais ce manteau croisé, qu'il boutonnait jusqu'au col telle une soutane. Et, en effet, un rôle de prêtre aurait mieux convenu à Felts. Difficile de croire qu'il était à sa place, entouré de ces hommes en uniforme, avec leur grande taille et leurs muscles noueux censés intimider les délinquants. Felts semblait trop délicat, ses longs doigts de pianiste adoptant la forme d'un clocher tandis que, le front plissé, il écoutait Woods raconter ses peines de cœur.

– Je ne comprends pas ce qui s'est passé, dit Woods en grattant la barbe qui lui rongeait le cou telle la mousse sur un tronc d'arbre. Je pensais que tout allait bien entre nous.

– Et les rumeurs ? demanda Beverly.

Elle avait beau dissimuler ses formes sous un coupe-vent et un jean trop larges, Huddles ne pouvait s'empêcher de fixer les cuisses de la conseillère en se demandant à quoi elle ressemblait à l'extérieur, avec un jean serré et du rouge à lèvres sur sa bouche sensuelle. Même ici, dans l'unité B, maquillée seulement d'une touche d'anticerne pour masquer les cercles noirs sous ses yeux, sa beauté rendait fous cette bande de garçons enfermés depuis si longtemps.

– Tout le monde se vantait de l'avoir fait avec elle, dit Woods en se penchant en avant sur sa chaise.

– Et les détails intimes que toi tu as révélés à tes copains, dit Beverly. Comment a-t-elle vécu ça, à ton avis ?

– Je pensais qu'elle serait très fière.

– Peut-être qu'elle a eu l'impression d'être un simple objet. (Beverly se gratta le crâne comme si ses ongles pouvaient arracher ce qui la gênait.) Tu n'as jamais songé que, peut-être, certaines choses ne regardaient pas les autres ? Tu n'as pas fait exprès de lui causer de l'embarras, je comprends. Mais il ne faut jamais oublier que vous n'êtes pas encore des adultes.

– Merde, dit l'un des détenus. J'ai un fils, et je suis derrière les barreaux. Si ça suffit pas pour être considéré comme un adulte…

Felts esquissa un sourire ; Huddles crut être le seul à l'avoir perçu.

La porte s'ouvrit avec un bourdonnement électrique. Sir Hendricks entra, amenant un garçon qui nageait dans ses vêtements fournis par l'État. La chemise deux fois trop grande lui arrivait au genou – une vraie chemise de nuit de grand-mère – et le pantalon était tellement large que tout son corps aurait tenu dans une seule jambe. Un visage poupin avec des fossettes et des taches de rousseur. Un crâne récemment rasé sur lequel poussait un duvet blond d'oisillon. Le garçon marchait à côté de Hendricks, et non devant lui comme le protocole le dictait. Quant à ses mains, elles pendaient le long de son corps au lieu d'être jointes dans son dos, suivant la règle.

– Fitzgerald a pensé que ça ferait du bien à Malcolm de participer à la séance, dit Hendricks à Beverly.

Alors qu'elle examinait le garçon, Huddles sentit qu'une émotion particulière étreignait Beverly. Peut-être parce qu'il était si petit, elle ne sembla pas remarquer son absence totale de gêne face à tous ces yeux qui le fixaient et à ces portes en acier contrôlées électroniquement. Huddles, en revanche, comprit tout de suite. Felts plissa le front ; il avait compris, lui aussi.

– Viens t'asseoir, dit Beverly d'une voix aussi douce que si elle parlait à un chaton.

Woods et quelques autres cachèrent leurs dents en avant derrière leur main pour mieux glousser. Le garçon assis à côté de Huddles lui donna un petit coup de coude et se pencha sur une de ses béquilles.

– Ça va si mal dehors que même les merdeux à la crèche se font foutre en taule ? lança-t-il.

La table éclata de rire. Tout le groupe tangua, se tapa sur le genou. Beverly agita les bras pour tenter de ramener le calme tandis que Sir Hendricks s'efforçait de réprimer un sourire.

– T'as fait quoi, mon gars ? reprit le garçon aux béquilles. T'as arraché la couche-culotte d'un de tes petits camarades ? Tu lui as piqué sa sucette ?

Hendricks était trop occupé à se retenir de pouffer pour réagir quand Malcolm s'avança, saisit une des béquilles contre la table et frappa le jeune Noir. La barre en aluminium fendit l'air et la partie plastique qui se place sous l'aisselle s'abattit sur le dos du garçon. Le choc fit basculer l'enfant, son visage heurta la table alors qu'un nouveau coup de béquille lui écrasait les doigts de la main droite. Le garçon émit un son creux qui ressemblait davantage à une toux qu'à un cri. Malcolm leva la béquille une troisième fois, mais Hendricks la lui arracha des mains avant qu'il puisse asséner un dernier coup et le plaqua au sol. Avec ses petites jambes, Malcolm essayait d'écraser les couilles de Hendricks, tandis que sa petite bouche crachait des obscénités. Beverly fit le tour de la table, enjoignant tout le monde de rester assis. Felts s'agenouilla auprès du blessé, qui leva sa main écrabouillée. Ses doigts étaient tout tordus, à commencer par l'index, pointant dans une direction improbable.

– Ici l'unité B, dit Beverly dans sa radio. Nous avons besoin de renforts et d'assistance médicale.

La porte s'ouvrit et deux agents accoururent pour aider Hendricks. Ils essayèrent de forcer Malcolm à se lever, mais celui-ci se débattait et tentait de donner des coups de pied dans le nez de Hendricks. Ils l'empoignèrent par les bras et par les jambes, le soulevèrent et l'emportèrent à l'isolement.

Ce soir-là, sur le sol de l'unité B, Huddles découvrit les corps d'un tas d'insectes morts depuis longtemps. Des cadavres collés les uns aux autres, poussés dans les angles par les balais du personnel d'entretien. Secs, réduits à l'état de coquilles, des exosquelettes auxquels manquaient les pattes et les ailes. Dans l'unité B, le soir était un moment de tension silencieuse qui agitait les garçons, mais pour Huddles ce fut l'occasion de réfléchir à la question suivante : comment les mouches et les papillons de nuit pénétraient-ils ici ? Voyageaient-ils sur les vêtements des gardiens ? À moins qu'un couple d'individus solitaires se soit trouvé il y a quelques années, condamnant leurs descendants à vivre dans un cycle perpétuel de naissance, d'inceste et de mort entre ces murs.

Huddles se demanda où les insectes pondaient leurs œufs et, dans le cas du papillon de nuit qu'il avait tué le premier soir, où les chenilles pouvaient bien faire leur cocon avant d'accomplir leur métamorphose. Ça paraissait miraculeux dans cette unité B où, sous le regard de Sir Hendricks, les garçons passèrent la soirée à jouer au bridge en discutant de la scène violente dont ils venaient d'être témoins.

Woods battit un paquet de vieilles cartes jaunies et distribua. Robison, un jeune Noir obèse dont la graisse tremblait à chaque respiration, ramassa les siennes tandis qu'un rouquin dénommé Callan, une grande gueule, faisait mine d'admirer son propre jeu.

– Ça c'est ce qu'on appelle une belle main, s'extasia Callan. Pas de doute, c'est moi le roi de l'unité B.

Il classa ses cartes, puis leva la tête vers l'étage, où se trouvaient les cellules numérotées de 6 à 10.

– Quelle raclée il lui a foutue ! dit Callan. Le plus beau tabassage depuis des mois…

– Si un gamin essayait de me faire ça à moi, dit Woods, il se retrouverait avec la cervelle qui coule par les oreilles.

– C'est pas un gamin comme les autres, ce Malcolm, dit Callan. Je parie que cet enfoiré a été élevé par des loups. Qu'il a bouffé le sein de sa mère.

Huddles étudiait la façon dont Hendricks observait le groupe. Ça le troublait de savoir que, même quand il dormirait, quelqu'un resterait en poste dans la salle de contrôle sphérique, l'œil rivé sur les différents écrans pour veiller à ce que personne ne cherche à forcer une serrure.

Au tribunal, l'espace d'un instant Huddles avait failli tout confesser au juge Wallace. La Carcasse ne l'avait pas brisé, mais dans sa tête il se repassait en boucle les images de Malcolm frappant ce garçon avec la béquille. Le bruit du plastique fracassant l'os, l'odeur de la violence au moment où ils embarquaient Malcolm. Peu importe sa capacité de résistance, cet endroit finirait par venir à bout de lui. Ferris le savait et Thompson aussi. Il allait appeler son frère et lui raconter ce que Thompson avait dit sur Shane – un informateur. Finis les atermoiements ; il était soulagé.

La partie de cartes touchait à sa fin. Huddles regagna sa cellule et s'assit sur le lit, s'adossant aux parpaings froids du mur. Ses jambes étaient assez longues pour qu'en les tendant il touche le battant de la porte du bout de son gros orteil. Il demeura immobile dans cette position jusqu'à ce que Sir Hendricks lui demande d'éteindre sa lumière et l'enferme à l'intérieur.

5

Pendant deux jours, Terry et Davey restèrent assis à planer devant les tisons du poêle, avalant cachet sur cachet. Terry avait besoin d'oublier la mission assignée par Ferris. Cette euphorie chimique lui permettait de contourner la réalité, mais le soulagement n'était jamais que partiel. Dès que l'effet s'estompait, il repensait au flingue, caché dans le creux d'un arbre à proximité, exposé à la rouille qui bientôt le rendrait inutilisable. Avec le flingue venait la culpabilité. La culpabilité de ne pas en avoir parlé à Davey et de ne pas avoir encore trouvé le courage de descendre braver la ville pour se procurer de quoi soigner les blessures de Roscoe. N'empêche, la culpabilité était préférable à la peur. Terry pouvait fermer les yeux, chasser la culpabilité de son esprit et se réconforter grâce à une pilule d'une couleur ou d'une autre.

Terry ne savait pas vraiment ce que Davey, lui, recherchait en se défonçant. Terry regardait son homme avaler le premier cachet venu avant même que le précédent ait terminé de faire de l'effet, sans s'inquiéter de mélanger toutes ces différentes substances. À certains moments, Davey semblait amoureux de l'oxygène qui pénétrait dans ses poumons ou de la chaleur des flammes qu'il insistait pour raviver. À d'autres il enrageait, haïssant chaque particule de bois de la cabine et semblant prêt à attraper des braises dans le poêle pour mettre le feu au plancher. Ainsi Davey passait par toute la gamme des émotions.

Pendant ces deux jours, ils firent l'amour une fois : Davey attrapa Terry par-derrière et ils s'arrachèrent mutuellement leurs vêtements sales. Ce fut maladroit, peu convaincant malgré le désir partagé. Après avoir baisé, ils restèrent enlacés dans les bras l'un de l'autre. Davey fuma un joint tandis que Terry fixait le plafond, ses yeux captivés par une tache d'eau qui grandissait un peu plus chaque jour. Des gouttes chaudes, couleur de rouille, tombaient régulièrement sur le pied de Terry.

– Tu recommences, dit Davey en tirant sur le joint. Tu es ici avec moi, et en même temps tu es loin.

– Ça m'arrive.

– Ça ne facilite pas les choses.

Parfois, alors que la transpiration n'avait pas encore séché sur leur peau, Terry se demandait ce qu'il faisait avec Davey. Défoncé, comme d'habitude, mais intensément lucide, il lui semblait que leur histoire ne reposait que sur le désir sexuel et la familiarité. Peut-être n'étaient-ils ensemble que pour éviter d'être seuls. Et à ces moments-là, soit Terry avait envie de partir, soit il en concluait qu'il s'agissait de la nature véritable de l'amour. Que rien n'était plus vrai que deux êtres brisés s'appuyant l'un sur l'autre pour résister à l'agression constante de ce monde. L'unique certitude de Terry, c'est qu'il ne voulait pas de l'amour inconditionnel de Davey. Ils devaient se mériter l'un l'autre, sinon leur amour se résumerait à une malédiction. Cette nuit-là, pensant à ses lourds secrets, Terry se demanda s'il n'allait pas porter malheur à son amant.

Lâchant Davey, il s'approcha de la fenêtre. La nuit était trop noire pour distinguer quoi que ce soit ; les arbres et les feuilles se résumaient à des ombres. Quand Terry avait onze ans, son père l'avait emmené en montagne pour qu'il s'exerce à tirer sur des écureuils avec le fusil que son grand-père lui avait offert à Noël. Terry parvint à toucher la queue duveteuse d'un animal qui courait sur une branche en hauteur. Son père l'acheva en lui fracassant la tête contre un tronc d'arbre, puis trancha les pattes minuscules, fit une entaille dans le dos, glissa ses doigts sous la fourrure et retira la peau en la faisant passer par-dessus la tête comme on ôterait sa chemise à un enfant. L'odeur de glands à moitié digérés donna des haut-le-cœur à Terry, qui se mit à pleurer en silence. Grâce à cette expérience, il sut qu'il ne pourrait jamais tuer, même pour se nourrir. Il y avait peu de chance qu'il parvienne à appuyer sur la détente quand il se trouverait face à Thompson. Les pilules ne permettaient pas de tout oublier.

Terry s'éloigna de la fenêtre et posa une main sur le ventre de Davey. Malgré l'effet des drogues sur son appétit, Davey avait une couche de gras sur les hanches qui lui donnait l'air beaucoup plus âgé, une brioche que la plupart des hommes se seraient évertués à cacher. Lui n'éprouvait aucune honte à se montrer nu. Allongé par terre, appuyé sur le coude, il laissait pendouiller tranquillement ses poignées d'amour. Terry lui prit le joint, tira une profonde bouffée et regarda le bout rougeoyant.

– Fais-moi confiance, dit Terry. C'est ici que j'ai envie d'être, avec toi.

Ce furent les derniers mots qu'ils prononcèrent de toute la nuit. Éclairés par la flamme vacillante de la bougie, ils fumèrent le joint jusqu'à ce qu'il n'en reste plus que des cendres.

Le lendemain matin, Terry arriva tôt pour aider Henry Felts à arracher la moquette. Après une aussi longue soirée, chaque battement de son cœur lui faisait mal à la tête et chaque rayon de soleil lui transperçait les yeux ; pourtant Terry se sentait de bonne humeur, heureux de canaliser son anxiété dans un travail productif. Unique souvenir des Gilbert, le revolver fourré dans la poche de sa veste en jean. Terry ne voulait plus le laisser planqué dans l'arbre, où le bois pourri risquait de l'abîmer, et où il craignait surtout que Davey le découvre. C'était sans doute paranoïaque de sa part. Peu importe, il avait apporté le flingue avec lui.

À l'intérieur de la maison, une odeur humide de moisissure l'accueillit. Henry Felts ne s'embêta pas à lui dire bonjour, il se contenta d'ôter ses gants pour essuyer la sueur sur son front. Depuis le dernier passage de Terry, le chantier était devenu encore plus bordélique. Le jardin croulait sous les détritus, la pluie de la nuit avait désintégré le carton scotché sur ce qu'il restait des fenêtres. Des éclats de verre étaient incrustés dans la moquette trempée. Henry tendit des gants à Terry pour qu'il évite de se couper.

– Tu ferais mieux de les mettre, dit-il en lui montrant sa paume lacérée.

Écartant les jambes, Terry empoigna un angle de la moquette et tira. Le morceau se décolla, mais ne se déchira pas. Il s'agenouilla et attaqua les fibres avec son cutter, donnant de violents coups de lame comme pour dépecer un animal haï.

Déchaîné contre cette moquette, il n'entendit pas Jason Felts entrer.

– Cette maudite baraque va m'enterrer, dit Henry à Jason.

Henry se tenait sur le seuil ; son gros ventre tremblait, il tâchait de reprendre sa respiration malgré la chaleur étouffante.

– Vous vous y êtes mis il y a longtemps ? demanda Jason.

– Une demi-heure à peine, répondit Henry.

– Déjà fatigué ? s'étonna Jason en lui donnant une petite tape sur l'épaule.

Henry fit mine de le repousser avec sa casquette.

Au total, la maison comportait dix pièces, quatre d'entre elles décorées avec la même moquette beige souillée de toute une variété de taches indéfinissables. Parfois, Terry s'imaginait que ces motifs abstraits étaient des messages laissés par les fantômes des junkies. On voyait leurs traces partout : empreintes terreuses de bottes de motard sur la moquette, trous de la taille d'un poing dans les murs du couloir… Le premier jour, Henry avait révélé à Terry que l'installation électrique sous la maison se trouvait dans un état catastrophique. À court d'argent, les squatteurs n'hésitaient pas à trancher des bouts de câbles pour revendre le cuivre et pouvoir s'acheter de quoi continuer à planer.

Terry repartit à l'attaque de la moquette. Malgré les coups de cutter, elle refusait toujours de se déchirer.

Plutôt que de laisser Jason lui montrer l'exemple, Terry se résolut de lui-même à pratiquer des incisions plus minutieuses, qui lui permirent enfin de mettre à nu le plancher. À une époque, ce devait être un beau parquet, mais aucun traitement ne pourrait jamais lui redonner son lustre d'antan.

– Attention, dit Terry à Jason. Il y a plein de verre là-dedans.

– Je me suis fait de grosses entailles, dit Henry en brandissant sa main.

Ses blessures, Henry s'en servait d'excuses pour confier les tâches difficiles aux plus jeunes. Terry accomplit l'essentiel du boulot, arrachant des pans de moquette à une telle vitesse que les deux Felts devaient sûrement le prendre pour un fou. Ça le gênait, mais il ne pouvait pas s'en empêcher. C'était sa façon de travailler depuis toujours. Tous ces efforts pour rénover la maison d'un autre homme alors que lui-même n'en possédait pas. De quoi envier la chance du vieux Felts. Cette entreprise familiale dont il avait hérité et qu'il avait trouvé le moyen de ruiner en s'adonnant à la boisson. Bien sûr, Terry n'oubliait pas sa propre faiblesse, les cachets. Et sa situation à lui était bien plus précaire.

Henry alluma la radio portable et la régla sur une station qui diffusait du rockabilly. Les trois hommes se calèrent sur le rythme de la musique. Quand ils eurent terminé les deux premières pièces, Jason et Terry sortirent sur la galerie pour fumer. Le spectacle de ce petit homme tirant sur sa cigarette avait quelque chose d'irréel. Si l'on exceptait sa barbe de trois jours, il ressemblait à un enfant exténué se reposant sur la galerie, une clope coincée entre ses jolis doigts sans défaut. Ils en étaient à leur deuxième cigarette quand Henry les rejoignit dehors.

– Pourquoi vous n'iriez pas nous chercher à déjeuner, Terry et toi ? suggéra-t-il en tendant quelques billets à Jason.

– Qu'est-ce que t'en dis, Terry ? demanda Jason. Tu viens avec moi ?

Allongé sur le dos, sa Marlboro plantée au coin des lèvres, Terry se sentait trop fatigué pour se lever, mais l'idée de se retrouver seul avec le petit homme l'intriguait. Le silence de Jason semblait chargé d'une promesse. Comme si une vérité fondamentale allait s'échapper de sa bouche pour peu que quelqu'un soit là au bon moment pour l'entendre.

– Je peux fumer dans la voiture ? demanda Terry.

Ils roulèrent le long d'une route bordée de chênes tordus, direction le Mega Drive-Inn. Plus entretenu depuis des années, le bitume était complètement craquelé, un vestige d'une civilisation antérieure. Ici tout était mort. Plus une feuille sur les branches des arbres malades. Les dernières, tombées il y a des années, jonchaient encore la route bien qu'on soit au début de l'été. Terry régla la clim à fond et se mit à gratter la peau morte sur ses doigts.

– Tu aimes bosser pour mon oncle ? lui demanda Jason.

– Ça va.

– Dans ce pick-up, tu peux me dire ce que tu penses vraiment.

Terry épousseta les bouts de peau sur son pantalon.

– Il est sympa, mais il ne me ménage pas.

– Quand je bossais pour son entreprise de pompes funèbres, il me faisait bosser deux fois plus dur que les autres employés.

– Ça te faisait peur ? demanda Terry. D'être entouré de tous ces morts ?

Vivre parmi les morts, ça lui paraissait dingue. Une famille dînant à la table de la cuisine tandis qu'au-dessous de leur appartement des voisins gisaient dans une chambre froide, leurs corps purgés de fluides, prêts pour la tombe. Les cadavres joliment arrangés pour que les proches puissent défiler devant. Le plus étrange, c'était d'imaginer ce petit bonhomme guidant des veuves jusqu'à leur chaise à côté du cercueil.

– J'en ai pas vu tant que ça, en fait. J'ai juste porté beaucoup de cercueils, ceux de gens qui n'avaient personne pour s'en charger. J'aimais bien ça, les funérailles.

Pour s'occuper les mains, Terry tripotait une cigarette pas encore allumée.

– Je trouvais ça assez beau, poursuivit Jason. C'était triste, mais en même temps il y avait quelque chose de fort, tous ces gens qui se rassemblent pour dire au revoir à quelqu'un.

Jason passa sa langue sur sa lèvre, lança un regard dans le rétroviseur comme s'il pouvait y voir les personnes présentes à son propre enterrement.

– C'est peut-être pour ça que je loue encore cet appart au-dessus de la morgue, dit-il. Je me sens chez moi.

Se sentir chez soi, ce n'était pas un concept important pour Terry. Quand son père l'avait chassé, il s'était réjoui de pouvoir enfin quitter cet endroit tant détesté. Comment Jason pouvait-il être attaché à ces pompes funèbres au point qu'il souhaitait continuer de vivre là-bas alors même que l'entreprise n'appartenait plus à sa famille, mais à des inconnus ?

– Tout ce que je sais, c'est qu'Henry s'est pas trop fatigué aujourd'hui, glissa Terry.

Il sourit, mais sans desserrer les lèvres pour ne pas dévoiler ses dents. Il ne les avait pas brossées depuis des jours et une plaque jaunâtre recouvrait ses incisives.

– Tu sais pourquoi il boit ? demanda Jason.

– J'avais pas remarqué qu'il buvait.

– Bien sûr que si, dit Jason. Il pue la bière à dix kilomètres. Tu sais pourquoi ?

Terry secoua la tête, se demanda ce qui poussait le petit homme à vouloir lui raconter cette histoire.

– Il y a quelques années, son fils Ben a été assassiné à Huntington. Il vendait de la drogue dans un appartement abandonné. L'assassin a démembré son corps dans une vieille baignoire avant d'enrouler les morceaux dans un tapis et d'essayer de les brûler dans une benne à ordures. Les voisins ont appelé la police à cause de l'odeur.

– Pourquoi vous me racontez ça ?

Jason haussa les épaules.

– Les gens le voient bourré à midi et se disent que c'est un pauvre type. Je voulais juste que tu sois au courant, pour que tu ne sois pas trop dur avec lui. Je n'oublie jamais que mon oncle Henry a identifié Ben grâce aux Doc Martens sur ses pieds et à un tatouage à moitié calciné.

Le parking du Mega Drive-Inn était désert à l'exception d'une Geo Metro violette qui ressemblait à un œuf cabossé. Les propriétaires de la voiture, un homme avec une queue-de-cheval grise et une femme vêtue d'un short en jean blanc, étaient assis à une des tables de pique-nique sous le grand panneau où s'affichait le menu du drive-in. Les autres tables étaient inoccupées ; des pigeons se battaient pour les quelques frites traînant à l'ombre des parasols penchés à des angles étranges. Des mégots de cigarettes jonchaient le parking, mais en l'absence de clients Terry se demandait qui avait bien pu les fumer. Autrefois, il ne se serait pas posé la question. Quand le père de Terry allait au lycée, le Mega Drive-Inn était toujours plein. Des dizaines d'adolescents s'y arrêtaient pour manger un burger avant de partir sillonner toutes les routes goudronnées du coin.

– Je préfère entrer plutôt que d'obliger ces dames à courir jusqu'à la voiture, déclara Jason.

Terry haussa les épaules et, passant devant un antique panneau métallique « Coca-Cola », suivit Jason à l'intérieur. De l'extérieur, le bâtiment paraissait si petit qu'on doutait qu'il puisse abriter même une cuisine. Pourtant il se révélait spacieux, avec sa rangée de box qui s'étirait face au comptoir en Formica. Deux serveuses assises fumaient en sirotant un café tandis que, de l'autre côté de la salle, un groupe d'hommes tournaient autour d'un billard au tapis déchiré. Ils frottaient de la craie au bout de leurs queues avant de s'appuyer sur ces dernières. En les voyant, Jason pensa à des soldats qui s'ennuyaient et se reposaient sur leurs fusils. Un juke-box jouait de la country ; la musique n'était pas très forte et on entendait la conversation des cuistots accompagnée de crépitements de graisse. Une femme assez âgée apparut derrière le comptoir, un carnet à la main. Jason commanda trois burgers deluxe et des frites, à emporter. Terry sortit de l'argent de sa poche, mais Jason secoua la tête.

– C'est pour moi.

En attendant qu'on leur prépare leur commande, Terry regarda les hommes jouer au billard. Un type tout maigre avec des jambes d'épouvantail enchaînait les prouesses, empochant toutes les billes pleines. À chaque fois il annonçait à voix basse son prochain coup, puis l'exécutait parfaitement.

– La trois dans le coin. La six sur le côté.

On commença à sortir de l'argent. On jetait des billets sur le rebord de la table, on pariait sur les chances du type de poursuivre sa série. La facilité avec laquelle ces hommes mettaient leur fric en jeu irrita Terry. Jamais il n'aurait pu se permettre de prendre autant de risques avec le sien.

Derrière le comptoir, la serveuse annonça à Jason que leur commande était prête. Il récupéra les sachets blancs que le gras avait rendus presque transparents.

– Elle est légale, cette partie ? demanda une voix depuis le seuil de la porte.

Les hommes se détournèrent de la table de billard pour regarder le shérif Thompson entrer dans la salle, puis adresser un grand sourire à celle des serveuses qui avait le tablier le plus sale.

– Tu as transformé cet endroit en tripot, Tilly ? Si c'est le cas, je veux mon pourcentage.

Sa propre plaisanterie le fit se tordre de rire. Les hommes autour du billard sourirent nerveusement quand il les salua de la main.

– Continuez votre partie, les gars, dit-il.

– Tu es prêt ? demanda Jason.

Mais Terry était incapable de réagir. La gorge nouée, il sentit soudain le poids du revolver. Il glissa sa main dans sa poche et toucha la crosse ; comme il s'y attendait, le bois était chaud, vivant. Ça pouvait se passer ici. Il pouvait sortir l'arme et abattre Thompson devant ces ploucs en train d'aspirer leurs dernières gouttes de milk-shake, la paille aux lèvres. Autant qu'il y ait plein de témoins plutôt que de vivre avec un secret aussi lourd et la crainte permanente qu'on le retrouve, même si Gilbert l'emmenait à des centaines de kilomètres d'ici.

Terry s'approcha du billard avec un billet de cent dollars, le tenant de façon à ce que tous les types, et en particulier Thompson, le voient bien. Puis il le posa sur un angle de la table.

– Cent dollars qu'il n'arrivera pas jusqu'à la 8.

Les types échangèrent des regards, l'air de se demander si cette intrusion devait être tolérée.

– Alors comme ça tu te ramènes juste pour parier contre mon ami, dit un homme qui grignotait du poulet.

Sa queue de billard posée en travers de deux chaises, ce type n'en avait que pour sa barquette de pilons frits.

– C'est pas poli de souhaiter l'échec de quelqu'un, renchérit-il.

– Je veux juste gagner de l'argent, dit Terry. Ici tout le monde parie, non ?

– Ici on est entre amis, répliqua le type.

Il tira sur sa longue moustache, puis attrapa sa queue.

– Laisse ce gamin tranquille, dit Thompson. Grâce à lui, la partie est devenue plus intéressante.

Pendant ce temps, le maigrelet frottait de la craie sur le bout de sa queue. Terry vit qu'il avait un gros grain de beauté noir sous l'œil gauche. Une fois qu'on l'avait remarqué, c'était difficile de se concentrer sur autre chose.

– Quelqu'un veut parier avec lui ? demanda le maigrelet.

Personne. Le maigrelet au grain de beauté se rapprocha de la table, se pencha et chuchota :

– La six dans le coin.

Il empocha la six et enchaîna en expédiant avec une facilité redoutable la dix puis la deux dans la même poche sur le côté. Il inspira longuement avant d'aller se positionner à l'autre bout de la table pour envoyer la huit dans la poche de l'angle du fond.

Le maigrelet ramassa l'argent et s'assit, laissant un autre joueur prendre sa place tandis que Thompson sifflait admirativement.

– T'auras plus de chance la prochaine fois, mon grand, dit-il à Terry en lui tapotant l'épaule.

Le sachet sur ses genoux, Terry enfournait les frites dans sa bouche plus vite qu'il ne parvenait à les mâcher. Croiser Thompson l'avait d'abord angoissé ; puis, une fois la peur dissipée, il n'avait plus ressenti qu'une faim de loup. Il termina toutes ses frites et attaqua son burger avant même qu'ils aient repris la direction de Fuller Street. Manger à une telle vitesse devant un inconnu lui faisait honte. Il voyait bien que Jason regardait ses joues creuses et le plaignait, imaginant qu'il souffrait de malnutrition. Si Terry ne se contrôlait pas mieux, ils finiraient par comprendre que son apparence ne s'expliquait pas seulement par la pauvreté.

– Le salaire d'une journée, foutu à la poubelle, dit Jason. C'était pas malin.

Terry haussa les épaules.

– Je risquais pas d'aller loin avec cent dollars. Alors autant essayer d'en gagner plus.

Laissant le pick-up se déporter sur le bas-côté, Jason souleva ses fesses, extirpa son portefeuille de sa poche arrière, sortit cinq billets de vingt et les lança vers Terry.

– Pas question que tu rentres chez toi bredouille.

– Vous m'avez déjà offert le déjeuner.

– Travailler juste pour avoir de quoi se nourrir, c'est nul.

Terry regarda les billets un moment, puis les glissa dans sa poche.

– J'avais besoin de plus de fric, c'est tout.

– Pour quelle raison ?

– Faut que j'amène mon chien chez le véto.

Terry pointa du doigt un endroit où l'accotement était plus large. Jason se gara.

– Ça vous dérange de me déposer là ?

– Pourquoi ?

Ils étaient loin du centre-ville de Lynch, sur une route où il n'y avait rien que de la forêt pendant des kilomètres.

– Laisse-moi au moins te ramener chez toi.

– J'ai rendez-vous ailleurs.

Ce mensonge tomba à plat. Jason pivota sur son siège pour faire face à Terry.

– Oncle Henry m'a dit que tu n'avais pas accepté une seule fois de la semaine qu'il te ramène. Pourquoi est-ce que tu ne peux pas rentrer chez toi ?

Les yeux de Jason le fixèrent avec une douceur, une patience et une empathie qui paraissaient inépuisables. De toute évidence, il était prêt à rester assis en silence jusqu'à ce que Terry confesse quelque chose. Avec le recul, Terry se rendit compte que Jason avait passé la matinée à préparer le terrain, tissant des liens en évoquant le problème de boisson de son oncle et son propre travail aux pompes funèbres. Il se sentit manipulé, mais aussi un peu flatté que quelqu'un s'intéresse à lui. Terry ne se confiait à personne, même pas à Davey. Il aurait aimé se libérer de ses secrets, mais il savait que s'en ouvrir à des divinités imaginaires ou à d'autres hommes tout aussi brisés que lui ne suffirait jamais à le soulager. D'où venait ce besoin humain universel de communion, au fait ? Espérer trouver du réconfort auprès des autres, c'était entretenir l'illusion qu'ils pouvaient vous comprendre. Les gens n'avaient pas le courage d'admettre que nous étions coincés chacun dans notre carapace, et que les mots ne nous permettaient pas d'exprimer l'indicible. Raconter ces choses à Jason l'aiderait à y voir momentanément plus clair, mais ne le libérerait pas de ses devoirs envers Ferris. Pire, ce serait mettre Jason en danger.

– Mon père boit, expliqua-t-il. Alors je dors chez des amis.

– Où habitent ces amis ? demanda Jason. Je t'emmène chez eux.

Terry ouvrit la portière et descendit. Au lieu de commencer à gravir la pente, il se retourna et appuya ses mains sur la portière.

– Je n'ai pas besoin que vous vous inquiétiez pour moi. Laissez tomber, OK ?

– Si c'est ce que tu veux.

Avant que Jason puisse ajouter quelque chose, Terry s'éloigna en direction de Lynch.

Plusieurs jours après ce moment passé en compagnie de Jason, Terry traversa le pont qui, enjambant une rivière peu profonde, menait au lycée de Lynch. C'était difficile de revenir ici. Avec toutes les rumeurs qui circulaient sur lui, si en plus on voyait son teint cireux et ses cheveux sales et emmêlés, il perdrait toute chance qu'un des rares profs bienveillants à son égard se dévoue à prendre sa défense.

En passant devant la statue de Sammy, le jeune homme qui représentait tous les soldats américains de la Première Guerre mondiale, Terry ralentit. Sammy était paré de banderoles décolorées et de fleurs en plastique datant du dernier Memorial Day. Des couronnes d'authentiques roses fanaient autour de ses énormes pieds en bronze. Son père avait toujours été ému par Sammy. Il n'avait jamais servi dans l'armée, ce qui ne l'empêchait pas d'éprouver une certaine camaraderie masculine envers les soldats. Le regard choqué de la statue arrachait systématiquement des larmes au vieil homme. Tandis qu'il s'autorisait cette faiblesse, il pontifiait sur l'altruisme et l'héroïsme ou évoquait la mémoire d'un grand-père que Terry n'avait jamais connu. Apparemment, cet ancêtre avait combattu les Japonais pendant la guerre. Le père de Terry semblait penser que ça excusait tous les actes haineux du grand-père. La violence, l'alcoolisme, les putes, sans oublier le racisme légué en héritage à son fils. Peut-être qu'en réalité le père de Terry pleurait le fait de ne pas être lui-même un héros de la guerre, et donc de manquer de virilité. Terry, lui, ne ressentait aucune émotion particulière en contemplant le visage étrange, enfantin de Sammy. Cette statue représentait simplement un de ces millions de gosses de paysans qu'on avait dupés, les forçant à participer à une guerre qu'ils ne comprenaient pas.

Il poursuivit en direction du centre-ville, longeant Morris Furniture où les mêmes guéridons et canapés poussiéreux trônaient derrière la vitrine depuis des années. Bien qu'aucun client ne franchisse plus le seuil du magasin, les Morris refusaient de mettre la clé sous la porte. Une question de fierté. En complet et cravate, Clive Morris préférait se poster chaque jour à l'entrée de sa boutique plutôt que d'accepter de se rendre à l'évidence. En face se trouvait le cinéma où Terry avait vu ses premiers films et embrassé Larisa Welch, une fille venue à l'est avec son père, un dresseur de chevaux au Stetson nacré qui tous les dimanches traversait la ville sur sa monture noire et blanche. Constatant qu'il n'arrivait pas à gagner sa vie ici, le père de Larisa était reparti avec elle dans le Wyoming. Quant au ciné, on ne projetait plus de films sur aucun de ses deux écrans, mais ce n'était pas grave. Terry ne se forçait plus à embrasser des filles.

Autant il pouvait supporter les devantures vides, autant les restes calcinés de l'hôtel Aracoma le déprimaient. Dans les années 1930, c'était un endroit luxueux : les dirigeants de la compagnie minière y organisaient des fêtes dans la salle de bal ou y accueillaient des visiteurs aisés quelques nuits durant. Quand Terry était petit, suite à la baisse de fréquentation, les étages inférieurs et le sous-sol avaient été rénovés pour abriter quelques commerces. Terry prenait des cours de karaté dans la salle de bal et se faisait couper les cheveux dans le salon de coiffure autrefois réservé aux clients de l'hôtel. Il adorait s'asseoir dans le grand fauteuil en cuir entouré de boiseries vernies, et respirer l'odeur de pommade au milieu de ces hommes qui bavardaient ou lisaient le journal.

Maintenant l'hôtel n'était plus qu'une coquille vide ; seule la façade nord tenait debout, et encore, elle ne tarderait pas à s'effondrer. Bien que l'incendie remonte à plus d'un an, le conseil municipal n'avait pas encore fait évacuer les débris. Des hommes erraient parmi les cendres ; vêtus de combinaisons malgré la chaleur, ils se penchaient pour retourner des morceaux de bois, cherchant probablement des fils de cuivre à revendre – ces mêmes fils électriques qu'on accusait d'être responsables de l'incendie. Mais tout avait été ramassé dès les premiers jours. Terry lui-même en avait revendu des bouts.

Le parking derrière la pharmacie Harris était vide à l'exception d'une Impala abandonnée à laquelle il ne restait plus qu'un phare et d'un chat tigré dévorant la boîte de thon que quelqu'un lui avait apportée. Les muscles noués, le chat se tenait prêt à chercher refuge entre les pneus crevés de l'Impala ; mais, voyant que Terry s'adossait au mur en brique du magasin, il poursuivit son festin. Normalement, à cette heure de la matinée, les clients auraient dû se bousculer dans la pharmacie. Marcus Harris avait géré l'établissement pendant plus de quarante ans, jusqu'à ce qu'il fasse une crise cardiaque. Le nouveau propriétaire n'était autre que son fils, qui vendait des cachets illégalement sans prendre aucune précaution. Alerté par des plaintes sérieuses, le shérif Thompson s'en était préoccupé. Terry avait pu constater que le shérif se garait sur le parking à midi et surveillait la pharmacie pendant sa pause déjeuner. Traînant au centre-ville, Terry l'espionnait en toute discrétion, notant dans sa tête les endroits que Thompson fréquentait. Tous les jours, le shérif patrouillait en effectuant le même circuit paresseux, puis passait ses nuits garé derrière le Cat's Den ; comme si sa simple présence à proximité pouvait suffire à troubler le sommeil de Ferris Gilbert. Profiter de l'obscurité de la nuit aurait facilité la tâche de Terry, mais passer à l'acte à quelques dizaines de mètres de Ferris était hors de question. Restait le parking de la pharmacie, pendant la pause déjeuner solitaire du shérif.

Terry attendit un temps indéterminé. Sa veste en jean lui tenait trop chaud, mais il n'imaginait pas la retirer et glisser le flingue à l'arrière de son pantalon. Le contact du métal froid lui donnait des frissons, et il craignait qu'une balle lui troue accidentellement le cul. Juste au moment où il allait partir, Terry entendit un moteur approcher. Il se cacha derrière la benne à ordures tandis que la voiture de patrouille de Thompson pénétrait sur le parking. Les roues écrasèrent divers détritus avant de s'immobiliser sur un gobelet en polystyrène qui répandit une flaque de liquide. À l'intérieur de l'habitacle, le shérif ajusta son siège pour éloigner son ventre du volant et pouvoir manger à l'aise. Thompson sortit un hot-dog au chili et à la moutarde d'un sachet en papier tout graisseux posé sur le tableau de bord. Il croqua une grosse bouchée.

Une vingtaine de pas séparaient Terry de la vitre du shérif. Une fois qu'il commencerait à avancer, il ne contrôlerait plus la situation. Rien ne garantissait que ses pieds s'arrêtent devant la voiture ; ils pourraient tout aussi bien le conduire directement en haut de la montagne. Si ça devait se passer de cette façon, Terry l'accepterait. Si son corps décidait de le sauver, ainsi soit-il. Terry laisserait ses pieds l'emmener où ils voudraient. Mais au bout de dix pas, il comprit que ça ne se terminerait pas comme ça.

Le shérif s'essuya la bouche avec une serviette en papier et ôta d'une pichenette un bout de coleslaw tombé sur sa chemise. Terry sentait le poids de la crasse sur sa peau, et son cuir chevelu, qu'il n'avait pas lavé depuis des jours, le démangeait. Mais il ne laissa pas ces divers désagrément le ralentir. Il s'arrêta devant la portière côté passager, sortit le revolver de sa poche sans que l'arme n'accroche le tissu de son blouson. Le bruit du canon métallique qui heurtait la vitre résonna dans ses oreilles.

La première balle explosa le verre. Le projectile perfora le cou de Thompson, qui laissa tomber son hot-dog sur ses genoux et s'effondra contre sa portière. La deuxième balle l'atteignit sous l'aisselle et la troisième le rata complètement. Le dernier coup fut le seul pour lequel Terry prit le temps de viser. Il plissa un œil et fixa la mire tandis que tout autour son champ de vision se floutait. Il appuya sur la détente et le recul lui fit trembler le bras et le força à fermer l'œil qui était resté ouvert, lui épargnant ainsi la vue du crâne de Thompson qui volait en éclats. Quand il rouvrit ses yeux, le sommet de la tête du shérif avait tout simplement disparu. Comme effacé avec une gomme.

Si Terry s'était senti davantage témoin que perpétrateur de l'acte lui-même, il vécut la suite très différemment. Après avoir retrouvé l'équilibre, il essaya de courir, mais ses jambes n'obéissaient pas. Il demeurait figé à côté de la voiture. Le verre scintillait sur le plancher, ses reflets allumant sur la garniture des petits feux que le sang de Thompson finirait par éteindre. Le corps tout mou était écrasé contre la portière, ses yeux écarquillés et vides. Terry fourra le revolver dans sa poche et quitta le parking en courant. Il traversa la rue, emprunta une allée derrière le Mountaineer Diner et ne s'arrêta qu'au moment d'atteindre les voies ferrées en bordure de la ville. Ici, les rails n'étaient pas encore rouillés comme ceux de Fuller Street ; il aperçut des reflets cuivrés là où des gamins avaient posé des pièces d'un cent sur les rails. Ramassant une de ces pièces aplaties, il frotta la fine épaisseur de métal et s'émerveilla de cette transformation. Ça semblait injuste qu'une simple pression, aussi forte soit-elle, puisse écraser quelque chose d'aussi solide.

Terry ne se sentait pas bien. Sueur froide sur sa peau, gargouillis dans son ventre. Il s'assit sur les rails pour reprendre son souffle. Il pouvait traverser les voies ferrées et se diriger vers Cherry Tree. Ferris lui avait promis de le conduire où il voudrait. Terry était tenté par les lumières de Knoxville ou de Lexington, ou au moins par la vue d'un paysage aussi plat que la pièce dans le creux de sa paume, mais il savait que les shérifs adjoints patrouilleraient toutes les routes et arrêteraient toute personne à l'allure suspecte. Son instinct lui dit de se contenter de suivre les voies.

Il marcha jusqu'à ce que les rails longent une route en terre. Devant lui, une maison jaune se dressait à l'ombre de jeunes arbres aux branches alourdies par des pommes vertes. Des guêpes assaillaient les fruits tombés au sol. Ces insectes émergeaient de la pulpe pourrie comme s'ils venaient de naître, leurs ailes trop collantes pour se déplier et voler. Quand Terry était petit, des pommiers de ce genre-là poussaient dans son jardin. Son père avait accroché un hamac entre leurs troncs biscornus ; au printemps, il s'y allongeait pour boire de la bière, tandis que Terry jouait dans l'herbe dont des pans entiers finissaient par mourir à force d'être piétinés. La terre grippait les articulations de ses figurines qui s'affrontaient moins comme des super-héros que comme des vieillards arthritiques. Les gens de la compagnie d'électricité firent abattre les arbres avant qu'ils puissent atteindre les lignes téléphoniques. Terry ne le leur pardonna jamais, pas plus qu'il ne pardonna à son père de ne pas avoir mieux défendu cet espace que tous deux partageaient.

Les guêpes quittèrent le jardin de la maison jaune pour tourner autour de Terry. Leurs petits corps vibrants s'approchèrent de ses oreilles, menaçant de les transpercer avec leurs dards venimeux. Un des insectes se posa un instant sur sa manche, puis s'envola. Une dame âgée sortit sur la galerie, s'avança en s'appuyant sur sa canne.

– Je peux t'aider ? demanda-t-elle.

– J'admire juste votre arbre, madame.

– Il est bon qu'à attirer les guêpes. Autrefois je faisais des compotes, mais maintenant…

Terry pointa du doigt les fruits qui pendaient sur les branches du bas.

– Je peux ?

– Sers-toi.

Même sur la pointe des pieds, il n'arrivait pas à les atteindre. Entourant le tronc de ses bras, Terry l'escalada. À quand remontait la dernière fois qu'il avait grimpé dans un arbre ? Peu importe ; toujours aussi agile, il se hissa sur une branche épaisse et cueillit deux pommes criblées de taches noires. En descendant, il sentit le revolver tanguer dans la poche de sa veste en jean, mais l'arme ne tomba pas. Terry marcha jusqu'à la galerie et tendit une des pommes à la vieille dame. Elle mordit dedans avec beaucoup de prudence, comme si la seule peau du fruit pouvait lui briser les dents. Terry mâcha lentement, laissant le goût acidulé emplir sa bouche tandis que ses jambes se reposaient. Sans la présence du revolver dans sa poche, qui le contrariait, ç'aurait été un moment parfait.

– Je peux utiliser votre téléphone ? demanda-t-il.

À l'intérieur, Terry se rendit compte qu'il s'agissait de la demeure d'une veuve. Les vestiges d'une autre vie, parfaitement préservés quoique recouverts d'une couche de poussière. Elle le fit asseoir sur un canapé et lui apporta un combiné sans fil. À sa grande surprise, Ferris décrocha dès la deuxième sonnerie.

– Je suis prêt à ce qu'on m'emmène loin d'ici, dit Terry.

Ferris lui indiqua l'heure et le lieu.

Cow Creek – le ruisseau de la vache – n'était guère plus qu'un filet de pisse coulant entre la route principale et les mobile homes. Ce cours d'eau faiblard n'aurait même pas mérité un nom, mais une légende locale voulait qu'un jour d'un lointain mois de décembre, un des premiers habitants du coin ait retrouvé une génisse gelée sous la surface. Vu le peu de courant, l'histoire ne semblait pas crédible. L'eau stagnait plus qu'elle ne coulait ; la plupart des rochers au milieu du lit étaient secs et craquelés, n'ayant sans doute pas été submergés depuis une bonne décennie.

En attendant la venue de Ferris, Terry se reposa sur la rive. Pliée sur ses genoux, sa veste en jean était allégée du poids du revolver. Il l'avait enterré sur le flanc de la montagne, à quatre cents mètres de la maison de la vieille dame, en se servant du canon comme d'une pelle. Ses ongles encore noirs de terre, Terry plongea ses mains dans l'eau un peu poisseuse, mais fraîche et apaisante. Autour de lui, le chœur des cigales s'élevait jusque dans les arbres. Une voiture approchait. Plutôt que de se garer dans l'herbe, le conducteur s'arrêta au milieu de la route et baissa sa vitre. Le pâlot du Cat's Den. Il ne semblait pas à sa place au volant d'une élégante berline. Ça se voyait à ses mouvements prudents, comme s'il craignait de casser quelque chose de précieux.

– Viens, lança-t-il.

Terry se leva mais ne s'avança pas.

– Où est Ferris ?

– Il est occupé à des trucs. Il m'a demandé de faire le chauffeur.

Une quinte de toux digne d'un tuberculeux secoua tout le corps du pâlot. Il s'essuya la bouche avec sa manche, puis fit signe à Terry de se dépêcher.

– Allez, mon gars. On a une putain de longue route devant nous, et je peux pas dire que ça m'enchante.

Le vent était imprégné de l'odeur de mousse humide du ruisseau, et de celle des pins – plus piquante. Cet homme se trompait, ou mentait. Terry était persuadé qu'il ne verrait jamais les plaines, ni même l'autoroute. Il recula d'un pas, puis se tourna et franchit Cow Creek, de l'eau jusqu'aux genoux.

– Qu'est-ce que tu fous ? cria l'homme. Tu vas tremper la bagnole, espèce de con.

Terry avait déjà dépassé le premier mobile home et, caché par les arbres, il se lança à l'assaut de la montagne.

6

Quand Huddles apprit pour le shérif Thompson, il avait déjà commencé à dresser un mur entre lui et sa nouvelle réalité. Le cycle classe, sport, extinction des feux était si monotone qu'il avait préféré se mettre en veille – son corps ne réagissait plus aux stimulations de son environnement que de manière minimale. Mais l'ennui devint tel qu'il se résolut enfin à demander une faveur à un membre du personnel. Mme Miller, qui enseignait l'anglais et les sciences, lui prêta un exemplaire usé de *L'Incendie de Los Angeles*. Lire l'aidait à faire abstraction des chuchotements des garçons de l'unité B.

Ils avaient désormais tous peur de lui. Même certains gardiens. Tout le monde se rappelait ce moment où le shérif Thompson était venu le chercher sur le terrain de basket-ball. Après l'assassinat, les autres garçons gardèrent leur distance. Huddles ne doutait pas de la responsabilité de son frère. Ce serait probablement arrivé plus tôt si Thompson n'avait pas porté un insigne. Ferris ne craignait rien ni personne, mais avec ce meurtre il franchissait un nouveau cap. Huddles aurait beau se tenir à carreau et compter sur les prouesses juridiques de Mitchum, il ne sortirait pas d'ici avant longtemps. Autant se résigner à l'idée que son avenir se résumait à l'unité B. Ça s'avéra plus facile à accepter qu'il ne l'aurait voulu. Une partie de lui savait depuis toujours qu'il finirait en taule.

Après le déjeuner, Fitzgerald passa voir Huddles pour lui annoncer qu'il avait un coup de fil et l'escorter jusqu'à un espace de détente près de l'unité A. La pièce était remplie de petites traces de liberté laissées par les gardiens. *Guns & Ammo*, le magazine de Sir Hendricks, ouvert à une page avec une photo d'une blonde brandissant un fusil d'assaut. Juste à côté, un livre de poche intitulé *Le Serment : coutumes et rituels des Templiers*. Huddles remarqua aussi une revue spécialisée dans les voitures de collection : des types en blouson de cuir, coiffés en banane, et des filles tatouées style rockabilly avec chemisier vichy et coupe à la Bettie Page se vautraient sur le capot d'une Chevrolet 1952. La pièce sentait l'après-rasage, la lotion au jasmin, le café et le pain rassis.

Fitzgerald fit asseoir Huddles à un bureau et poussa le téléphone vers lui. Avant même d'appuyer le combiné contre son oreille, Huddles entendit la respiration sifflante de Mitchum.

– Allô, dit Huddles.

Quinte de toux grasse, crachat de glaire, et enfin la voix de l'avocat :

– J'appelle pour prendre des nouvelles. Tu tiens le coup ?

– Oui.

Huddles aurait voulu en dire davantage, mais leur conversation était probablement enregistrée. Son audience au tribunal était prévue pour le vendredi de la semaine suivante, et il pensait que Beverly, la conseillère, essayerait de le faire transférer dans un établissement plus sécurisé. Le procureur ne pouvait pas inculper Ferris, mais pas question que sa famille reste impunie. Le shérif avait agité la menace de Tiger Morton, au nord, et c'était en effet le plus probable. Huddles se retrouverait parmi deux cents gamins, dont une bonne partie affiliée à des gangs. Il s'efforcerait de garder son indépendance, quitte à ne pas faire de vieux os.

– J'ai quelque chose à t'apprendre, dit Mitchum. Ça ne va pas être facile à encaisser.

Huddles imaginait facilement Mitchum, ses doigts ridés jouant avec le cordon du téléphone tandis qu'il prenait le temps de choisir ses mots.

– Shane est mort hier soir. Il s'est fait défoncer le crâne par un garçon de Bradshaw.

Huddles repensa à la dernière fois qu'il avait vu Shane, quand le policier extirpait son ami de la voiture de patrouille. Ses bras massifs menottés derrière son dos, le dôme chauve de sa tête courbée alors qu'il parlait à Huddles à travers la vitre. Il s'était montré si fort ce soir-là, Huddles avait du mal à croire que quelqu'un ait pu le tabasser à mort.

– Comment ça s'est passé ? demanda-t-il. Racontez-moi tout.

– Il y a eu une bagarre au réfectoire. Shane regardait la télé, deux types l'ont plaqué à terre et lui ont fracassé la tête. Le temps que les gardiens les maîtrisent, c'était déjà trop tard.

– On ne l'a pas emmené à l'hôpital ?

– Le directeur était parti en vacances, impossible de le contacter. Son adjoint ne savait pas quoi faire ; ils ont laissé Shane à l'infirmerie toute la matinée. De toute façon ça n'aurait pas changé grand-chose.

Huddles essaya de durcir son cœur contre Shane. Si Thompson disait vrai, il avait bien fait d'avertir Ferris. Mais si c'était du bluff pour pousser Huddles à trahir son frère, il avait fait tuer Shane pour rien. D'une manière ou d'une autre, Huddles se sentait coupable.

– Ça peut nous arranger, dit Mitchum. On n'a qu'à lui mettre sur le dos les trucs les plus graves

– C'est vous le putain d'avocat, dit Huddles.

Il raccrocha et fit signe à Fitzgerald qu'il avait terminé.

Plus tard ce soir-là, il reçut la visite de Felts, le conseiller. Huddles savait qu'il finirait par passer. Alors que la plupart du personnel évitait au maximum les contacts, pendant les cours de Mme Miller Jason s'asseyait dans la dernière rangée de la salle et observait de près les garçons de l'unité B. Contrairement à ses collègues de la Carcasse, Jason n'avait pas peur de regarder Huddles dans les yeux quand celui-ci se tournait vers lui. D'une certaine façon, Huddles l'admirait. Bien que les gardiens ne se privent pas de manquer de respect à Felts, il ne se comportait pas comme une chiffe molle, un petit étudiant effrayé. Il arpentait les couloirs au milieu de garçons deux fois plus grands que lui, mais ne portait pas de talkie-walkie pour appeler les gardiens en cas de danger. Il était seul et l'acceptait.

Huddles aurait voulu qu'on le laisse terminer son livre tranquillement, mais Felts frappa un léger coup sur sa porte ouverte et se tint sur le seuil, une épaule appuyée contre le chambranle, les mains dans les poches de son pantalon. C'était un vendredi « décontracté », hormis les gardiens tout le personnel était en jean et bras de chemise, mais Jason portait son manteau en cachemire malgré la chaleur, par-dessus un pantalon noir et une belle chemise bleue à carreaux. À une époque, ç'avait dû être un manteau très élégant ; aujourd'hui, les coudes étaient râpés et les revers trop larges pour correspondre à la mode.

– Je peux te parler un moment ? demanda Jason.

Sa voix caverneuse continuait de surprendre Huddles. Le croassement rauque de quelqu'un habitué à fumer deux paquets par jour.

– Je suis en train de lire, répondit Huddles en montrant son livre.

Jason entra. Le règlement interdisait aux conseillers d'entrer seuls dans une cellule, mais apparemment il s'en fichait. L'étroitesse de la pièce et l'air confiné ne le rebutaient pas.

– J'ai toujours beaucoup aimé ce bouquin, dit Jason. Même si la fin n'est pas très joyeuse.

– J'en suis pas encore là.

– Oh, à mon avis je n'ai rien gâché.

– Qu'est-ce que vous me voulez ?

Il se redressa sur son lit – une posture pas exactement agressive, mais contrariée.

– Te dire que je suis désolé pour ton ami. Si tu veux en parler, je suis là.

Le conseiller paraissait sincère, mais Huddles y voyait tout de même de la condescendance. Qu'est-ce qui faisait croire à cet homme rabougri qu'il détenait des réponses ? Qu'est-ce qui lui faisait penser qu'il pouvait se pointer dans la piaule de Huddles et prétendre l'aider à panser des blessures aussi fraîches ? L'espace d'un instant, Huddles eut envie de l'attraper par son manteau usé jusqu'à la corde et de lui enfoncer la gueule dans le mur.

– Shane est mort, dit-il. Parler n'y changera rien.

– Je proposais, c'est tout, dit Jason.

Il partait quand Huddles lui cria d'attendre.

– Il est chouette, ce manteau. Vous l'avez acheté au rayon enfant ?

Huddles sourit à Jason, qui demeura impassible.

– Je l'ai fait faire sur mesure il y a des années. Si un jour tu en ressens le besoin, Huddles, tu peux toujours venir me trouver.

7

Terry ne pensa à apporter ses médicaments à Roscoe que le samedi. Il sortit les antibiotiques cachés sous une latte du plancher avec les autres pilules, remplit un sac à dos et se prépara à descendre la montagne. C'était stupide de sortir, surtout pour aller chez lui. Voilà comment les gens se font prendre, se dit-il. Ils retournent dans des endroits familiers, se rendent là où quelqu'un s'est planqué pour les attendre. Mais sa culpabilité vis-à-vis du chien le rongeait, il n'arrêtait pas d'imaginer le corniaud agonisant à petit feu sur la galerie arrière de la maison.

Allongé à côté du poêle, Davey se tourna pour regarder Terry remplir une gourde avec l'eau stockée dans le bidon.

– Qu'est-ce que tu fais ?

– J'ai oublié Roscoe, dit Terry.

Il but une gorgée et submergea la gourde pour la remplir à ras bord.

– Je suis sûr qu'il va bien.

– Tu ne te rappelles pas comme c'était moche ? dit Terry. Putain, il avait l'oreille à moitié arrachée.

– Détends-toi. Une heure de plus ou de moins, ça ne fera aucune différence.

Davey se leva et, conformément à son rituel matinal, s'étira, se gratta et bâilla de façon exagérée. En général, Terry trouvait ça mignon. Il aimait regarder ce grand bonhomme se tortiller en caleçon et chaussettes. Ses cheveux emmêlés, son haleine du matin et ses gestes languides avaient quelque chose de sexy, mais cette fois-ci Terry se dégagea quand Davey tenta de l'attirer contre lui. Bien sûr, il aurait mieux valu que Terry s'attarde un moment, entoure Davey de ses bras et promette de revenir vite, mais trop de secrets les séparaient. Il fallait qu'il parte avant que Davey soit suffisamment réveillé pour sentir sa peur. Davey n'aurait qu'à passer ses doigts dans les cheveux de Terry, plonger son regard dans le sien, le supplier de tout lui révéler… et là Terry craquerait, renoncerait à tous ses mensonges.

Il pressa la main de Davey dans la sienne une dernière fois, accrocha la gourde à son épaule et sortit. Un vent puissant faisait pleuvoir des glands sur le toit du chalet. Un vacarme digne de tirs d'artillerie, si intense que Terry se demanda pourquoi les arbres n'étaient pas encore nus. Quelques écureuils couraient sur le toit pour ramasser ce butin inespéré.

Une fois ses yeux ajustés à l'éclat orange vif de la lumière, Terry entama la descente. Après plusieurs jours de pluie, l'herbe était encore humide. Au lieu de produire leur léger craquement habituel, les feuilles mortes collaient à ses semelles ; il devait s'accrocher aux branches pour ne pas glisser. Tout le long du chemin, Terry se flagella. Un chien beaucoup trop loyal pour être aussi mal traité. Il revoyait Roscoe petit, sautillant dans le jardin, un chiot avec une tête trop grosse pour son corps et des pattes toutes fines qui auraient mieux convenu à un faon. Quand il l'avait abandonné à la maison, Terry ne pouvait même pas distinguer la couleur du pelage moucheté du chien, couvert de sang encore humide.

Le niveau de la rivière était monté. L'eau se brisait sur des rochers qui d'habitude cuisaient au soleil l'été. Aucun risque d'être emporté par le courant, mais on ne voyait plus les pierres qui constituaient le lit. Même en pleine période de sécheresse, la mousse les rendait glissantes, il faudrait donc se méfier. Terry ne pouvait pas se permettre de perdre ou d'abîmer les cachets. Depuis la rive, il se traça mentalement un chemin qui passait par les endroits où l'eau était la moins agitée. Puis il se lança. La pression du courant sur ses cuisses le fit tanguer, l'obligeant à effectuer un détour par la gauche qui allongea la traversée. Il parvint à rester debout mais, au milieu du gué, se retrouva soudain submergé jusqu'aux aisselles, les bras tendus vers le ciel pour protéger le sachet en cellophane. Parvenu de l'autre côté, il s'assit sur un gros rocher pour reprendre son souffle.

Le temps que Terry arrive à la maison de son père, le soleil avait déjà presque séché sa chemise. Seules ses tennis couinaient encore, expulsant un peu d'eau à chaque pas. Une clôture récemment érigée marquait la frontière entre leur terrain, celui du voisin et le coteau. Rien de sophistiqué, de simples poteaux avec deux fils de fer entourant le jardin pour empêcher la forêt de le dévorer. La maison aurait eu besoin d'une couche de peinture fraîche et les marches du perron se tordaient tels des poissons qu'on venait de pêcher. Terry regarda le bouquet de grands sycomores contre la clôture. La plupart du temps, leur écorce pâle était tout ce qu'on pouvait voir par la fenêtre de la cuisine.

L'air empestait la fiente de poules. Les voisins logeaient une vingtaine de coqs de combat dans des petites tentes construites avec de la ferraille et du tissu isolant comme on en utilisait dans les mines. D'autres volailles se blottissaient dans des tonneaux en plastique bleu coupés en deux. Quant au poulailler de la famille de Terry, installé dans un coin de leur jardin, son toit s'était écroulé. À l'intérieur, quelques plumes, derniers restes de leurs Rhode Island Reds. Dès que Terry se glissa sous la clôture, cet endroit réveilla chez lui la vieille douleur familière qu'il parvenait à ignorer quand il se tenait à distance. Pourtant, même s'il était content de ne plus vivre dans l'ombre inquiétante de ces arbres et sous le regard inquisiteur de son père, cette vieille baraque l'attirait toujours. À croire qu'il ne pourrait jamais vraiment échapper à ces pièces étriquées, à ces murs qui savaient que Terry n'avait nulle part où aller. Il ne se sentirait jamais chez lui ailleurs qu'ici.

Aucune voiture inconnue en vue. Rien n'indiquait la présence de Gilbert, ce qui n'empêcha pas Terry d'avancer très prudemment à travers les trèfles qui poussaient là où les mauvaises herbes daignaient leur laisser un peu de place. Il ne fallait pas exclure que Gilbert se planque à l'intérieur, un pistolet collé à la tempe de son père. Parvenu dans les hautes herbes qui poussaient autour de la niche, Terry était déjà trop près de la maison pour s'échapper facilement.

La niche de Roscoe ne ressemblait pas à ces maisons miniatures qu'on vendait en magasin, avec leur toit pointu, mais plutôt à une boîte carrée sans façade avant. Constatant que le chien ne se trouvait pas dedans, Terry fut pris de nausée. Peut-être que Roscoe était déjà mort… mais aucun signe d'une tombe fraîchement creusée dans le jardin.

Son père se dressait sur la galerie arrière. Il portait une de ses chemises de travail, les manches remontées pour dévoiler les cicatrices laissées sur ses bras par ses années de soudeur. Ses yeux s'abritaient sous une casquette bleue décolorée, la visière déformée à force de rester coincée dans la poche arrière de son jean. Terry le regarda ôter la casquette, lisser ses cheveux clairsemés et la remettre. Son père lui semblait plus vieux que la dernière fois qu'il l'avait vu, les poches sous ses yeux sombres comme remplies d'eau polluée. Terry s'étonnait de ne pas voir de bière posée à ses pieds.

– Il est mort ?

– Je prends soin de lui, répondit son père.

Terry gravit les marches d'un pas chancelant. Son père se tenait prêt à le rattraper s'il tombait, mais pas à montrer le moindre geste tendre envers lui. Dans la cuisine, une file de fourmis descendait de la fenêtre pour atteindre l'évier. L'armée miniature traversait le plan de travail crasseux en direction de l'eau de vaisselle stagnante. Voyant un premier insecte plonger dans l'eau grise, Terry se demanda si les autres allaient suivre.

– Sur le canapé, dit son père.

Roscoe était allongé sur un tas de coussins. Son museau strié de croûtes, sa mâchoire si enflée qu'il ne pouvait pas la fermer, une langue toute sèche qui pendait tel un étrange fœtus. Le père de Terry avait recousu son oreille gauche avec du fil dentaire blanc. Un pus jaune et épais suintait de la blessure et lui souillait les poils. Roscoe n'ouvrit pas les yeux quand Terry s'approcha. Il continua de gémir sans même remuer la queue.

– Le premier soir, j'ai hésité à l'abattre, dit le père de Terry. Mais le lendemain matin il était encore en vie, et il a mangé un peu.

Plusieurs coussins en plume soutenaient la tête de Roscoe. Sa mère les avait achetés quand Terry était petit ; par la suite, elle faisait semblant de les aimer malgré les plumes qui bougeaient et sa tête qui s'enfonçait quand elle dormait. Née dans une famille pauvre, sa mère avait toujours été attirée par les choses raffinées. Terry n'en revenait pas qu'elle ait accepté de rester avec son père et de mourir sans un sou.

– Tu crois qu'il va s'en sortir ? demanda Terry.

Son père extirpa une grosse pincée de tabac Redman de la poche de sa chemise.

– Une chance sur deux.

Il fourra le tabac contre sa gencive.

– J'ai apporté quelque chose pour lui, dit Terry en tendant les pilules à son père. C'est pour l'infection. Mieux vaut lui donner une double dose pour que ça fasse vraiment de l'effet.

Son père scruta les pilules dans le creux de sa main.

– T'as que celles-là ? demanda-t-il.

En plein rêve, Roscoe agita les pattes arrière. Terry toucha le museau brûlant du chien, qui aussitôt gémit à nouveau.

– T'as sacrément merdé, dit son père. Faut être vraiment désespéré pour emmener un chien aussi vieux se faire massacrer.

– Je ne suis pas désespéré.

– En tout cas t'as pas l'air en grande forme.

Le visage de son père s'adoucit, son front se dérida et ses mâchoires se décrispèrent. C'était pareil quand ils bossaient sur des chantiers ou jardinaient ensemble : son père le tançait, des commentaires de plus en plus blessants jusqu'à ce que Terry soit rompu comme un vieux cheval. Puis son père lui présentait ses excuses, toujours les mêmes.

– J'ai un toit au-dessus de ma tête, dit Terry.

– C'est déjà ça, j'imagine.

Le chien remua ; sans ouvrir davantage le museau, il laissa échapper un petit jappement. Terry toucha les plaies, sentit les vapeurs de chaleur qui émanaient de la fourrure et caressa délicatement Roscoe entre les yeux.

– Un type est venu. Il te cherchait.

– Quel genre de type ? demanda Terry, mais il savait déjà. Le pâlot envoyé par Ferris soi-disant pour l'emmener loin, avec ses yeux minuscules enfouis dans son gros visage aplati.

– Un grand type gras comme un putain d'ours et pâle comme un fantôme. T'as encore des ennuis ?

Son père se pencha en avant, les coudes sur les genoux. Terry savait qu'en le dévisageant ainsi il essayait de le faire craquer et tout avouer, comme quand il avait six ou sept ans. Et ça fonctionnait encore, Terry sentit le besoin de se confesser, de déposer toute sa peur aux pieds de son père, de fondre en larmes et d'implorer son aide. Sur le moment il eut l'impression qu'aucun salut ne pourrait jamais lui venir d'ailleurs… pourtant il ne s'y résolut pas. Même si son père était en partie responsable de ses ennuis actuels, Terry refusait de le mêler à ça.

– Non, répondit-il. Si jamais ce type revient, dis-lui que tu ne m'as pas vu. Dis-lui qu'on est en froid, toi et moi.

– Qu'est-ce qu'il te veut ? S'il t'a fait du mal, je vais le tuer, cet enfoiré.

– Je lui dois de l'argent. Rien de trop grave.

Terry se remit à caresser le chien. Un frisson parcourut le corps de Roscoe, qui retroussa ses babines comme si dans son rêve il se rapprochait de sa proie.

– Pourquoi tu ne restes pas à la maison pour t'occuper de lui ? demanda son père. J'ai qu'une seule règle que je veux que tu respectes.

Rester ici, ça signifierait mettre son père en danger. Même si cet homme n'avait jamais beaucoup compté pour lui, Terry ne se l'autoriserait pas. De plus, il y avait peu de chances qu'ils parviennent à se réconcilier durablement. Terry ne pourrait pas s'empêcher de faire le mur pour retrouver Davey, puis au petit matin il rentrerait défoncé. Les règles, surtout celles de son père, lui avaient toujours paru insupportables.

– Non, j'y vais. Tu es sûr que tu sauras les lui faire avaler ? demanda-t-il en désignant les pilules.

– Oui, je les fourrerai dans du fromage.

– Du beurre de cacahuètes. Il aime quand on les lui donne avec du beurre de cacahuètes.

– Tu veux emporter quelque chose ? Tes bottes sont dans ma penderie.

– Ça ira, dit Terry avant de les regarder tous les deux une dernière fois, et de sentir que maintenant il pouvait partir. À bientôt.

Terry sortit par l'avant de la maison. Son père ne tenta pas de l'arrêter, mais il entendit Roscoe couiner. Le bruit le suivit jusqu'à ce qu'il ait quitté le jardin et se retrouve à marcher rapidement le long de la rue, en direction du chalet, remplissant ses poumons de l'air poussiéreux sous un soleil encore impitoyable.

La station-service à côté des pompes funèbres était le seul endroit qui vendait des cigarettes aux moins de vingt et un ans. Ça servit d'excuse à Terry, qui s'y arrêta pour acheter un paquet de mentholées. L'employé était si âgé qu'on l'aurait cru immortel. Terry l'imaginait facilement des siècles plus tard, toujours assis derrière sa caisse, toujours avec cette même affichette PAS DE CARTE, PAS DE CHÈQUE, RIEN QUE DU CASH. Après avoir payé, il s'attarda près des antiques pompes à cadran et alluma une cigarette. Davey aimait lui faire la morale au sujet de cette mauvaise habitude. Il prétendait que le goût mentholé était obtenu avec des fragments de fibre de verre qui vous tranchaient les poumons, mais c'était quand même bien agréable d'inhaler profondément tout en contemplant les lumières qui s'éteignaient de l'autre côté de la rue.

La porte du garage des pompes funèbres commença à s'abaisser sur son rail mécanique ; le directeur se dépêcha de se glisser en dessous pour sortir. L'homme monta dans sa Pontiac, desserra sa cravate et posa son blazer sur le siège passager. Apparemment, les nouveaux propriétaires n'habitaient pas sur leur lieu de travail. Le directeur semblait pressé de s'en aller. Terry se demanda s'il y avait peut-être une femme à la maison attendant d'être caressée par des mains qui passaient leur journée à manipuler de la chair morte. Ce n'était sans doute pas très différent du travail d'un boucher, et moins horrible que celui d'un pêcheur embrochant des vers tout frémissants sur des hameçons.

Cette expédition aux pompes funèbres, il l'avait justifiée en se racontant qu'il voulait voler du liquide d'embaumement. Davey lui avait dit un jour qu'il leur suffirait de tremper leurs cigarettes dans du formol pour rester plongés dans un état hallucinatoire plusieurs jours durant. C'était une bien piètre excuse. Sa seule expérience avec des hallucinogènes, il l'avait vécue avec une fille prénommée Deloris qui semblait s'être shampouiné ses cheveux roux avec du compost – à l'époque, Terry essayait encore de se convaincre qu'il éprouvait du désir pour les filles. Assis à l'ombre d'un chêne, ils avaient mangé un sachet entier de champignons. Terry avait vomi deux fois avant que les drogues fassent effet. Seul souvenir agréable : le vacarme des oiseaux de nuit dans les arbres, un bruit immense atténuant la réalité jusqu'à ce qu'il touche les cheveux de Deloris et que les mèches rugueuses le tirent de son hébétement pour le ramener à sa solitude. Il n'avait plus jamais touché de fille de cette façon. Terry aurait été prêt à se forcer à aller plus loin, mais Deloris n'était pas bête. *On n'est pas obligés de continuer*, avait-elle dit, l'amenant à se demander si ça se voyait tant que ça.

Terry n'avait rien lâché au sujet du meurtre, mais il sentait que Davey soupçonnait quelque chose. Malgré ses efforts pour donner le change, il s'inquiétait que certaines de ses réactions le trahissent. La nuit précédente, il s'était réveillé en pleurs et avait failli repousser Davey quand celui-ci l'avait pris dans ses bras. L'étreinte lui avait paru suffocante, comme si la pression des bras de Davey pouvait faire jaillir la vérité. Terry éprouvait un besoin urgent non pas nécessairement de se confesser, mais de regarder le corps du shérif pour voir ce qu'il en restait après l'espèce de tour de magie exécuté par le thanatopracteur. La Pontiac partie, Terry tira une dernière bouffée et jeta la cigarette.

Il traversa la rue et repéra une petite fenêtre à guillotine au bout du bâtiment. Elle était verrouillée, mais il poussa fort. Le fragile cadre en bois céda, la vitre remonta et il put passer la tête et les épaules. Il serait tombé à l'intérieur la tête la première si le corbillard n'avait pas été garé suffisamment près pour qu'il prenne appui sur l'aile. Terry resta plaqué contre le capot le temps que ses yeux s'habituent à l'obscurité. Malgré sa curiosité, l'idée d'ouvrir la morgue le rendait malade. Préparés, maquillés, les morts qu'il avait vus jusqu'ici ressemblaient moins à des cadavres qu'à des figures de cire. Rien à voir avec ce qui l'attendait maintenant, ne serait-ce qu'à cause des dégâts occasionnés par les balles.

La morgue se trouvait au fond du garage, derrière une porte en acier fixée à d'énormes gonds. Cette porte était plus épaisse qu'il ne s'y attendait et, plus surprenant encore, elle n'était pas fermée à clé. À l'intérieur, des tables et plans de travail en inox, des meubles de rangement en bois, des vitrines contenant de gros flacons remplis de liquide sombre. Un simple drap en coton recouvrait le shérif Thompson. Ce linceul ne camouflait guère la réalité de ce qu'il y avait en dessous. Tirant le drap, Terry se trouva face à un visage bien différent de celui aperçu à travers le pare-brise quelques jours plus tôt, rougi par le soleil et humidifié par la sueur qui dégoulinait de son front dégarni. Le seul indice permettant de conclure qu'il s'agissait du même homme était le trou au milieu de son sourcil droit. Terry avait envie de plonger un doigt dedans, de sentir le vide pour se convaincre de la réalité de ce qu'il voyait. Il se souvenait de Thompson dans le *diner*, plaisantant avec les joueurs de billard, son gros rire gras qui retentissait dans toute la salle. La culpabilité ne l'envahit pas. Comme si ce meurtre n'avait pas été commis par lui, mais par un inconnu.

Il se mit à farfouiller dans les placards, ne sachant ni ce qu'il cherchait, ni où on le rangeait, ni à quoi ce récipient ressemblerait. En comparaison de ce qu'il venait de voir sous le drap, le verre tout lisse des flacons dans ses mains paraissait artificiel, faux.

Du mouvement de l'autre côté de la porte. Entendant des pas se rapprocher, Terry s'accroupit derrière une armoire.

– Qui est là ? demanda une voix d'homme.

La lumière qui filtrait par l'entrebâillement de la porte fut éclipsée par une ombre, et il y eut le bruit reconnaissable entre mille d'un fusil à pompe qu'on rechargeait. Terry tâcha de respirer le plus silencieusement possible.

– Je ne reposerai pas la question une seconde fois, dit l'homme.

Terry déglutit pour que sa voix soit moins sèche.

– Je sors, dit-il.

Terry sortit avec les bouteilles lovées contre son torse tels des nourrissons de verre. Allumées, les lumières du garage l'aveuglèrent momentanément. Jason Felts se tenait là, braquant un fusil presque aussi long que son corps. Terry se dit que le recul de l'arme suffirait probablement à faire tomber le petit homme en arrière. Ses cheveux formaient une masse de boucles sombres et sa peau brillait, tartinée d'une couche de sueur.

– Qu'est-ce que tu fous ici ? demanda Jason, surpris de voir Terry.

Il pointa le canon vers le sol.

Terry s'assit à même le béton froid. Les flacons s'entrechoquèrent, quelques notes de musique au cœur du silence.

– Qu'est-ce que tu fais avec ces flacons ?

– On peut se shooter avec ça, dit Terry.

Jason se baissa, posa le fusil sur ses cuisses. Maintenant que l'arme n'était plus braquée sur lui, Terry pouvait observer Felts. Une fois de plus, l'aspect banal de son torse l'étonna. Seules ses jambes étaient anormalement petites, moins des branches dont le développement aurait été entravé que des versions miniatures de ce qu'elles auraient dû être.

– Ça va si mal que ça ? demanda Jason.

Terry détourna le regard.

– Tu aurais dû m'en parler.

Terry ricana. Pourquoi se serait-il confié à Jason ? Parce qu'une fois il avait fait preuve de gentillesse ? Une telle naïveté de la part d'un type haut comme trois pommes, c'était vraiment ridicule.

– Je suis désolé que tu aies vu ça, dit Jason au bout d'un moment.

Au début, Terry ne comprit pas de quoi il parlait. Puis il se rendit compte que Jason regardait vers la morgue.

– Ils l'ont découpé ?

– Non, répondit Terry. Mais c'est quand même assez moche.

– J'en doute pas. Quand j'étais petit, mon cousin et moi on est descendus ici et on s'est approchés d'un cadavre. Il était grand ouvert, on voyait tout l'intérieur.

Jason caressa la crosse du fusil, comme si un tel geste avait le pouvoir d'éloigner ce souvenir.

– C'était une femme qu'on connaissait. Les voir comme ça, il y a de quoi vous laisser songeur. (Il frotta ses yeux encore ensommeillés.) Tu l'avais déjà croisé, le shérif ?

– Non, dit Terry.

Jason se leva et, coinçant le fusil sous son bras, il fit signe à Terry de le suivre.

– Viens.

Abandonnant les flacons par terre, Terry accompagna Jason de l'autre côté du garage. Jason appuya sur un bouton et la porte remonta sur son rail.

– Rentre chez toi. Ne reviens pas.

Il aurait dû écouter le conseil de Jason, au lieu de longer la voie ferrée jusqu'à Fuller Street. L'électricité avait été rétablie, pourtant à cette heure tardive le quartier paraissait toujours aussi désolé. L'obscurité derrière les fenêtres, les jardins vides. C'était imprudent d'être ici. Il avait déjà eu beaucoup de chance ce soir – qu'on le laisse partir après lui avoir braqué un fusil dessus –, mais la colère lui fit tenter le diable. Juste une baraque. Cinq minutes plus tard, il serait de retour dans la montagne.

Terry passa devant la maison de Mme Frasier, puis traversa la voie ferrée pour gagner celle de Glenn Hobart, qui se dressait seule au bord de la route. Il s'arrêta devant le grillage, scruta le jardin pour s'assurer que le petit Jack Russell Terrier de Hobart n'était pas dehors, puis sauta par-dessus la clôture. Alors que le grillage tintait encore, Terry fit le tour de la maison puis ouvrit la porte-moustiquaire et, le poing emmitouflé dans sa manche, brisa une partie de la vitre de la porte de derrière. Des éclats de verre lui entaillèrent la main quand il tourna le verrou. À l'intérieur, il avança le long de couloirs sombres sans se soucier du sang qu'il laissait au passage.

Terry commença par fouiller le placard de la salle de bains, jetant par terre des rouleaux de papier toilette et des serviettes bien pliées. Des gouttes de sang mouchetèrent le tissu en coton. Il ouvrit ensuite l'armoire à pharmacie et examina les étiquettes des flacons. Des médicaments contre le cholestérol, des cachets pour dormir, rien qui vaille le coup. Dehors, il entendit les bruits d'une sirène et de pneus s'engouffrant dans l'allée déserte de la maison. Terry rabattit le couvercle des toilettes et s'assit dessus. Il pouvait barricader la porte et s'armer d'un morceau de verre en brisant le miroir, mais ne s'en sentait pas la force. Mieux valait se livrer.

Quand il sortit sur la galerie, deux officiers de la police de l'État l'attendaient. L'un se tenait près de la porte, son pistolet dégainé. L'autre était appuyé contre le capot de leur voiture de patrouille, les bras croisés et les yeux masqués par le rebord de son grand chapeau.

Le premier rengaina son pistolet.

– Tu as quelque chose dans les poches ?

– Non, monsieur, dit Terry.

Le policier décrocha les menottes de sa ceinture et les ouvrit – une espèce de faucille de métal dont Terry pouvait presque compter les dents.

– Mets tes mains derrière ton dos.

L'officier le menotta puis le fouilla en lui récitant ses droits.

Sur la banquette arrière de la voiture de patrouille, Terry fit de son mieux pour qu'on le conduise aux urgences. Il serra le poing pour que sa blessure saigne et que les policiers s'alarment de sa paume toute rouge, en vain. Ils l'amenèrent à la Carcasse, où son sang continua de dégouliner devant le bureau des admissions. Un gardien remplit une fiche, puis le fit accompagner à l'infirmerie. Personnellement, Terry ne s'inquiétait pas trop pour sa main. L'entaille, peu profonde, s'arrêta de saigner avant même le premier point de suture. Il avait juste espéré retarder son incarcération de quelques heures.

Les murs de l'infirmerie étaient d'un blanc immaculé. Le papier propre et lisse qui recouvrait la table d'examen se froissa sous ses fesses. Tout sentait le désinfectant, mais ça ne suffisait pas à calmer l'angoisse de Terry. Chaque fois que le médecin lui parlait de sa voix douce, Terry craignait de tout confesser. Personne ne savait qu'il s'était introduit dans les pompes funèbres, et quand bien même, il n'y aurait eu aucune raison de le soupçonner d'y être allé pour autre chose que les substances chimiques. Son arrestation chez Hobart renforçait l'idée qu'il n'était qu'un junkie de plus. Tous ces éléments auraient dû le tranquilliser, mais il était persuadé qu'on parviendrait à faire le lien entre lui et la mort du shérif. Son estomac était aussi lourd que si son dernier repas avait consisté de cailloux.

Dès que l'aiguille replongeait dans sa chair, Terry gigotait, sans réussir toutefois à entamer la patience du médecin. Il finit par fermer les yeux ; quand il les ouvrit, sa paume était barrée d'une ligne de points de suture.

Le docteur lui examina la bouche avec une petite lampe torche.

– Quand as-tu mangé pour la dernière fois ?

– Hier.

Il se déshabilla, ne gardant que son caleçon. Dévoiler ses côtes saillantes le gênait beaucoup. Le médecin appuya la partie métallique et froide du stéthoscope contre le dos de Terry et lui demanda de respirer.

– Les gardiens m'ont dit qu'ils n'avaient pas pu joindre ton père. Tu sais où il est ?

Terry imagina son père affalé sur le canapé à côté de Roscoe, sa main endormie tenant une bière en équilibre sur son genou. La porte de la maison entrouverte, le téléphone sonnant dans la nuit tandis qu'un officier de la police de l'État s'approchait le long de l'allée en terre pour lui annoncer l'arrestation de son fils. Mais il y avait une autre possibilité : le cerveau de son père barbouillant la table de la cuisine, deux balles dans son crâne pour ne lui laisser aucune chance.

– Je ne sais pas, dit Terry.

– C'est quelque chose dont tu as envie de parler ?

Il voulait des pilules. N'importe lesquelles, tout ce que le médecin conservait dans ses placards. L'examen terminé, on allait le conduire dans une cellule minuscule et l'y enfermer jusqu'à son audience au tribunal. Le seul moyen de supporter ça, c'était de planer.

– Je ne me sens pas bien.

Le médecin retira le stéthoscope et écouta Terry lui décrire des douleurs fictives. Il l'écouta mentir, se contentant de hocher la tête de temps à autre et de souffler sur ses lunettes à monture métallique pour les nettoyer avec un coin de sa blouse blanche.

– Je vais te prescrire quelque chose qui t'aidera à tenir les premiers jours, dit le médecin en prenant quelques notes. Au début ça va être très dur, mais tu y arriveras.

Terry passa un doigt sur le fil au creux de sa paume. On aurait dit que la moitié supérieure de sa main venait d'un autre garçon – une pièce rapportée. Sur le chemin de l'infirmerie,

Terry était passé devant une cellule d'isolement où un gamin hurlait en projetant son corps contre la paroi vitrée. Des cris, mais jamais un son susceptible d'évoquer le moindre mot.

– Le petit gars dans la cellule d'isolement, c'est quoi son problème ? demanda Terry.

Le médecin se massa les paupières.

– Oh, il en a beaucoup, des problèmes.

– Il est toujours comme ça ?

– Les gardiens passent leur temps à essayer de le maîtriser.

Si les gardiens n'arrivaient pas à joindre son père, Terry se présenterait au tribunal sans lui. Plutôt que de l'imaginer saoul, endormi sur le canapé ou même avec deux balles dans la tête, cette fois-ci Terry se représenta une maison vide où Roscoe attendait sur la galerie et où une flaque d'huile dans l'allée était le seul signe que leur pick-up ait jamais existé. Son père avait peut-être eu un accident, percutant un arbre ou s'embourbant dans un fossé. De toute façon, Roscoe était sûrement resté à la maison, et il était encore trop malade pour se débrouiller tout seul. En admettant qu'il ne soit pas enfermé à l'intérieur, jamais il n'aurait la force de sauter par-dessus la clôture pour aller se chercher à manger.

– Si mon père ne vient pas, ils ne me laisseront pas sortir, c'est bien ça ?

Le médecin semblait trouver ces questions pénibles.

– Si tu n'as pas de parent ou de tuteur pour venir te récupérer, l'État te gardera ici.

– Il faut à tout prix que quelqu'un passe voir mon chien.

– Là, je ne peux rien pour toi, dit le médecin en tripotant son stéthoscope.

8

Après le petit déjeuner, Huddles eut mal au ventre, ce qui le dispensa de sport. Assis contre le mur du gymnase, il lut pendant que les autres jouaient au basket-ball. Woods et les torses nus menaient au score, tout ça parce que Callan avait rejoint leur équipe. Callan n'était pas un athlète extraordinaire – il se déplaçait et dribblait trop lentement –, en revanche la précision de son tir était exceptionnelle. À l'intérieur de la raquette, il ne ratait jamais. Quelques garçons essayèrent de convaincre Huddles de participer, mais il refusa. Maintenant que la date de son audience au tribunal approchait à grands pas, il se réveillait en pleine nuit, le ventre convulsé comme si des créatures extraterrestres cherchaient à en sortir. Écouter Fitzgerald et les autres gardiens parler de la comparution du nouveau gamin ne l'avait pas aidé. Huddles avait entendu Hendricks dire que le nouveau s'était effondré en constatant l'absence de son père ; il avait fallu le traîner hors du tribunal tandis qu'il criait quelque chose à propos de son chien. Plus tard, Huddles l'avait observé au réfectoire de la Carcasse. Amorphe, le gamin n'avait pas pipé mot de tout le repas.

Et maintenant le nouveau faisait les cent pas autour du terrain de basket. À ses pieds, une paire de tennis prêtée par l'établissement pénitentiaire. Un millier de gamins avaient dû fourrer leurs pieds dans ces chaussures. Ferrets manquants, lacets effilochés, languettes qui ne tenaient plus en place, semelles qui couinaient sur le parquet, à chaque pas on pouvait craindre que ces tennis craquent. Le nouveau se laissa choir par terre à côté de Huddles et se déchaussa.

– Elles sont trop étroites, ces godasses de merde, grommela-t-il.

Huddles glissa un doigt dans son livre pour marquer la page.

– Appelle ta famille et dis-leur de t'en envoyer une paire. Pendant le sport, t'as le droit de porter tes propres chaussures.

Le nouveau secoua la tête.

– Comme tu veux, dit Huddles avant de rouvrir son livre.

Il eut le temps de lire la moitié d'une page avant que le nouveau déclare :

– Ils n'ont toujours pas trouvé mon père.

Huddles se demanda pourquoi le garçon lui confiait ça ; à la Carcasse, la règle voulait qu'on oppose aux problèmes un silence stoïque. Pourtant, le besoin de s'exprimer de ce garçon avait quelque chose de touchant. Huddles se rendit compte qu'ils étaient peut-être sur le point d'avoir un véritable échange. Or, depuis son incarcération, tout ce qu'il avait entendu relevait de la menace ou du subterfuge – rien de substantiel. Ses longues conversations avec Shane lui manquaient.

– Tu sais où il pourrait être ? demanda Huddles.

– Non. Il boit.

Trop d'honnêteté. Ce gamin ne survivrait jamais s'il se montrait aussi transparent. N'empêche, Huddles compatissait. Petit, il avait regardé Ferris boire, fumer et sniffer jusqu'au bout de la nuit, et ça lui avait foutu la trouille. Il en était même venu à attendre que son frère s'évanouisse pour lui planquer ses bouteilles. Mais quand le changement s'était-il opéré ? Quand avait-il cessé de vouloir retenir son frère pour le rejoindre sur cette voie destructrice ? Huddles ramassa une des chaussures jetées par le garçon. Les coutures étaient si pourries qu'il aurait pu la déchirer à mains nues.

– Tu ne peux pas mettre des saloperies pareilles, dit-il.

Le nouveau lui reprit la chaussure.

– J'en ai pas d'autres.

– Attends qu'ils te coupent un ongle incarné. Tu regretteras de les avoir portées.

Tout en mâchonnant sa lèvre, le nouveau enfila les tennis. Il avait du mal avec les lacets ; sa main droite était entourée d'un pansement sale qui ne lui permettait pas de les tenir correctement.

– Qu'est-ce qui t'est arrivé ? demanda Huddles.

– Je me suis coupé avec du verre.

Le nouveau se résigna à n'utiliser que sa main gauche. Il pinça les lacets entre son index et son majeur, puis essaya maladroitement de faire un nœud avec son pouce.

– De toute façon, tu ne pourras pas jouer avec ta main dans cet état.

– Je suis ambidextre, rétorqua le nouveau qui n'arrivait pas à serrer suffisamment les lacets. Et toi, tu joues pas ?

– J'ai mal au ventre.

Plus tard, se souvenant de ce moment comme de son premier aveu de faiblesse entre ces murs, Huddles se demanda comment le nouveau le lui avait arraché.

– C'est à cause de ce pain de viande, précisa-t-il.

Sur le terrain, Robison piqua le ballon à Callan. Il le passa à Woods qui, fidèle à lui-même, rata son tir. Un des petits durs à cuire de l'unité A récupéra le rebond, traversa le terrain et réalisa un joli double-pas. Les torses nus étaient à bout, la plupart d'entre eux pliés en deux tels de jeunes arbres croulant sous le poids de la neige, les mains sur les genoux, les poumons en feu.

– Tu lis quoi ? demanda le nouveau.

– Un truc que je relis pour la troisième fois. Tu comptes jouer ou pas ?

– Je sens plus mes putains d'orteils.

Huddles défit les lacets des Air Jordan qu'une des strip-teaseuses lui avait apportées.

– Prends les miennes, dit-il.

– Et toi ?

– Je lis.

Le nouveau secoua la tête.

– Non, merci.

Ce refus l'irrita. Huddles voulait que le nouveau s'éloigne pour pouvoir être seul avec son livre, mais en même temps il voulait accomplir une bonne action. Pas seulement parce que le garçon lui faisait pitié ; Huddles avait besoin que la générosité continue d'exister à l'intérieur d'un endroit comme la Carcasse.

Huddles tendit ses Air Jordan au nouveau.

– Tu veux jouer ? Alors prends-les.

– Merci, répondit le garçon. C'est juste que j'ai entendu des histoires sur le genre de faveurs qu'on vous demande, ici.

Il écarta les tennis pourries et glissa ses pieds dans les Jordan. Huddles le regarda palper ses orteils à travers le cuir.

– C'est une prison pour gamins, dit Huddles. Tu vas devoir attendre quelques années avant qu'on te propose de t'échanger des cigarettes contre une pipe.

Tout en laçant les baskets de Huddles, le nouveau grimaça un sourire.

– C'est bon à savoir.

– Il paraît que tu t'es fait choper en train de cambrioler une baraque sur Fuller Street, dit Huddles.

– Qui t'a raconté ça ?

– C'est juste une rumeur.

Huddles étudia le nouveau. Petit, squelettique, le teint terreux, les yeux comme enfoncés dans le crâne. Il ressemblait moins à un cambrioleur qu'à un sans-abri affamé. Huddles repensa à Malcolm hurlant dans sa cellule d'isolement – la meilleure preuve que les apparences pouvaient être trompeuses.

– Qu'est-ce que tu foutais dans cette baraque ?

– Je préférerais ne pas en parler.

– Je préférerais avoir des chaussures, répliqua Huddles. Tu pourrais au moins être poli et répondre à ma question.

– Je cherchais des pilules.

Huddles hocha la tête.

– On trouve souvent de la drogue chez ces vieilles bonnes femmes ?

– Parfois.

Voyant que le nouveau ne s'en sortait pas avec les lacets, Huddles posa son livre pour l'aider. Il les noua le plus vite possible, pour que les autres ne s'aperçoivent de rien. C'était une chose de prêter ses chaussures, c'en était une autre d'être vu en train de faire les lacets d'un autre garçon. Et tout ça pour un résultat pas terrible : les boucles traînaient par terre, le nouveau risquait de trébucher. Huddles se résolut à prendre le temps de faire un double nœud. Après quoi le nouveau se leva et fit quelques pas. Huddles posa les tennis fournies par la prison à côté de son livre.

– Merci encore, dit le nouveau.

– Essaie de ne pas les érafler.

– Je m'appelle Terry Blankenship.

Il tendit sa main blessée, puis se ravisa et tendit l'autre, la gauche. Huddles la saisit.

– Harrison Gilbert. On m'appelle Huddles.

L'espace d'une fraction de seconde, un frisson parcourut le visage de Terry. Encore un qui a peur de moi, se dit Huddles. Ce n'était pas une mauvaise chose, surtout en prison, mais Huddles en avait assez de n'entretenir que des relations basées sur la peur. Même Shane avait été davantage un subalterne qu'un ami. Juste une fois, il aurait aimé que quelqu'un le respecte pour une raison autre que son nom.

Terry ne regardait plus Huddles, il fixait les Air Jordan. Puis il ôta son tee-shirt et accourut sur le terrain. Après avoir échangé quelques mots avec Woods, il intégra l'équipe des torses nus et se chargea de marquer Callan. Huddles suivit le match ; tandis qu'il écoutait le staccato de la balle rebondissant sur le parquet, la douleur dans son ventre s'atténua. Terry bougeait vite, ses bras maigrelets entouraient Callan et réussissaient souvent à lui piquer le ballon. Woods, lui, distribuait des petits coups de coude. Même sans participer, Huddles sentait que le match l'apaisait, la beauté des mouvements des joueurs, du trajet du ballon traversant le panier. Sa transe ne s'interrompit que lorsque l'ombre de Fitzgerald le couvrit.

– Beverly veut te parler.

Huddles avait toujours su que cette conseillère s'intéresserait à lui, mais il s'attendait à ce que ce soit plus pénible. Il l'imaginait assise derrière un bureau, plus flic que psy, enchaînant les questions intimes pour trouver une matière à exploiter. Son frère l'avait mis en garde contre ces méthodes. Quand il prit place dans la salle d'interrogatoire, Huddles ne laissa pas les yeux sombres et la queue-de-cheval de la conseillère l'attendrir. En revanche, il fut surpris que Felts soit assis là, lui aussi, en train de faire craquer ses doigts. Il s'attendait à être seul avec Beverly.

Elle sortit un petit bloc-notes jaune et lui adressa un sourire crispé. Huddles ne le lui rendit pas. Il connaissait sa réputation. L'une des meilleures conseillères, qui pendant les heures tranquilles allait trouver les détenus les plus discrets.

– Ça te dérange si mon collègue Jason Felts assiste à ta séance ? demanda Beverly. Tu as le droit de refuser…

– Ça m'est égal, dit Huddles.

– Tout d'abord, j'aimerais savoir comment ça se passe pour toi, ici, dit-elle en approchant son stylo du bloc-notes. Tu arrives à t'adapter ?

– Ça va.

– À quoi occupes-tu ton temps libre ?

– À lire.

Huddles avait établi un rituel : avant l'extinction des feux, il lisait *L'Incendie de Los Angeles* à haute voix. C'était plus efficace que les techniques de Ferris visant à contrôler sa respiration et ses pensées. Chaque fois qu'il lisait la fin du roman, sa voix prenait un timbre étrange mais réconfortant. Certains soirs, c'était presque comme si quelqu'un d'autre lui faisait la lecture. Les mots le transportaient hors de lui-même, puis le ramenaient sans qu'il puisse dire combien de temps s'était écoulé. Des secondes, peut-être, ou des heures, comme si on lui avait administré des sédatifs. Ce petit rituel lui permettait de faire abstraction des cris provenant de la cellule où Malcolm était isolé.

– Comment se passent les cours ? demanda Beverly. Mme Miller semble penser que tu t'ennuies. Le travail qu'on te donne te paraît-il trop facile ?

Pour les garçons de l'unité B, effectuer une division ou lire trois lignes des Coquinours relevait de l'exploit. Mme Miller faisait de son mieux ; elle voulait enseigner la littérature à un groupe de gamins qui n'avaient jamais entendu parler d'Edgar Allan Poe et ne possédaient pas la concentration nécessaire pour écouter ses longues analyses du symbolisme dans *Le Corbeau*. Huddles s'asseyait au fond de la salle et tâchait d'avoir l'air occupé, mais cette vieille peau était trop maligne pour croire qu'il lui fallait une demi-heure pour résoudre un problème d'arithmétique niveau école primaire. Elle se précipitait sur lui comme les médecins urgentistes se précipitent sur les patients qu'ils croient pouvoir sauver.

– Ça va, répondit-il.

Face au silence de Huddles, Beverly se mit à tapoter son stylo contre sa feuille. Jason, lui, ne montrait rien. Il attendait, les mains posées à plat sur la table, ses doigts longs comme des tentacules de pieuvre, ses ongles aussi propres que s'ils devaient passer une inspection.

– J'aimerais parler de ce qui est arrivé à Grady, dit Beverly.

– Cette petite saloperie avec les béquilles ? En quoi ça me concerne ?

– Tu étais présent à ce moment-là. Qu'est-ce que tu as ressenti ?

Huddles savait que, pour son dossier, Beverly voulait la preuve d'une insensibilité complète ou, à l'inverse, d'une totale empathie. Ni l'une ni l'autre ne correspondrait à la vérité. Ça ne l'avait pas choqué de voir Malcolm démolir Grady, d'apprendre que Grady avait été admis à l'hôpital de Lynch avec la mâchoire fracturée et le cerveau enflé au point d'élargir les fissures de sa boîte crânienne. Malcolm l'avait impressionné, sa capacité à crier toute la nuit sans jamais s'épuiser malgré les efforts des gardiens pour le contenir. Huddles aurait voulu être aussi déterminé. Il aurait voulu ne pas s'en tenir à une dureté de façade, à un truc de petit voyou. Malcolm s'en foutait de la prison, s'en foutait d'être un pauvre plouc taré originaire de ces montagnes de merde. Malcolm n'en avait rien à foutre de rien. Huddles lui enviait cette liberté.

– Je pense qu'il vaut mieux pas se frotter à ce gamin, répondit-il. En tout cas, il vous donne du fil à retordre, c'est sûr.

– Il te fait peur ? demanda Jason.

Dans un corps aussi petit, sa voix rocailleuse surprenait.

– Je voudrais juste qu'il ferme sa gueule la nuit, dit Huddles.

C'était son premier mensonge pur et dur. Il regarda Beverly l'écrire sur son bloc-notes comme s'il venait de leur divulguer la plus profonde des vérités.

Le lendemain matin, Sir Hendricks tenta une expérience avec Malcolm. C'est Woods qui découvrit ça, en revenant de chez le dentiste qui lui avait mis des facettes en porcelaine sur les dents. À cause de son sourire tout neuf, ce qu'il raconta aux autres garçons sonna faux.

– On lui passe des films, dit Woods tandis que les garçons se mettaient en file indienne avant d'entrer en classe.

Ils se tenaient à un mètre les uns des autres, les mains dans le dos, les doigts formant un losange. Fitzgerald leur fit signe d'avancer.

– De quoi tu parles ? demanda Huddles.

Il s'efforçait de parler à voix basse, mais Woods entendait mal. Sniffer trop de vapeurs d'essence lui avait troué le cerveau. À en croire les ragots, il était capable de distinguer le sans plomb 95 du sans plomb 98 rien qu'à l'odeur.

– Ils ont installé une télé dans le couloir et ils lui passent des dessins animés. Paraît même qu'il a regardé *Batman*.

Un peu plus tôt, Malcolm avait encore fait des siennes, déchirant les pages de ses livres et bouchant la cuvette des WC avec le papier, puis tirant la chasse jusqu'à ce que l'eau envahisse sa cellule. Tout le couloir s'était retrouvé inondé, même dans la salle de contrôle on avait dû coincer des serviettes sous la porte. Les membres de l'EIS, l'équipe d'intervention spéciale, s'étaient harnachés pour aller le maîtriser. D'après Woods, sans cesser de rire aux éclats Malcolm avait tenté de leur pisser dessus par le trou de la serrure, pinçant sa bite minuscule entre deux doigts pour envoyer un jet qui ne fit guère plus que dégouliner sur le battant. Comme d'habitude, dès leur entrée dans la pièce ils lui avaient violemment plaqué la tête au sol. Euphorique, Malcolm s'était laissé faire.

Fitzgerald passa devant Huddles, suffisamment près pour que ce dernier sente son haleine de café.

– On se tait quand on est en rang, Huddles. Sinon toi aussi je t'enferme en cellule d'isolement.

– Ça ne me dérangerait pas. Moi aussi, j'aime *Batman*.

Fitzgerald secoua la tête jusqu'à ce que ses bajoues tremblent.

– Je t'aime bien, Huddles. T'es un type marrant, mais j'hésiterai pas à te foutre une raclée. Compris ?

Les garçons s'engouffrèrent dans la salle l'un après l'autre et prirent place à leurs bureaux tandis que Mme Miller était occupée à écrire au tableau. Terry s'assit à côté de Huddles. Lui avoir prêté les Air Jordan avait sans doute été une erreur. De retour dans l'unité B, Callan s'était empressé de demander à Huddles pourquoi ce petit con portait ses baskets. Huddles aurait pu lui briser les dents, mais Sir Hendricks s'était interposé. Dès l'arrivée de Terry, Huddles avait senti que ce garçon était trop faible pour s'en sortir seul. Sauf qu'à vouloir être trop gentil, il n'avait rendu service à personne. Il aurait mieux valu qu'il demande à Terry de s'asseoir ailleurs, mais en même temps sa présence à proximité lui plaisait. Non qu'il compte discuter avec lui ou lui faire passer des mots comme à l'école primaire. Il s'agissait simplement d'avoir un ami à côté de soi. Ça valait le coup de prendre le risque. Si Callan se permettait un nouveau commentaire, Huddles le ferait taire durablement.

Appuyé contre le chambranle de la porte, Fitzgerald les observait. Callan se leva de son bureau, alla au fond de la salle et tira de l'étagère un exemplaire des *Mille et Une Nuits*. Aujourd'hui, il était en avance : en général, il attendait au moins dix minutes après le début du cours de Mme Miller pour commencer à se balader. Il feuilleta les pages jusqu'à ce qu'il trouve une illustration de Schéhérazade allongée sur un immense lit. Manifestement troublé, il lécha la petite cicatrice sur sa lèvre supérieure.

– Putain, les gars, dit-il en brandissant le livre pour que les autres puissent voir. Ils ont tout compris, les sultans. Dès que je sors d'ici, je saute dans le premier avion pour aller me taper un cul comme ça.

Les garçons éclatèrent de rire. Mme Miller fonça sur Callan, traversant la salle aussi vite que ses os arthritiques le lui permettaient.

– Donne-moi ça tout de suite.

– Pas question, dit Callan avant de se rasseoir. J'ai enfin trouvé un truc qui vaut la peine d'être lu.

Fitzgerald s'avança.

– Rends-le à Mme Miller.

– Toi, le gros, va te faire foutre. T'as qu'à venir me le reprendre.

Fitzgerald s'assit à un bureau inoccupé à quelques mètres de Callan et se massa les tempes avec ses mains.

– Il est beaucoup trop tôt dans la journée pour ce genre de conneries, Callan. Soit tu rends ce bouquin, soit tu vas au-devant de gros problèmes. C'est compris ?

Sir Hendricks arriva avec un autre gardien qui tenait une caméra. Le gardien qui filmait resta sur le pas de la porte tandis que Hendricks entrait pour prêter main forte à Fitzgerald. Les garçons de l'unité B étaient surexcités. Penchés en avant sur leur chaise, les jambes tremblantes, ils avaient hâte qu'une nouvelle scène de violence éclate. Huddles suivait leurs regards qui partaient dans tous les sens, cherchant à identifier les participants du conflit à venir.

– Va me trouver une télé, connard, dit Callan. Je suis plus dur que l'autre petit merdeux. Moi aussi je veux qu'on m'apporte des trucs.

– Le détenu continue de refuser de rendre le livre, dit Fitzgerald dans son talkie-walkie, avant de regarder l'officier qui filmait depuis le seuil de la porte.

– C'est ta dernière chance, dit Sir Hendricks qui n'était plus qu'à un mètre du garçon.

Callan ouvrit la bouche pour hurler, mais Hendricks saisit son bureau et les renversa par terre, lui et la table. Callan tenta de se relever, mais Hendricks l'attrapa par le poignet. Les pages du livre battaient dans l'air telles les ailes d'un oiseau pris de panique. Avec sa main libre, Hendricks tordit les doigts de Callan en arrière jusqu'à ce qu'il lâche le bouquin. Fitzgerald le ramassa tandis que Hendricks traînait Callan vers la porte. Le gardien qui filmait s'écarta du passage, braqua sa caméra vers le sol.

Pendant que les autres garçons regardaient cette scène, Huddles fixa Terry. Aucune expression sur le visage du nouveau, qui semblait s'ennuyer comme un joueur de base-ball perdu tout au fond du terrain. L'impassibilité de Terry surprit Huddles. Il l'avait sous-estimé : la violence n'impressionnait pas Terry. Peut-être Huddles pourrait-il s'en faire un véritable allié.

Bien qu'il n'ait pas trop eu à payer de sa personne, Fitzgerald était en sueur. Il s'essuya le front du revers de la manche, balaya la salle du regard, puis annonça :

– Madame Miller, vous pouvez reprendre.

Deuxième partie

LE CONSEILLER

9

Petit, Jason Felts espérait qu'un beau jour la vie lui rendrait justice. Il avait commencé à rêver de ce moment vers six ans, juste après que les médecins de Lexington eurent opéré ses jambes pour redresser ses pieds tournés vers l'intérieur. Une intervention relativement indolore. Quelques semaines d'hospitalisation, rythmées par la prise de ces analgésiques légers qu'on prescrit aux enfants et par des balades en chaise roulante dans les couloirs. Puis on l'avait laissé rentrer chez lui avec un déambulateur, mais les plâtres le gênaient beaucoup. Montant jusqu'à ses hanches, ils le contraignaient plus que ses appareils orthopédiques. Ces derniers l'obligeaient à marcher comme une oie, mais maintenant ses membres inférieurs semblaient coulés dans du bronze. Le plâtre puait le talc et le démangeait, au point que certaines nuits il prenait la sueur qui dégoulinait de ses cuisses pour de la cire, et ses jambes pour des bougies en train de fondre.

Au bout de quelques semaines, les muscles de Jason s'étaient suffisamment atrophiés pour qu'il puisse glisser la main à l'intérieur des plâtres. Durant une de ses séances de grattage, il avait arraché seize de ses points de suture, puis examiné le sang coagulé qui collait au fil et faisait ressembler celui-ci à un mille-pattes. Même à un aussi jeune âge, Jason ne craignait rien. Il avait identifié ce moment comme un test, le genre d'épreuve qu'aimait évoquer le pasteur pendant le catéchisme. Il devait y avoir une raison à ses souffrances. La vie le malmenait, mais il aurait droit à une compensation. Un jour, quelque chose de merveilleux se produirait, prouvant que cela valait la peine de supporter tout ça.

Parfois, quand Jason se reprenait à croire en cette vieille illusion, les vitres noires de la salle de contrôle le ramenaient à la réalité. Son reflet ratatiné dans la glace sans tain tuait instantanément tous les faux espoirs.

Sur les moniteurs, Jason et Beverly regardaient l'équipe d'intervention spéciale qui se préparait à aller affronter Malcolm. Après une série d'accès de violence, la direction avait décidé que le garçon resterait en cellule d'isolement et serait placé sous surveillance constante. Jason avait dû passer toute la matinée dans la salle de contrôle, à écouter Malcolm tambouriner contre la porte jusqu'à ce que ses mains saignent et laissent une espèce de Rorschach rouge sur la vitre. Quand Fitzgerald était passé le voir, Malcolm s'était dressé sur la pointe des pieds et avait essayé de lui pisser dessus à travers la serrure. Fitzgerald s'était écarté, recevant seulement quelques gouttes sur le bas de son pantalon.

Les membres de l'EIS se changèrent dans l'un des vestiaires, s'entraidant à fixer les morceaux de coquilles noires qui constituaient leurs armures. Ces hommes étaient censés demeurer anonymes pour ne pas s'exposer à une future vengeance, mais la plupart des garçons n'avaient aucun mal à les identifier. Fitzgerald était reconnaissable parce qu'il avait la peau noire et que son armure le serrait trop, menaçant de craquer à chaque pas. Quant à Sir Hendricks, on ne risquait pas de confondre sa posture si particulière, lui qui brandissait sa matraque au-dessus de sa tête pour pouvoir frapper plus vite et plus fort. Peu d'hommes cognaient véritablement les garçons. La plupart se contentaient de les maintenir au sol le temps de les envelopper dans une couverture spéciale, comme un sac de couchage ultra-serré dans lequel il pouvait à peine se tortiller.

– C'est exactement ce qu'il ne faut pas faire, dit Beverly.

Pendant qu'ils regardaient la scène, elle s'était recroquevillée dans son fauteuil pivotant, les pieds sur le siège, les bras autour des genoux.

– Il veut cette confrontation, expliqua-t-elle.

Jason haussa les épaules.

– Tu as une meilleure idée ?

Malcolm tournait en rond dans sa cellule, donnant au passage des coups de pied dans les toilettes métalliques ou dans les murs en parpaings. Il ressemblait à un pantin manipulé par un esprit maléfique. De temps à autre, il s'arrêtait pour fixer d'un air furieux la vitre de la porte.

– À défaut, reprit Jason, tu as un diagnostic ?

Ça faisait mal de regarder ce garçon, mais bavarder les soulageait un peu.

Beverly secoua la tête.

– Il s'est montré tellement agressif envers l'équipe de l'hôpital Sharp qu'ils n'ont jamais pu terminer l'évaluation.

– Agressif de quelle manière ?

– Coup de poing dans la figure du médecin, tentative d'assommer un aide-soignant avec une cuvette métallique. Il a même mordu une infirmière. Elle a eu droit à dix-huit points de suture dans le dos.

– Merde, dit Jason.

– Il paraît qu'ils ont dû le bourrer de calmants.

Malgré toute sa colère, Malcolm semblait bien trop fluet pour de tels déchaînements de violence. Mais ça n'étonnait pas Jason, qui se souvenait des dégâts que son propre corps minuscule était capable d'infliger. Dans sa jeunesse, Jason avait enfoncé son poing dans plus d'une cloison, allant même jusqu'à défoncer le capot d'une voiture sur le parking du supermarché quand des garçons s'étaient moqués de lui.

Paré de son bouclier, Fitzgerald lança l'assaut. L'équipe traversa le hall principal jusqu'à l'unité B où les garçons étaient collés à la vitre de leurs cellules, leurs nez et leurs mains maculant le verre. Quelques-uns encourageaient les gardiens, leur conseillaient des techniques pour faire le plus mal possible à Malcolm.

Quand ils arrivèrent devant la cellule d'isolement, les hommes de l'EIS s'arrêtèrent le temps que Hendricks sorte la clé. Puisque la plupart des prisonniers à l'isolement présentaient un risque de suicide, l'administration avait installé des portes qui ne s'ouvraient que manuellement, empêchant ainsi les gardiens paresseux de mentir au sujet des vérifications qu'ils étaient censés effectuer.

– Assieds-toi sur ton lit et mets les deux mains sur ta tête, cria Hendricks.

Sa voix était déformée par sa cagoule noire et son casque antiémeute à la visière baissée.

– Suce-moi, salope, dit Malcolm.

Sa voix guère plus qu'un glapissement.

Hendricks ouvrit la porte. Malcom sauta de son lit et frappa Fitzgerald à hauteur du cou, au-dessus du bouclier. Ses poings minuscules tambourinaient contre l'armure. Le gros Fitzgerald posa son bouclier et plaqua Malcolm au sol, l'écrasant de tout son poids pour que ses collègues puissent lui attraper les membres. Malcom se débattait, hurlait, crachait sur leurs visières. La plupart des hommes détournaient le regard, mais Hendricks s'agenouilla à quelques centimètres de la tête du garçon et se pencha près de son oreille. Jason ne pouvait en être sûr, mais il lui sembla que Hendricks chuchotait quelque chose à Malcolm.

Le talkie-walkie de Beverly couina. Elle parla dans le microphone, puis se tourna vers Jason.

– Ils ont besoin de toi à l'unité B.

Jason regardait Woods battre les cartes, rois et reines passant d'une main à l'autre à une vitesse prodigieuse. Le genre de talent qu'on tient de ses ancêtres, qu'on perfectionne lorsque, petit, on assiste à des parties de black-jack dans des chalets perdus au milieu des montagnes, où l'on n'a pas le droit de faire le moindre bruit pour ne pas déconcentrer les adultes. Peu importe comment il avait appris, c'était une joie de le voir manipuler les cartes, et Woods le savait. Chantonnant quelques paroles de « Kentucky Gambler », il souriait, fier de sa dentition rénovée aux frais de l'État.

– Putain mais tu vas nous les donner, ces cartes, s'irrita Robison.

Robison tripotait nerveusement le petit tas de papiers colorés qui faisaient office de jetons. Dans le temps, les garçons de l'unité B avaient droit à des boutons de couleur, mais quelqu'un s'en était servi comme projectiles, se fabriquant un lance-pierres avec l'élastique de son caleçon. Depuis lors, les jetons-boutons étaient interdits.

– Une minute, dit Woods. Elles collent trop, ces cartes.

Il se décida enfin à les distribuer, face visible. Dix de carreau, trois de pique, reine de cœur…

Terry était assis tout seul à l'autre table. Les garçons ne lui avaient pas proposé d'intégrer la partie, mais de toute façon Jason ne pensait pas que ça l'aurait intéressé. Terry avait passé presque toute la matinée à l'infirmerie, et maintenant il n'arrêtait pas de s'essuyer les mains sur son pantalon, les yeux vitreux et la peau criblée de gouttes de sueur. Symptômes classiques du sevrage, mais quelque chose d'autre rongeait ce garçon. Et si c'était lié à la présence de Jason ? Un peu plus tôt, on lui avait dit que Terry le cherchait. Jason n'avait pas osé passer le voir ; pour l'heure, personne à l'intérieur de la Carcasse n'était au courant de leur rencontre aux pompes funèbres. Si on lui posait la question, Jason ne mentirait pas, mais il préférait garder ça secret le plus longtemps possible.

La plupart des garçons de l'unité B le détestaient, et il ne voulait pas voir cette haine transférée sur Terry.

– Monsieur Felts, dit Terry. Vous avez une minute ?

Jason s'assit à la table de Terry et se prépara, au cas où il mentionne cette nuit à la morgue. Pourtant, la logique voulait que le garçon évite le sujet. Il n'avait pas besoin qu'on lui colle une autre inculpation sur le dos. Derrière eux, Woods entonna le refrain de « If We Make It Through December ». Quand il gagnait, Woods se mettait souvent à chanter de la country *outlaw*. Une telle arrogance… Jason aurait voulu que Huddles se rebelle et lui mette son poing dans la figure.

– Qu'est-ce qu'il y a ? demanda Jason.

Il s'attendait à ce que Terry le supplie de lui filer des cachets, comptant sur la pitié dont il avait déjà fait preuve à la morgue.

– Il faut que je passe un coup de fil, dit Terry d'une voix qui sonnait comme l'air s'échappant d'un pneu crevé.

– Pas de téléphone pour l'instant. Demain tu auras l'occasion de parler à ton avocat.

– Il faut que je sache pour mon père.

Constatant l'absence du père de Terry au tribunal, la police avait effectué des recherches. Dès l'aube, ils avaient frappé à toutes les portes du quartier, réveillant les gens, qui apparemment n'étaient au courant de rien. À croire que la croûte terrestre s'était entrouverte juste le temps d'avaler ce type.

– Il faut que je sache si Roscoe va bien, dit Terry en pleurant. C'est ma faute.

– Personne aurait un tampon hygiénique pour l'autre petite tafiole ? cria Woods.

Il lança une poignée de cartes vers Terry. La plupart tombèrent aux pieds des joueurs, mais une reine toucha Terry sous l'œil. Il bondit, prêt à cogner Woods ; Jason le saisit par la manche et le tira en arrière. Malgré le travail du dentiste, le sourire de Woods était toujours aussi laid. On aurait dit que de la moisissure noire lui rongeait les canines.

– C'est ça, calme-toi, gueula-t-il à Terry.

Terry se rassit sur sa chaise. Jason se détourna, gêné de le voir pleurer encore plus fort. Il était toujours pris au dépourvu par ces moments où les garçons abandonnaient leurs poses, révélant qu'ils n'étaient encore que des enfants. Il aurait voulu toucher Terry, mais le personnel avait pour instruction d'éviter tout contact physique.

Huddles poussa ses cartes au milieu de la table.

– Arrête de faire chier, Woods. T'es pas obligé de te comporter tout le temps comme un connard.

Woods s'apprêtait à protester, mais Robison se pencha pour ramasser les cartes tombées par terre et leur dit :

– Concentrons-nous sur la partie, OK ?

Woods mélangea de nouveau le paquet. Les cartes produisaient un bruit plus rêche que tout à l'heure, comme un frottement de pierres ou d'os. Jason se demanda si elles n'allaient pas prendre feu.

Huddles s'assit à côté de Terry.

– Parle-moi un peu de Roscoe.

Terry ne semblait pas très à l'aise, mais Jason savait que les garçons préféraient garder leurs distances avec Huddles.

– C'est mon chien.

Sourire presque imperceptible de Huddles.

– Un doberman ? Un pit-bull ?

– Un bâtard.

– Un chien marron de Virginie-Occidentale, voilà comment mon frère appelle ça.

– Il a environ huit ans, précisa Terry.

Pendant qu'ils bavardaient, Robison enchaîna les victoires au black jack. La magie avait abandonné Woods. Les cartes ne lui obéissaient plus. Encore quelques mains et la partie s'interrompit, les garçons regagnant leurs cellules ou se rassemblant devant la télé. Après leur départ, Terry fit signe à Jason de s'approcher et lui glissa une feuille de papier pliée dans le creux de la main. Puis, sans rien dire, il partit regarder la télé avec les autres.

Jason mit la feuille dans sa poche. Malgré sa curiosité, il attendit d'avoir quitté la Carcasse et d'être monté dans son pick-up. Il y avait en fait deux feuilles de papier : l'une sur laquelle une carte était dessinée grossièrement, l'autre avec davantage de texte – une véritable lettre. Jason posa la lettre sans la lire et déplia la carte au-dessus du volant. Une sorte d'itinéraire, prendre telle route, tourner ici, tourner là, des descriptions pas toujours très claires. Jason suivit le parcours dans sa tête, allant jusqu'à l'endroit où Terry avait écrit « à pied à partir d'ici ». Après ça, Jason était perdu, n'arrivait plus à se représenter le chemin. Ça manquait de précisions.

En bas de la page, ces quelques lignes :

Il s'appelle Davey Stanton. S'il vous plaît donnez-lui ça. Je sais que vous ne me devez rien, mais je n'ai personne d'autre. Je vous en supplie.

Jason rangea les feuilles dans la boîte à gants et resta immobile un moment. Qui était Davey ? Qu'avait-il de si important pour que Terry prenne le risque de transmettre ce message à Jason devant les autres garçons ? Communiquer secrètement avec le personnel était interdit, une règle tacite que tous les garçons de l'unité B respectaient. Terry aurait pu passer pour un mouchard aux yeux des autres. Jason faillit lire la lettre, réussit presque à se convaincre qu'il méritait d'en savoir plus s'il acceptait une telle mission. Pourtant, il ne rouvrit pas la boîte à gants. Il repensa à l'écriture petite et serrée, à l'élégant J majuscule de ce *Je vous en supplie*. Les mots étaient des choses fragiles, imprécises, mais ce *Je vous en supplie* disait tout ce qu'il y avait à dire. Il était plus fort que n'importe quelle explication que Terry aurait pu fournir.

Au Cheap Charlie's Drive-Thru, pendant qu'il attendait qu'on lui prépare sa bière et ses sandwiches, Jason repensa à sa jeunesse, à l'époque où les pompes funèbres appartenaient encore à son oncle. Un soir, son cousin avait trouvé un album du groupe X, niché parmi tous les disques de Springsteen et d'AC/DC d'oncle Henry. Sans être proches, Jason et Ben travaillaient ensemble comme porteurs de cercueil, ce qui les avait assez ostracisés du reste de la population pour les obliger à se tolérer l'un l'autre. Jason avait accepté ce boulot surtout pour aider Henry, tandis que Ben, lui, prenait vraiment plaisir à transporter des cadavres. Sans compter que ça lui donnait une occasion en or de terrifier les gens. Quand Jason avait demandé s'il pouvait écouter ces disques, Ben l'avait mis au défi de descendre au garage et d'ouvrir la porte de la morgue.

Jason avait déjà vu plein de cadavres, mais seulement après qu'on en eut effacé toutes les traces laissées par la mort. Des corps si maquillés qu'ils ressemblaient davantage à des poupées qu'à des êtres humains. Sur la table en métal de la morgue, ça promettait d'être très différent. En bas, il ferait face à ces zombies qui, tard la nuit, peuplaient les films à la télé.

– Pas question, avait répondu Jason.

– Faut vraiment être un pédé pour pas vouloir admirer les nichons de Tracy Calloway, avait déclaré Ben en tripotant son tout récent piercing à la narine gauche.

Ben n'arrêtait pas de supplier qu'on l'autorise à teindre ses cheveux en vert façon Joker, mais oncle Henry estimait que c'était indécent pour un porteur de cercueil. Et il obligeait Ben à retirer son piercing lors des funérailles.

– Elle est morte, avait protesté Jason.

– On s'en fout, avait dit Ben. Une paire de nichons c'est une paire de nichons. Tu le saurais si t'en avais déjà vu.

Comme d'habitude, il faisait froid dans le garage, et le corbillard prenait presque toute la place. Ils s'étaient faufilés jusqu'à la porte de la morgue, puis l'avaient entrouverte juste assez pour se glisser à l'intérieur. Tracy Calloway était nue sur la table, sa poitrine ouverte comme celle d'une écrevisse géante, sa cage thoracique révélant un foie et des poumons tout luisants. Jason avait vomi sur ses Chuck Taylor. Pendant ce temps, Ben s'esclaffait et tirait un gant en caoutchouc d'une boîte fixée au mur. Le latex avait claqué contre son poignet.

– Aucune raison d'avoir peur, avait-il déclaré en plongeant sa main dans le torse pour en extraire le cœur.

Ce cœur faisait partie du corps de Tracy de la même manière qu'un noyau faisait partie d'une pêche. Voilà ce que Jason s'était dit en voyant Ben le brandir tel un prêtre païen.

– Touche-le.

Jason était sorti en courant, se cognant contre le pare-chocs de la Cadillac puis se réfugiant dans le sanctuaire des pompes funèbres, face à la chaire où le révérend Walker allait bientôt encenser la vertu de Tracy avant de l'envoyer rejoindre le Seigneur.

Ce souvenir en évoqua un autre, plus récent, celui du shérif Thompson sur la table en métal et de ses entrailles exposées de la même façon. Plus tard ce soir, après avoir siroté quelques bières, pourquoi ne pas descendre toucher le cœur du shérif ? C'était peut-être le moyen de devenir aussi courageux que Ben.

La plupart des autres hommes n'avaient pas des histoires comme celle-là. Les gens qui vivaient dans des coins moins sauvages de la société étaient affublés de traumatismes plus conventionnels, l'équivalent psychique de blessures corporelles. Aucun de ces types n'avait jamais tenu la mort dans le creux de sa paume ni regardé le sommet de ses montagnes natales se faire désintégrer par une explosion de dynamite rien que pour que sa famille puisse manger. Il n'y a que les gens qui vivent ici qui puissent me comprendre, se disait-il parfois.

Sa commande prête, il retourna sur Fuller Street. L'électricité était rétablie et on aurait dit qu'on venait de l'inventer, tant les maisons brillaient dans l'obscurité. Ce n'était pas l'arrivée qu'il espérait, son fantasme d'une rue sombre et endormie où l'attendrait une seule ampoule, derrière une des fenêtres de la maison d'oncle Henry. S'engageant dans l'allée, Jason constata les progrès du chantier. La vieille galerie avait été abattue, ses planches empilées dans le jardin, prêtes à être brûlées. En attendant la reconstruction de la galerie, des parpaings remplaçaient les marches du perron. La moitié gauche de la façade était recouverte d'un nouveau revêtement extérieur en vinyle, tandis que moitié droite était toujours nue, comme si la maison opérait une mue. Les déchets qui auparavant encombraient la pelouse avaient été déblayés, et désormais les détritus s'accumulaient uniquement sur le tas de bois. Même les mauvaises herbes avaient été arrachées ; Jason se demanda combien de serpents son oncle Henry avait tués en défrichant l'allée.

La Honda de Sharon Hendricks était garée devant la maison. Jason se souvint de la première fois qu'il avait vu Sharon et sa voiture, un matin glacial où elle était passée à la Carcasse pour apporter du poulet frit à son mari. Se plaignant de l'absence de coleslaw, Sir Hendricks lui avait donné une petite tape sur le cul et l'avait congédiée sans le moindre mot gentil. Quand le regard de Sharon s'était posé sur Jason, la fumée de cigarette dans ses poumons lui avait soudain paru brûlante, et il s'était maudit d'être assis sur la balustrade de l'abri réservé aux fumeurs, la taille anormalement petite de ses jambes bien en évidence.

Jason se gara à côté de la Honda et prit quelques secondes pour scruter les environs. Des deux côtés des voies ferrées, rien ne bougeait dans le quartier. Il remit le manteau qu'il avait porté à la Carcasse, mais le tissu le grattait, comme autrefois quand il le mettait à des funérailles. Il l'enleva, le posa sur ses genoux et examina les coutures qui se déchiraient au niveau des aisselles. Que ce manteau lui aille encore, c'était encore une plaisanterie cruelle du destin – qui lui rappela l'insulte de Huddles. Pauvre Huddles : un garçon vraiment dur, certes, mais trop de gens se servaient de lui. Son frère l'utilisait pour livrer ses produits, les gardiens et les flics l'utilisaient pour coincer son frère. Jason comprenait pourquoi Huddles n'avait plus confiance en personne. Et il admirait même cette intégrité qui consiste à rester le dos au mur, à refuser toute aide qui vous compromettait ou vous rabaissait. De toute façon, Huddles avait raison : ce vieux manteau lui donnait l'air ridicule. Pourquoi s'obstiner à vouloir impressionner Sharon ? Mais peut-être que les efforts toujours renouvelés de Jason la touchaient…

La deuxième rencontre de Sharon et Jason avait eu lieu au supermarché Boyle's Market. Plusieurs mois s'étaient écoulés depuis leur échange de regards à la prison, mais il pensait encore à elle en déambulant dans le rayon fruits et légumes, où quelques vieux bonshommes n'hésitaient pas à le dévisager, se moquant ouvertement de sa petite taille. Il hésitait à se tirer de là quand il l'avait vue arriver. La première fois, Jason avait uniquement été frappé par sa beauté. Cette fois-ci, il avait remarqué la mélancolie dans ses yeux. Tandis que Sharon avançait en poussant son chariot, les regards des clients et des clientes se tournaient vers elle. Elle baissait la tête, laissant à ses cheveux le soin de cacher son visage. Jason connaissait cette technique. Il l'avait employée pendant des années, jusqu'à ce qu'il se décide enfin à défier les regards indiscrets. Mais Sharon ne semblait pas particulièrement en colère, juste fatiguée.

Croiser une telle femme dans un endroit comme Lynch relevait du miracle, et Jason savait qu'il ne se le pardonnerait jamais s'il n'essayait pas au moins de lui parler. Pour un sourire de sa part, il était prêt à risquer le rejet et à affronter les moqueries des gens. Quand Sharon s'était attardée près des fruits, il avait saisi l'occasion pour lancer maladroitement une conversation au sujet des kiwis. Il s'était réjoui qu'elle lui avoue n'en avoir jamais goûté. Puis, ensemble, ils avaient longé l'allée des surgelés, cette grande femme et ce petit homme que clients et employés suivaient du regard. La mère de Sharon était d'origine sioux, ce qui expliquait ses cheveux bruns, ses pommettes saillantes et sa peau cuivrée. La vue de ces deux physiques si particuliers avançant côte à côte était trop irrésistible pour les vieilles dames, qui ne s'embarrassaient plus de la moindre discrétion. Jason s'en fichait, tant que Sharon se trouvait près de lui. Sa présence l'apaisait.

La dernière femme qui s'était intéressée à lui, ça remontait à loin. Si loin qu'il pensait ne plus jamais vivre d'histoire d'amour. Voilà peut-être pourquoi il s'était autorisé à désirer une femme mariée. Quand la culpabilité le taraudait, il demandait à Sharon pourquoi elle avait continué de lui parler dans les allées du supermarché alors qu'il ne pouvait s'empêcher d'admirer ses courbes, de chuchoter pour l'obliger à se pencher plus près de lui. Sur le moment, il avait cru que c'était un coup de chance qu'elle s'arrête pour regarder les fruits aussi longtemps ; mais, quelques semaines après le début de leur liaison, elle avait confessé avoir espéré qu'il s'approche.

– Tu m'intriguais, Jason. Je regardais la délicatesse avec laquelle tu touchais les fruits, et je voulais que tu me touches comme ça.

Jason avait une théorie : toutes les femmes qui étaient attirées par lui traversaient d'abord une phase de répulsion. Pas nécessairement envers son corps, plutôt envers elles-mêmes, s'étonnant d'être séduites par un être aussi incongru. Il savait qu'aucune gamine ne grandissait en rêvant de finir avec un homme beaucoup plus petit qu'elle. Alors pourquoi l'avoir choisi ? Au bout d'un mois, il avait trouvé le courage de poser la question.

– Ça ne m'est jamais apparu comme un problème, avait-elle répondu. Dès notre premier échange au supermarché, je savais ce qu'on allait faire. Je n'ai aucun regret. Je voulais un homme bon et je l'ai trouvé.

Bien qu'innocente, leur discussion chez Boyle's avait suffisamment marqué Jason pour qu'il cherche les coordonnées de Sharon dans l'annuaire. Il se répétait que c'était mal de s'intéresser à la femme d'un autre, qui par ailleurs ne s'intéresserait jamais à lui à cause de sa taille. D'où son ébahissement en apprenant qu'elle avait espéré qu'il l'appelle – fantasmé à propos de cet appel, même. Jason n'imaginait pas qu'une femme puisse rêver de lui. Il avait eu quelques petites amies, mais inscrire une relation dans la durée lui semblait impossible. Il y avait une espèce de guerre froide entre les hommes et les femmes ; depuis le temps que les premiers tentaient de dominer les secondes, celles-ci avaient de bonnes raisons de se méfier. Au détour de ses conversations avec des femmes, Jason avait souvent senti une réticence de leur part, comme si elles guettaient le signe d'une volonté de les agresser. Il ne leur en voulait pas. Après tout, il n'éprouvait pas seulement un désir de s'approcher, de toucher, mais de posséder aussi. Et cette faiblesse ne lui était pas propre, il avait constaté le même défaut chez d'autres hommes. À se demander comment les couples parvenaient à dépasser ce stade, à se faire confiance, à se pardonner assez pour s'aimer. Plus il y réfléchissait, plus l'avenir l'effrayait.

Jason descendit du pick-up et gravit les parpaings. La porte n'était pas verrouillée, il pénétra dans le vestibule désert. Des morceaux de plâtre craquaient sous ses chaussures. Oncle Henry n'avait meublé qu'une seule pièce. Juste un matelas posé sur un cadre avec une tête de lit en fer forgé. Ni draps ni oreillers. Rien qu'un édredon plié au pied du lit. Savoir que son oncle vivait comme ça l'attrista.

Sharon était assise à la petite table de la cuisine, devant une tasse de thé. De l'eau bouillait sur la plaque ; Jason s'étonna que Henry ait déjà installé le gaz. Tout autour de Sharon, des placards cassés pendaient plus ou moins dangereusement aux murs. L'évier était plein de bardeaux tombés directement du toit. Henry se plaignait souvent des étourneaux qui s'introduisaient par les trous du plafond pour bouffer les cafards assez bêtes pour ne pas s'être planqués avant l'aube.

Jason s'assit tandis que Sharon essuyait avec un chiffon quelques gouttes de thé renversées sur la table. Elle prit la bouilloire sur la plaque et lui remplit une tasse. Il la couvrit avec sa main, histoire de sentir la chaleur sur sa paume.

– C'est moi qui ai eu cette idée, je sais, dit-il. Mais est-ce vraiment nécessaire ?

– J'ai des voisins.

– Tes voisins ne prêteraient pas attention à moi.

Ils savaient tous deux que ce n'était pas vrai. La veille, Jason était passé en voiture devant chez elle, pendant que Sir Hendricks jouait avec sa hache d'armes quelque part. Une maison de plain-pied entourée d'une clôture en bois, au milieu d'une rue encombrée d'enfants qui ne manqueraient pas de remarquer la taille de Jason. Dans le jardin, rien n'évoquait la personnalité de Hendricks. Jason aurait pu l'oublier, faire comme si ce type n'existait pas, mais c'était trop dangereux pour lui de retrouver Sharon là-bas, comme c'était trop dangereux pour elle de continuer à monter dans l'appartement de Jason au-dessus des pompes funèbres. Dans une ville aussi petite que Lynch, rester discret s'avérait une gageure. Voilà pourquoi Sharon lui avait demandé s'il connaissait un lieu secret. Jason avait failli ne pas mentionner la maison d'oncle Henry. Il ne voulait pas la voir entre des murs prêts à s'effondrer, entourée d'une couche de crasse remontant à plusieurs générations.

– Je m'en rends compte maintenant, dit-il, tu es beaucoup trop belle pour mettre les pieds dans un endroit aussi moche.

Le sourire de Sharon ne laissait planer aucun doute : ça faisait beaucoup trop longtemps qu'on ne l'avait pas flattée de la sorte. Jason se demanda à quoi ressemblaient les moments qu'elle passait avec son mari. Dans leur maison, faisaient-ils plus que se croiser ? L'amour d'une telle femme se méritait, comment Sir Hendricks avait-il pu l'oublier ?

Sharon posa sa main sur celle de Jason.

– J'ai appris pour le shérif.

– On devrait se tirer d'ici, dit-il. C'est sale.

Elle sourit à nouveau, le genre de sourire qu'on destine aux enfants naïfs.

– On est ensemble, dit-elle. Je voudrais que tu en profites.

Il but une gorgée de thé et sentit la main de Sharon lui caresser la jambe sous la table. Ses doigts se rapprochèrent des cicatrices de Jason.

– Parle-moi encore du Dakota du Sud, dit-il.

Au supermarché, elle lui avait raconté que sa mère habitait à la périphérie d'une bourgade appelée Farina, dans une petite maison achetée grâce aux économies de toute une vie. Sharon avait vécu là-bas jusqu'à ses dix-neuf ans, puis elle était descendue dans le sud-est pour jouer au softball à Marshall University, où elle avait rencontré Hendricks avant de tomber enceinte et d'abandonner ses études. Elle avait fait une fausse couche, mais elle était restée avec Hendricks, et aujourd'hui ne se souvenait plus pourquoi. Il y a trois ans, elle avait obtenu son diplôme d'auxiliaire juridique et commencé à travailler pour un cabinet d'avocats pénalistes.

– Trop désert. Trop plat. Quand j'étais petite, j'ai traversé le Kansas alors qu'ils venaient juste de terminer de brûler les champs. De la cendre noire à perte de vue. C'était comme de rouler sur une planète morte.

– Je veux découvrir des choses comme ça avec toi. Je veux qu'on se crée ce genre de souvenirs.

– Ça viendra, dit-elle.

Mais Jason ne savait pas s'il devait y croire. Elle ne s'était pas encore décidée à quitter Hendricks.

Avant que Sharon mette les pieds pour la première fois dans son appartement, Jason s'était efforcé de ne pas nourrir trop d'espoirs. Il s'était planté devant le miroir en pied de la salle de bains, vêtu de la chemise Oxford qu'il avait ourlée pour qu'elle ne descende pas plus bas que ses genoux. Aucune femme n'acceptera jamais vraiment ça, avait-il pensé. Ce n'est qu'un répit momentané, tu retourneras à ta solitude. Mais, après cette nuit passée ensemble, il avait été encore plus difficile de renoncer. Son physique n'avait suscité ni dégoût ni crainte chez Sharon. Il se disait qu'elle l'avait classé dans une nouvelle catégorie, loin des notions d'anormalité ou de maladie.

Cette première nuit, elle avait pressé son corps contre celui de Jason et, du bout des doigts, avait caressé les cicatrices sur ses cuisses.

– Tu essaies de les réparer ? avait-il demandé.

Sourire de Sharon, ses petites dents pointues.

– Non, j'aime tout chez toi.

– Tu as l'air fatigué, dit-elle en désignant la tasse refroidie de Jason. Tu n'as pas terminé ton thé.

– C'est compliqué au boulot.

Il était sur le point de tout lui raconter, Terry et sa lettre, mais elle se leva et appuya le front de Jason contre son ventre. Il sentait la peau de Sharon se tendre chaque fois qu'elle inspirait.

– Viens, dit-elle.

Elle l'emmena dans la chambre et ils se touchèrent, apposant les mains l'un sur l'autre à la manière de guérisseurs.

10

À Lynch, le choix en matière de bars était très limité. Les établissements encore en activité se concentraient dans le quartier de Cherry Tree – des constructions en parpaings qui attiraient les clients grâce aux strip-teaseuses plutôt qu'à l'alcool. De l'autre côté des voies ferrées se trouvait Hob & Millie's, un bar miteux qui se donnait l'air d'un café des sports, avec son unique écran plat à l'image pas nette. Depuis que le Mount Gay Lounge avait fermé ses portes, le seul endroit décent où l'on pouvait boire était l'American Legion sur Lynch Lanes. Jason le connaissait bien : gamin, à la pire époque de son oncle Henry, il y avait passé des soirées entières. Il apportait ses jouets au sous-sol, là où les vieux vétérans racontaient leurs vieilles histoires en criant pour se faire entendre malgré les bruits du bowling au-dessus. La femme qui tenait le bar, une épouse de marine, l'autorisait à jouer avec ses Hot Wheels sur le comptoir et lui servait du Coca bien frais tandis qu'oncle Henry enchaînait les shots de whiskey George Dickel. Quand Beverly suggéra qu'ils se rendent à l'America Legion pour prendre un verre après le boulot, Jason s'en réjouit d'avance. On ne faisait pas plus triste que ce bar, mais ça restait un des lieux mythiques de son enfance.

Jason la suivit depuis la Carcasse. Ils se garèrent l'un à côté de l'autre, claquèrent en même temps les portières de leurs voitures. Malgré la douceur de la nuit, il y avait un petit vent frais. Le sifflement d'un train recouvrit un instant le vacarme des types qui sortaient du bowling et descendaient boire une bière avant de rentrer chez eux. Voyant leurs jeans et leurs tee-shirts, Jason hésita à retirer sa cravate à clip. Ce genre de cravates s'imposaient à l'intérieur de la Carcasse. Avec un nœud normal, vous pouviez vous faire étrangler lors de la moindre bagarre. Mais, quand Jason s'apprêta à l'enlever, Beverly secoua la tête.

– Tu as l'air chic, comme ça.

– Justement, je préfère ne pas trop détonner.

Néanmoins il écouta le conseil de Beverly et garda la cravate.

À l'entrée, un homme coiffé d'un bandana noir vérifiait les pièces d'identité. Le videur tint la porte à Beverly et lui adressa un clin d'œil. Avant de quitter le boulot, elle avait changé de tenue : toujours le même coupe-vent que lors des thérapies de groupe à l'unité B mais, en dessous, un jean serré bleu foncé et un chemisier blanc.

Jason avait trouvé cette dernière séance particulièrement compliquée. Assis les bras croisés, Terry refusait de participer. Il avait meilleure mine que la veille, mais n'arrêtait pas de lancer des regards à Jason, espérant sans doute des nouvelles de sa lettre. Voir Terry bouder décourageait Jason. Ce garçon ne pouvait probablement plus être sauvé ; continuer à le croire, c'était se bercer d'illusions. Il fallait consacrer son temps à ceux qui se montraient réceptifs, et laisser les autres suivre leur mauvaise pente jusqu'à ce qu'ils écopent d'une peine lourde ou qu'ils passent l'arme à gauche. Fonctionner selon un système de priorités ; une façon froide de voir les choses mais qui permettait de sauver ceux qui pouvaient l'être. Jason avait du mal à se tenir à ce principe, son cœur n'était pas encore suffisamment endurci.

Le bar n'avait guère changé depuis son enfance. Le mur du fond était toujours entièrement recouvert d'une glace fendue. Dans le miroir, la salle paraissait deux fois plus grande, comme si les quelques buveurs défiant l'interdiction récente de fumer à l'intérieur était une foule fascinée par la femme d'âge mûr qui, sur scène, beuglait une version karaoké de Loretta Lynn, et non une poignée de vieux bonshommes venus tuer le temps. On avait changé de barmaid : l'épouse du défunt marine avait été remplacée par une femme d'environ vingt-cinq ans avec laquelle ces types flirtaient au moment de passer commande. Coincée dans un tel environnement, elle risquait de vieillir prématurément, ou du moins de perdre ce qu'il lui restait de vitalité. Quand Beverly entra, les types se retournèrent sur leurs tabourets et la dévisagèrent avant de se concentrer à nouveau sur leurs verres. Elle choisit une table loin de la rangée de billards pendant que Jason leur commandait deux pressions.

– On devrait en faire une habitude, lui dit Beverly lorsqu'il rapporta les bières. Ce n'est pas marrant de rentrer directement à la maison après le boulot.

– C'est vrai.

Il but une gorgée en regardant Beverly, qui contemplait son propre reflet dans le miroir comme s'il appartenait à une inconnue. Jason sentit qu'elle était sur le point de dire quelque chose d'important. Que ça sortirait avant qu'ils aient terminé leurs bières.

– Tu as pensé quoi des entretiens individuels, aujourd'hui ? demanda-t-elle.

Que cherchait-elle à savoir exactement ? Il ne s'était rien produit de surprenant. Woods regrettait toujours le même amour perdu. Il avait versé quelques larmes, comme d'habitude. Robison était de plus en plus agité, de plus en plus irrité par les règles de l'institution, mais ça aussi on pouvait s'y attendre. Leur travail consistait en grande partie à fournir une soupape aux prisonniers : qu'ils puissent exprimer la colère engendrée par leur incarcération plutôt que d'en venir à agresser un gardien ou un codétenu.

– Ça s'est plutôt bien passé, répondit Jason.

Avec l'index, Beverly caressa le pourtour de son verre.

– C'est Huddles qui m'ennuie. J'ai l'impression qu'on n'arrive à rien avec lui.

Jason soupira. Difficile de soutenir le contraire. Beverly lui posait des questions, essayait de l'amadouer avec son sourire, mais Huddles se taisait, trop malin pour se laisser faire. Si Jason avait mené ces entretiens, il aurait promis à Huddles de ne pas lui faire de cinéma, en échange de réponses honnêtes. Ce gamin était doué pour ne rien montrer, se murant à l'intérieur de lui-même dès le début de la séance.

– Il faut qu'on soit patient, dit Jason. Tu connais sa famille. Il ne va pas se livrer facilement.

Beverly secoua la tête.

– C'est ce que je pensais, avant. Maintenant je me dis qu'il vaudrait mieux le transférer ailleurs. Profiter de sa prochaine audience au tribunal pour l'envoyer à Tiger Morton, histoire de voir ce qu'ils peuvent faire de lui là-bas.

Jason avait entendu beaucoup de choses sur Tiger Morton, la prison qui accueillait les délinquants les plus violents de tout l'État. Il y a trois ans, un gardien avait été blessé au cours d'une rixe au réfectoire, poussant l'établissement à adopter des règles encore plus strictes et à embaucher davantage de personnel. Huddles se débrouillerait peut-être très bien dans un tel endroit, mais ce n'était pas ce que Jason souhaitait pour lui.

– Tu veux lui laisser encore une semaine, ou tu as déjà commencé à rédiger le rapport ? demanda-t-il.

– On ne parle pas d'un gamin qui a séché les cours ou fait une petite connerie dans le genre. Son frère a tué des gens, et lui, on l'a arrêté au volant d'une voiture pleine d'armes et de drogues.

– Et alors ? Il ne faut pas que ça nous serve d'excuse pour refiler le problème à quelqu'un d'autre.

Un groupe de jeunes gens braillards entra. Des filles en jean moulant accrochées aux bras de garçons en bottes et chapeaux de cow-boys. Leurs rires imbibés d'alcool emplirent le bar, un bruit ressemblant à celui de la porcelaine qui se brise. Ils se mirent à danser près du karaoké, se cognant contre les tables et manquant renverser les verres des autres clients. Jason les enviait. Il aurait aimé danser ici avec Sharon, la tenir par la taille tandis que ses longs cheveux tombaient sur lui telle de la pluie. Au lieu de quoi il s'échinait à défendre un petit criminel.

– Fais comme tu le sens, dit-il. C'est toi qui les rédiges, ces rapports.

– Toi aussi tu finiras par te décourager, dit Beverly. Dans quelques années, quand tu auras constaté que rien ne change jamais. Quand tu les auras vu finir dans une de ces facs pourries réservées aux ex-taulards – dans le meilleur des cas. Toi aussi, ça te rendra malade.

Ils terminèrent leurs bières et Beverly décida de chanter. Elle essaya d'attirer Jason plus près de la scène, mais il ne bougea pas de leur table, expliquant qu'il préférait regarder depuis ce coin tranquille. Elle s'avança, ajouta son nom à la liste des participants et monta sur scène, accompagnée par des applaudissements anémiques. Seuls les jeunes danseurs firent un peu de boucan pour l'encourager, avant d'aller faire remplir leurs verres au comptoir tandis que Beverly entonnait «How I Got to Memphis ». Elle chantait de façon un peu trop studieuse, mais avec un vrai timbre country et une voix suffisamment puissante pour se passer de microphone. Jason écouta la chanson jusqu'à la fin, puis se leva pour aller aux toilettes.

À l'intérieur, une seule ampoule fonctionnait encore et ses semelles collaient au carrelage poissé de pisse. Des feuilles de papier toilette traînaient autour d'une poubelle vide. Un type barbu se vidait la vessie dans un urinoir en même temps qu'il toussait. Jason alla à l'autre bout, ouvrit sa braguette et pissa pendant que le type lâchait sa bite pour se gratter les poils de la nuque. Jason vit qu'il était tatoué : une couleur de cartes à jouer différente sur chaque doigt et d'autres motifs décolorés, probablement réalisés en prison, qui se prolongeaient sous ses manches.

L'homme ferma sa braguette et se tourna vers lui. Jason s'attendait à une remarque sur sa taille, éventuellement celle de sa bite. Ce ne serait pas la première fois. Quand il se plantait devant un urinoir, il y avait souvent un type curieux pour lancer un regard dans sa direction, se demandant sans doute ce qu'un nain pouvait avoir dans le slip. Lui-même avait toujours trouvé son pénis très banal, et c'est précisément pour cette raison qu'il l'aimait, se réjouissant que cette partie-là de son corps ne s'écarte pas de la norme.

Le type ne semblait pas prêt à lâcher Jason du regard. Jason remonta sa braguette et pivota pour lui faire face.

– Vous bossez à la Carcasse, non ? dit le type.

– Oui.

De quel détenu cet homme était-il le père, le frère ou le cousin ? De quoi voulait-il se venger en noyant Jason dans la pisse ou en lui fracassant la tête contre la porcelaine de l'urinoir ?

– Je suis un conseiller, pas un gardien, précisa Jason.

L'homme sourit. Ses dents étaient celles d'un prédateur, aiguisées par l'habitude de mâcher des os et des tendons.

– Peu importe, dit l'homme. Si on vous laisse rentrer chez vous le soir, c'est que vous êtes pas du côté des prisonniers.

Jason fit un pas vers la porte. Entre la sortie et lui, aucun obstacle, mais il lui faudrait tourner le dos à ce type. Il n'était pas encore prêt à faire ça.

– Peut-être que vous pouvez m'aider, dit l'homme. Je m'appelle Ferris Gilbert. Je suis sûr que vous connaissez mon petit frère.

– Je connais Huddles, oui.

Ferris plongea la main à l'arrière de son pantalon et dégaina son portefeuille. Il en tira une liasse de billets de cent dollars qu'il se mit à compter.

– Voilà deux mille dollars, dit Ferris avant de les glisser dans la poche du manteau de Jason. J'aimerais que vous me rendiez un service. Vous savez qu'il va bientôt passer devant le juge…

Jason prit les billets et les tendit à Ferris.

– Je l'aiderai si je peux, mais je n'ai pas besoin d'argent pour ça.

Ferris sourit.

– Vous êtes assez riche pour vous passer de ma générosité ? À ce point-là ?

– Non, monsieur, dit Jason. Je suis loin d'être riche, mais je n'ai pas besoin qu'on me paie pour aider quelqu'un.

La main tatouée lui arracha les billets.

– Vous n'avez visiblement pas envie de me faire plaisir, dit Ferris. Pourquoi être aussi impoli ? Moi, je fais preuve de respect, je ne me pointe pas chez vous, je ne dérange pas votre oncle ou cette femme à laquelle vous tenez. Vous tenez à elle, non ?

Ferris semblait attendre une réponse, mais Jason comptait garder le silence jusqu'à ce que Ferris l'autorise à partir. Il s'efforçait de ne pas laisser la peur et la colère empourprer son visage. Si seulement pour une fois il pouvait être grand et fort, il attraperait ce péquenaud tatoué par les oreilles, le jetterait par terre et lui défoncerait le crâne.

– Je ne ferai rien qui puisse nuire à votre frère, mais je ne me compromettrai pas non plus. Je me fiche de ce que vous savez sur moi ou sur Sharon.

Ferris empoigna la cravate de Jason et tira dessus. Le clip lâcha et elle se détacha du col. Ferris regarda le morceau de soie qui pendait de sa main tel un serpent mort. Jason attendait la suite... Ferris se contenta d'éclater de rire. Il brandit la cravate, la tourna et retourna entre ses mains comme s'il s'agissait d'une nouvelle invention prodigieuse.

Puis il la jeta dans l'urinoir.

– Toi et moi, on se reparlera un jour. Quand tu seras plus réceptif.

Comprenant qu'il ne risquait plus rien pour le moment, Jason tourna le dos à Ferris et regagna le vacarme du bar. Un pseudo-crooner beuglait une chanson que Johnny Cash avait chantée à Folsom. Les danseurs s'étaient calmés ; emplis de révérence, les jeunes couples écoutaient en se serrant l'un contre l'autre et en tanguant. Beverly était retournée à leur table, mais Jason passa devant elle sans s'arrêter. Il ne voulait surtout pas que Ferris la remarque, s'assoie à côté d'elle et essaie de glisser ses billets dans son chemisier. Il gravit l'escalier, sortit sur le parking et s'arrêta pour écouter le fracas des quilles du bowling qui se mêlait à la musique au sous-sol.

11

Chez lui, Jason écouta les chats errants. Ils grimpaient sur la balancelle de la galerie, recroquevillés en boules frémissantes entre les coussins en peluche. Presque toutes les nuits, Jason les entendait miauler de faim ou même se battre, et il finissait par se lever pour les chasser. Le matin, il en apercevait encore certains, un peu plus lents que les autres à retourner dans leurs planques habituelles. Des mamans avec des chatons dans le ventre, des vieux matous à la fourrure rongée, à la gueule lardée de cicatrices, parfois même avec un œil en moins. Ces chats, il les voyait depuis qu'il était petit. Cette génération-là correspondait aux descendants incestueux de ceux qui avaient fait leur apparition à l'époque où les pompes funèbres appartenaient à son oncle Henry. Jason avait beau détester leur boucan, l'idée qu'ils seraient encore là bien après son départ s'avérait rassurante.

Quoi qu'il en soit, ce soir ce n'étaient pas les chats qui l'empêchaient de dormir, mais le souvenir de Ferris Gilbert lui arrachant sa cravate.

Il avait suffisamment plu ces dernières heures pour atténuer la chaleur. Jason ferma les yeux, se concentrant sur le clapotis agréable des gouttes sur le toit. Avant Sharon, aux moments où la solitude lui pesait le plus, Jason avait besoin de choses comme la pluie ou les chats pour trouver le sommeil. Dans le calme du petit appartement au-dessus des pompes funèbres, se raccrocher à un bruit monotone lui permettait de ne pas se laisser envahir par ses doutes concernant l'avenir. Ces temps-ci, il dormait en général beaucoup mieux, mais ce soir il n'arrêtait pas de repenser à la lettre de Terry. Il se leva du lit pour déplier la carte et suivre du doigt l'itinéraire tracé au crayon sur le papier cartonné bon marché. Les mots demandaient à être lus à haute voix. Ce « Je vous en supplie » : on ne l'avait jamais interpellé de manière aussi urgente. Jason décida de se rhabiller.

Il ouvrit le tiroir de la table de chevet et prit le revolver de son grand-père. Autant que Jason sache, cette arme avait mis fin à trois vies. Il y avait une histoire en particulier que son oncle Henry aimait raconter. Une nuit, des chats s'étaient faufilés dans le jardin à l'arrière, où se trouvaient des canetons que les enfants avaient reçus en cadeau à Pâques. Réveillé par des piaillements frénétiques, le père de Jason avait empoigné le revolver, sortant juste à temps pour voir les matous croquer les canetons. La première balle avait tué un gros chat tricolore, les deux suivantes avaient raté leur cible. La plupart des chats s'étaient enfuis à l'angle du bâtiment. L'un d'eux s'était réfugié sous la galerie d'un voisin, mais le père de Jason avait collé une balle entre ses yeux jaunes et luisants. C'était oncle Henry qui avait dû s'occuper d'achever les canetons blessés, le père de Jason manquant de courage. Il faut dire qu'il n'avait que dix ans à l'époque.

C'était une des rares histoires que Jason connaissait au sujet de son père, et étrangement elle l'avait plus marqué que ses propres souvenirs. Quand il pensait à son père, c'était à la colère de cet homme gentil, mais qui bouillonnait en permanence sous la surface. Si Jason avait le malheur de poser une question sur le monde et son fonctionnement, ça suffisait à arracher un grognement à son père. Ce dernier n'aimait pas connaître les réponses difficiles à des questions en apparence toutes simples. Peut-être voulait-il préserver son petit garçon encore quelques années, même si en réalité le handicap de Jason l'avait rapidement soustrait à l'enfance et à l'innocence. Quoi qu'il en soit, son père ne manquait jamais d'une bonne raison d'éprouver de la colère. Pour le père de Jason, rien n'allait de soi. Les choses comme la justice, la paix ou l'amour n'étaient pas inhérentes à la vie sur terre. Les humains s'efforçaient tant bien que mal de construire un ordre à partir du chaos. Jason ne risquait pas de l'oublier : il n'avait qu'à regarder ses semblants de jambes.

Le pick-up recommença à produire ses bruits étranges un peu avant Lower Bradshaw. Jason éteignit la radio et tendit l'oreille ; toujours ce grincement inquiétant du moteur qu'il entendait depuis près d'un mois. Lower Bradshaw se résumait à des maisons croulantes qui paraissaient inhabitables. De l'eau stagnante dans les ornières de la route mal bitumée, des flaques dans les jardins qui noyaient presque les mauvaises herbes, de l'eau ruisselant du toit dépourvu de gouttière d'une petite maison de plain-pied – la galerie inondée au point que l'intérieur aussi devait être touché.

La route aboutit au pied de la montagne, à un endroit où il y avait à peine la place de faire demi-tour. Un pick-up Chevy cabossé stationnait sur le bas-côté. De la boue jusqu'aux poignées des portières, le capot presque entièrement recouvert de carcasses d'insectes – même la pluie ne pouvait rien contre cette accumulation de saleté. Mais qui aurait l'idée de s'aventurer ici, à cette heure ? Ce pick-up, c'était peut-être un signe qu'il fallait rebrousser chemin…

Tâchant de ne pas céder à la paranoïa, Jason se gara et descendit de voiture. La pluie lui martela aussitôt la nuque et les joues. Quelques traces de pas visibles entre les arbres, malgré l'eau qui dévalait la pente. Ralenti par l'obscurité, Jason gravit la montagne, s'accrochant aux branches pour ne pas glisser. Le faisceau de sa lampe torche brillait trop faiblement pour éclairer plus de deux ou trois mètres devant lui – autant la laisser braquée sur ses pieds. Le chemin devint moins raide, mais maintenant la boue lui arrivait aux chevilles, et il devait veiller à ne pas se prendre les pieds dans les racines dissimulées sous les feuilles mortes.

Dans une partie plate de la forêt, il finit par atteindre une clairière où un petit chalet se dressait au milieu d'une poignée de chênes. La porte en bois semblait pourrie, le bas tout griffé comme si chaque nuit des animaux suppliaient qu'on les laisse entrer. Une des deux fenêtres était bouchée par un morceau de carton détrempé, tandis qu'une bougie brûlait derrière l'autre, sa lueur ternie par l'épais carreau de verre dépoli. Sans cette lumière, Jason n'aurait jamais imaginé que le chalet puisse être occupé.

Il déplia la carte sur son genou mouillé et l'examina à l'aide de la lampe torche, mais sous la pluie la feuille partait en lambeaux. C'était le bon endroit. Impossible qu'il y ait un autre chalet de bootlegger dans ces bois. Mais l'aspect sinistre des lieux donnait à Jason l'envie de redescendre directement à sa voiture. Et il ne s'agissait pas que d'une peur enfantine, la crainte de voir surgir un spectre au milieu des pins. Quelque chose de plus concret le poussa à sortir le revolver de son manteau pour vérifier le barillet. La pluie mouilla le laiton et le fit scintiller. Jason essuya les balles sur sa chemise, referma le barillet et glissa le revolver sous sa ceinture.

En s'approchant, il vit que la porte était entrebâillée. Il la poussa légèrement, la regarda s'ouvrir en grinçant.

– Bonsoir, lança-t-il. Davey Stanton ?

Dans la pénombre qui engloutissait la pièce, il ne distinguait que des formes. Les quelques bougies qui brûlaient près de la fenêtre étaient toutes ratatinées. Il fallait que ses yeux parviennent à s'ajuster, d'autant que le faisceau de la lampe torche tremblotait. Il donna une petite tape au bout pour stabiliser la lumière. Pourvu que la pile tienne encore un moment…

Une forme recroquevillée par terre. Un homme à la carrure massive étendu près du poêle à bois, son visage tourné du côté opposé à Jason, ses cheveux luisants d'eau de pluie.

– Davey, je suis un ami de Terry, souffla Jason pour le réveiller en douceur.

L'homme ne bougea pas. Jason avança d'un pas et sentit que le parquet n'adhérait plus à ses pieds de la même façon. Quelque chose collait aux semelles de ses chaussures, un liquide moins épais que la boue à l'extérieur. Jason tapa plus fort sur la lampe torche et sa lumière retrouva soudain son intensité normale. Allongé sur le côté, les yeux ouverts, Davey fixait pour l'éternité le plancher sale. On lui avait tranché la gorge. Le jet de ses artères avait zébré de rouge le mur du fond.

Les genoux de Jason fléchirent ; il faillit tomber dans la flaque. La même sensation que lors de cette lointaine nuit où son cousin Ben avait brandi le cœur de Tracy Calloway. Sauf que Ben n'avait pas eu à tuer la fille pour s'en emparer. Jason se pencha, posa une main sur le corps tiède. La chair n'était pas aussi cireuse que celles qu'il avait eu l'occasion de toucher quand il travaillait aux pompes funèbres.

De fortes chances pour que l'assassin se trouve encore à proximité. Jason se souvint du pick-up garé en bas de la montagne ; la peur lui noua l'estomac. Il se retourna pour filer vers la porte. Cette manœuvre précipitée le fit déraper sur la flaque, sa cheville se tordit, son genou gauche heurta le plancher. Mais il rassembla l'énergie pour se propulser à l'extérieur. Derrière lui, les gonds rouillés de la porte crissèrent, quelqu'un se lançait à sa poursuite. La lisière de la forêt semblait horriblement lointaine, sous sa ceinture le revolver lui raclait la peau. Chaque cellule de son corps lui criait de continuer à courir, de gagner l'épais sous-bois et de dévaler la pente jusqu'à son propre pick-up. Derrière lui, son poursuivant soufflait fort, Jason entendait la boue gicler.

Il atteignit les arbres, commença à descendre la montagne en suivant une diagonale. Chaque fois qu'il trébuchait, il repartait de plus belle. Mais l'homme se rapprochait, et avec lui une odeur de sang et de sueur qui s'ajoutait au musc de la nuit. Jason entendit un énorme craquement, comme si un arbre s'était fendu en deux. Il se jeta dans les broussailles, se retourna et dégaina laborieusement le revolver qu'il braqua sur l'obscurité.

Aucune silhouette ne se détachait dans l'ombre. Jason s'en voulait d'avoir oublié la lampe torche dans le chalet. Il plissa les yeux, fixant la mire du revolver et se tenant prêt à faire feu au moindre mouvement.

Quelque chose de froid appuya contre sa nuque.

– Lâche ça, dit une voix d'homme.

Jason serra la crosse de son revolver, se demanda s'il aurait le temps de se retourner avant que la balle ne pénètre sa colonne vertébrale. Comme pour lui apporter une réponse, le canon s'enfonça plus profondément dans sa chair.

– Jette ton arme, dit la voix. On va discuter. À moins que tu veuilles qu'on en finisse maintenant.

Jason relâcha le chien et jeta le revolver dans l'herbe entre ses pieds.

– Lève-toi lentement, ordonna la voix.

Il eut du mal à se remettre debout. Même avant la poursuite dans les bois, la montée lui avait éprouvé les muscles et la pluie lui avait gelé les articulations. Ses hanches précocement abîmées ne pouvaient soutenir une course pareille. Mais la pression du canon sur sa nuque l'obligea à se lever.

– Je vais ramasser ton flingue, reprit la voix. Puis toi et moi on va remonter là-haut. Si tu as encore envie de filer, souviens-toi que mon fusil pour gros gibier n'est qu'à trente centimètres de ton dos. Compris ?

Cette voix... le même ton moqueur qu'un peu plus tôt dans la soirée. Pas besoin de se retourner pour savoir qu'il s'agissait de Ferris Gilbert.

– Compris ? répéta Ferris, enfonçant le canon entre les côtes de Jason.

– Compris.

– Bien. Maintenant, on y va tranquillement.

Jason ne pensait pas pouvoir y arriver. Ses hanches hurlaient de douleur, ses pieds étaient aussi lourds et gonflés que s'il venait de traverser un continent entier. Mais le fusil de Ferris ne lui laissait pas le choix. Il avança en se concentrant sur le prochain pas, jamais au-delà, tandis que derrière lui Ferris l'engueulait.

– T'enfuir en courant, ben voyons. Tu croyais quoi ? Qu'avec ces petits moignons tu dévalerais la montagne en deux secondes ? Tu aurais dû te voir !

Jason l'entendit se racler la gorge, cracher un énorme glaviot. Il aperçut le chalet et se fixa comme objectif d'en franchir le seuil. Après ça, il pourrait s'effondrer. Réfléchir au moyen de s'échapper, ce n'était pas réaliste. À l'intérieur, c'est la mort qui l'attendait, mais tant pis. Il était trop affaibli pour tenter quoi que ce soit. Ça n'aurait fait que précipiter la fin, et à sa grande honte Jason se rendit compte de l'importance de chaque seconde de vie additionnelle, de chaque souffle brûlant expulsé de sa poitrine, de chaque élancement dans ses genoux.

Ferris le poussa dans le chalet et ferma la porte derrière eux. Jason put enfin le regarder. Il ne portait pas la même tenue qu'au bar. Un caban en laine foncé, un jean coupé droit, des bottes de motard couvertes de boue. Des gants en laine et, dans un étui accroché à sa ceinture, un grand couteau à manche en os.

– Assieds-toi, dit Ferris.

Avec le canon du fusil, il désigna la table et les chaises dans l'angle de la pièce.

Tandis que Jason s'effondrait sur une des chaises, Ferris enjamba le cadavre, prit une bougie mourante et la posa au centre de la table. La lueur de la bougie donnait à Ferris un air inquiétant – celui d'un enfant qui s'apprêtait à raconter une histoire de fantôme devant un feu de camp. Ferris s'assit à califourchon sur une chaise tout en continuant de braquer négligemment son fusil sur Jason.

– Eh ben, si je m'attendais à ça, dit Ferris.

Appuyant la crosse du fusil contre sa cuisse, il sortit son paquet de cigarettes et en offrit une à Jason. Jason accepta, puis l'alluma en se penchant vers la flamme de la bougie.

– Qu'est-ce que tu fous ici ? demanda Ferris. Tu as quitté le bar tellement vite, je me suis dit que tu avais quelque chose de très intéressant à faire. Quitte à abandonner cette jolie chanteuse…

Jason ne leva pas les yeux de la table. Comme dans son enfance, avec les petites brutes qui le tyrannisaient, malgré tout ce qu'il pourrait dire les coups pleuvraient. Très jeune déjà, il en avait conclu que la meilleure stratégie consistait à frapper le premier, quand les gamins plus grands, plus forts que lui en étaient encore aux menaces. Si ça s'avérait impossible, il encaissait la violence aussi stoïquement que possible. Jamais il ne leur donnait la satisfaction de l'entendre supplier.

– Évidemment, cette chanteuse n'est pas ta petite amie. Ça, on l'a clarifié tout à l'heure. Mais si ta petite amie, la vraie, est déjà mariée, est-ce qu'elle peut réellement être ta petite amie ? Les temps ont beau avoir changé, j'ai l'impression que certaines choses ne changent pas. (Un nuage de fumée s'échappa des narines de Ferris et les enveloppa.) Qu'est-ce que t'en penses ? Tu n'as pas envie de bavarder avec moi ?

D'un mouvement de la tête, Jason désigna le cadavre.

– Pourquoi tu l'as tué ?

– Lui ? dit Ferris en pointant le corps avec le bout incandescent de sa cigarette. Oh, je n'avais rien contre lui, en fait. Mais toi… tu ne m'as toujours pas dit pourquoi tu es monté ici.

– Va te faire foutre.

Ferris appuya le canon du fusil contre l'entrejambe de Jason.

– Je vais te reposer la question, et tu vas être poli si tu tiens à ta bite.

Jason écrasa sa cigarette sur la table.

– Quelqu'un m'a donné une lettre à transmettre. Je l'apportais à Davey.

– Et comment tu le connais ?

– Je ne le connais pas. C'était juste un service que je rendais.

Ferris ramena le canon vers le genou de Jason.

– Tu l'as sur toi, cette lettre ?

– Dans ma poche.

– Sors-la lentement. En gardant à l'esprit que je ne suis pas à un cadavre près.

Jason se leva de la chaise, tira la lettre de la poche arrière de son pantalon et la jeta sur la table. Ferris la prit et la déplia difficilement avec sa main libre. Jason aurait pu en profiter pour saisir la bougie et la lancer sur lui, mais à quoi ça l'aurait avancé ? Ferris se pencha vers la flamme et lut, ses lèvres mimant les mots tandis que ses yeux parcouraient les lignes. Puis il secoua la tête.

– T'as lu ça ? demanda Ferris.

– Non.

– Arrête, tu l'as forcément lu.

– Je ne lis pas les lettres qui ne me sont pas destinées.

– Alors tu ne te doutais pas que tu apportais une confession ?

– Je ne sais pas de quoi tu parles, dit Jason.

– Ce petit merdeux qui bosse avec toi et ton oncle Henry a tué le shérif Thompson. Voilà ce qu'il confesse.

Jason fit une moue sceptique, puis se souvint de la nuit à la morgue, Terry assis par terre à côté du corps du shérif, les flacons de produits chimiques dans ses bras. Ferris n'avait aucune raison de mentir à Jason, qu'il assassinerait probablement dans quelques minutes voire secondes.

Pourtant, Jason ne voulait pas y croire.

– N'importe quoi, dit-il.

– Tu veux la lire toi-même ? (Ferris approcha le papier de la bougie.) Dernière chance.

Voyant que Jason ne réagissait pas, Ferris laissa la feuille s'embraser. Le papier se consuma très vite, la flamme orange léchant les doigts de Ferris. Avant que le feu ne lui cuise la paume, il lâcha le dernier lambeau qui se calcina devant eux sur la table.

– Tu sais pourquoi il a tué le shérif ? demanda Ferris.

– Non.

– Parce que je lui en ai donné l'ordre. S'il avait refusé, il serait comme l'autre là-bas. (Il pointa du doigt le cadavre dans le coin de la pièce.) Et toi… tu as compris ce que j'attendais de toi, tout à l'heure ?

– Tu veux que j'aide ton frère.

– Je veux que tu livres quelque chose à Huddles. Ça ne devrait pas te poser de problème, vu ce que tu étais prêt à faire ce soir.

Jason secoua la tête.

– Je n'apporterai rien à l'intérieur de la Carcasse. Je me fiche des conséquences.

Ferris le frappa au visage – une claque puissante. Sensation de brûlure à la mâchoire, goût du sang de sa lèvre fendue.

Jason cracha sur la table ; Ferris se pencha en avant pour le frapper à nouveau. Si fort que Jason faillit tomber de sa chaise.

– Tu ne devrais pas t'inquiéter que pour ta propre personne. Un petit nabot comme toi, tu t'en fous peut-être de mourir, mais ton oncle Henry, l'alcoolo ? Sharon Hendricks ? Ce soir, tu vas passer un contrat avec moi. Sinon, mon prochain arrêt après avoir abandonné ta viande à pourrir sur cette montagne, c'est sa maison à elle. Tu comprends ?

Ferris s'approcha jusqu'à ce que Jason puisse sentir l'odeur de son haleine. Les yeux gris de Ferris ne lâchaient pas les siens, sa main tatouée se souleva comme pour le frapper à nouveau. Jason avala une gorgée de son propre sang et regarda le corps de Davey. Il ne voulait pas mourir dans ce chalet mais, en effet, il était surtout inquiet pour Sharon et oncle Henry. Accepte ce contrat, se dit-il. Accepte ce contrat, et tu trouveras bien le moyen de t'en libérer ensuite.

– Qu'est-ce que tu veux que je lui apporte ?

– Pas grand-chose. Un truc qui lui servira à nous débarrasser de Terry Blankenship. Allez, je sais ce que tu penses. Tu penses que tu dois te montrer loyal envers ce garçon. Mais non. C'est lui qui t'a foutu dans ce merdier. Il suffit que tu donnes à mon frère ce que je vais te confier, et on n'en parle plus. OK ?

– OK, dit Jason.

C'est à peine s'il pouvait respirer ; un poids inimaginable lui écrasait la poitrine.

Ferris se leva et souleva Jason par le col pour le remettre debout.

– Je garde ton revolver, dit-il avant de le pousser vers la porte. Après toi.

Talonné par Ferris, Jason descendit jusqu'aux pick-up. Les deux hommes étaient fatigués, en sueur après cette longue marche, mais Ferris résistait mieux : il se tenait droit tandis que Jason était tout courbé. L'impression d'avoir de la craie à la place des os. La douleur comme une vague qui partait des articulations de ses jambes et traversait tout son corps, atteignant même le bout de ses doigts.

– Demain matin j'aurai préparé un petit paquet pour toi, dit Ferris. Et n'oublie pas : toute tentative de contacter ton oncle ou ta petite amie, ça pourra peut-être sauver l'un des deux, mais j'aurai l'autre. Compris ?

Jason passa sa langue sur sa gencive enflée.

– Je ne suis pas stupide, répondit-il.

– Tant mieux. Demain matin, sur ta galerie. Et souviens-toi que je ne te quitte pas des yeux.

Ferris monta dans son pick-up mais ne démarra pas. Il attendit d'abord que Jason monte dans le sien, démarre le moteur et reparte vers chez lui.

12

Pendant la nuit, l'eau satura les montagnes et finit par inonder les routes de la vallée, transformant le sol en une sorte de soupe boueuse. Jason ne dormit pas, contemplant la pluie par la fenêtre de sa chambre et l'imaginant qui ruisselait dans le chalet au toit troué et effaçait toutes les traces incriminantes sur le corps de Davey. Ç'avait été une expérience irréelle, bien que confirmée par sa mâchoire endolorie et ses paumes égratignées. Le matin venu, il trouva le paquet de Ferris sur sa galerie – fourré sous les coussins de la balancelle. Il s'assit et, sans ouvrir le paquet, regarda ses voisins s'inquiéter du niveau de la rivière qui coulait derrière leurs maisons. En bas, les parents et amis de Mme Cole se rassemblaient pour lui rendre un dernier hommage. Cette vieille dame était morte dans son sommeil au cours d'une des nuits pluvieuses de la semaine passée. Leurs manteaux trempés, ses proches se blottissaient sous l'auvent. Il y avait pas mal de monde, surtout si l'on prenait en compte l'heure matinale et le mauvais temps.

Si oncle Henry n'avait pas perdu les pompes funèbres, Jason se serait peut-être trouvé parmi ces gens, prêt à porter le cercueil de Mme Cole au cas où sa famille aurait manqué de bras dans la force de l'âge. Dans son costume noir qui le grattait tant, combien d'inconnus avait-il conduits jusqu'à leur tombe ? Faire son dernier voyage accompagné par des gens que vous ne connaissiez pas, quelle étrange coutume. Les vieux habitants de la montagne n'aimaient pas ça ; mais les pentes du cimetière étaient si raides qu'ils n'avaient souvent pas le choix. De toute façon, aujourd'hui, les gens cherchaient à acheter des emplacements juste à côté de l'autoroute. La nuit, il arrivait à Jason de passer en voiture devant ces plaques toutes neuves, à même le sol. C'était pratique, on pouvait tondre la pelouse sans les contourner ; mais il leur préférait le charme des cimetières familiaux secrets, avec leurs dalles en argile envahies par les hautes herbes. À sa mort, il souhaitait qu'on le plante dans les bois, tout simplement. Cette idée lui fit repenser à Davey. Combien de temps avant que les coyotes ou les cougars s'occupent de le déchiqueter ?

Jason n'avait pas encore trouvé le courage d'ouvrir le paquet de Ferris. Il le tournait et le retournait entre ses mains, le secouant et tâchant d'estimer son poids tel un enfant avec un cadeau de Noël. Ce qui se trouvait à l'intérieur était léger et bougeait en produisant un cliquetis métallique. Et cette chose était dangereuse, évidemment. Une boîte remplie d'araignées ?

Laissant le paquet sur la balancelle, Jason se leva et s'appuya contre la balustrade. Est-ce qu'il pouvait vraiment apporter ça à Huddles ? S'il le faisait, il condamnait deux jeunes hommes : Terry mourrait et Huddles terminerait ses jours soit en prison, soit sous la coupe de son frère. Mais Jason ne devait rien à ces garçons. Quoi qu'il arrive, Terry était foutu, on allait bientôt finir par découvrir que c'était lui, l'assassin du shérif…

Jason se cherchait des excuses, or il savait quelle responsabilité lui incombait. Remettre à Huddles le contenu du paquet, c'était signer l'arrêt de mort des deux garçons.

Il enfila son manteau et descendit. Aux quelques regards lancés par les gens venus assister aux funérailles, il répondit par un hochement de tête compatissant. Ils retournèrent à leurs cigarettes, à leurs cafés et à leurs commentaires sur l'apparence flatteuse de Mme Cole dans son cercueil.

Le pick-up ne voulait pas démarrer. Jason tourna la clé plusieurs fois mais le moteur se contentait de tousser. À force d'appuyer sur l'accélérateur, Jason le noya complètement. Tout le parking puait désormais l'essence. Les vieux bonshommes sur la galerie l'observaient. Plusieurs d'entre eux semblaient prêts à lui offrir leurs conseils, à remonter leurs manches pour regarder sous le capot, mais Jason se dépêcha de rentrer chez lui avant qu'ils n'approchent.

Dans la cuisine, il téléphona à Beverly et lui demanda si elle pouvait passer le prendre. Elle lui dit qu'elle serait là dans un quart d'heure. Ça lui laissait peu de temps pour prendre une décision. Il retourna sur la galerie de l'étage, s'assit sur la balancelle et déballa le paquet de Ferris. À l'intérieur, une fiole en verre teinté contenant un liquide transparent. Aucune odeur ne s'en échappait. Jason tourna l'objet dans sa main. Vu comme ça, le poison semblait inoffensif. Il aurait pu facilement transporter la fiole dans sa poche, mais il choisit de la glisser dans sa chaussette, contre sa cheville. Puis il alla dans sa chambre et se changea, enfilant une chemise bleue à carreaux, un pantalon noir et une nouvelle cravate à clip. Sa cravate préférée devait encore flotter dans l'urine des clients du bar.

Quelques minutes à regarder la foule grossir devant les pompes funèbres, puis Beverly arriva et gara sa Chevrolet à l'écart des voitures de tous ces endeuillés. Jason descendit en courant, ses pieds faisant gicler les flaques profondes sur le bitume.

– Merci, dit-il avant de s'asseoir à côté d'elle.

L'habitacle sentait le cuir. La banquette arrière était jonchée de vêtements de rechange – essentiellement des jeans – et de bouteilles d'eau vides.

– C'est gentil, dit Jason.

– Je t'en prie.

Il aurait dû préparer une excuse, au cas où elle lui demanderait pourquoi il avait quitté le bar aussi précipitamment hier soir. Mais il avait la tête ailleurs. Les torrents de la montagne avaient rempli le fossé le long du mobile home de Ralph Fortner. Si ça continuait comme ça, avant midi l'eau déborderait et inonderait le jardin de Ralph. Celui-ci se tenait sur son perron, sirotant une bière tranquillement, comme si de toute façon c'était déjà foutu. Une attitude emplie de sagesse, somme toute. À quoi bon lutter contre des éléments incontrôlables ?

– Tu te souviens, la dernière fois que la rivière a débordé ? demanda Jason.

Beverly plissa les yeux comme si elle cherchait les images de ce jour-là.

– Oui, et alors ?

– Une jeune veuve s'est retrouvée coincée avec ses deux bébés sur le toit de son mobile home. J'étais avec mon oncle Henry, on aidait Bud Richmond à secourir des gens. Deux mineurs voulaient traverser la rivière dans une barque équipée d'un vieux moteur électrique. Bud a essayé de les convaincre de renoncer à cette idée, mais ils ont quand même tenté leur chance. On n'en a retrouvé qu'un. Il a refait surface quatre cents mètres en aval.

– Merde, dit Beverly.

Elle prit une serviette sur la banquette arrière et se sécha les cheveux. À cause de l'humidité et peut-être du tissu éponge trop rêche, ses cheveux étaient encore plus bouclés que d'habitude. On aurait dit que des racines d'arbres lui poussaient sur la tête.

– Dans quel état ? demanda-t-elle.

– On l'a trouvé accroché à un gros tronc d'arbre. Tous ses vêtements arrachés par le courant. Il tremblait en récitant des prières. Je me rappelle que je l'ai enroulé dans une couverture pendant que Clayton Briggs défonçait la porte du mobile home avec sa Ford Ranger toute neuve. Dès que Clayton a pu sortir cette veuve et ses gosses, avant même que la bonne femme ait posé un pied sur la terre sèche, Bud l'a engueulée, lui criant qu'on l'avait avertie d'évacuer la zone et que, par sa faute, un chic type était mort noyé.

– Bud a toujours eu un sacré caractère. Autrefois, il traînait avec Doc Foster et ces autres fous furieux.

– En tout cas, je n'ai jamais vu autant de courage.

– De la part de Clayton, aussi. Sacrifier sa Ranger !

Jason secoua la tête.

– Je parlais des deux types dans la barque.

– Pff, fit Beverly. C'était pas très malin de leur part.

– Clayton savait qu'il parviendrait à traverser la rivière et que ça en ferait un héros. Merde, aujourd'hui encore des gens lui paient des coups. Tandis que pour ces deux mineurs, ça revenait à débarquer sur la plage en Normandie.

Beverly regardait les proches de Mme Cole qui se distribuaient des cigarettes. Un homme tripotait un appareil photo, s'échinant à remplacer une carte mémoire avec ses doigts épais.

– Vous les culs-terreux, vous admirez beaucoup trop les martyrs, dit-elle. Peut-être que ça vous vient à force de voir vos mines s'effondrer et vos cousins mourir d'overdoses.

Elle démarra, s'engagea sur la route et tendit la serviette à Jason. Ses boucles continuaient de dégouliner ; elle les repoussa de son front. Jason posa la serviette sur ses cuisses et la plia. Il aurait pu tout lui confier, lui demander de s'arrêter chez Sharon pour vérifier qu'elle allait bien, puis de les conduire au poste de police où il raconterait l'histoire de A à Z. Ce n'était pas trop tard… mais il préféra se caler au fond de son siège et repenser aux innombrables inondations qu'il avait connues, tout en écoutant le bruit des flaques qui giclaient sous les pneus et le fredonnement de Beverly.

À la Carcasse, Beverly et Jason se rendirent directement dans la salle de contrôle. Une fois de plus, Malcom était en pleine de crise, toujours aussi apocalyptique. Plantés devant la porte de sa cellule, Fitzgerald et Sir Hendricks essayaient de lui faire entendre raison tandis qu'il se jetait contre un mur. Son corps chétif et mou s'écrasait contre les parpaings, puis tombait au sol tel un sac de chair dépourvu d'os. Il inspirait profondément, se relevait et, poussant un cri, se jetait à nouveau sur le mur. À un moment donné il dut se mordre la langue, car ses dents prirent une teinte rouge sang.

– Il faut que tu y ailles, dit Jason à Beverly.

Mais Sir Hendricks avait déjà saisi son talkie-walkie pour demander du renfort.

Pendant que les autres s'occupaient de Malcolm, Jason se dépêcha d'aller dans les toilettes du personnel. Il s'assit sur le couvercle d'un des sièges, sortit le poison de sa chaussette et le fourra dans la poche de son manteau. Ses mains tremblaient, ses poumons brûlaient comme si l'oxygène dans la pièce était combustible. Sa gorge se noua, une envie de pleurer comme il n'en avait plus ressenti depuis l'adolescence, quand certains garçons le brutalisaient, l'encerclaient tels des loups. À l'époque, la peur lui faisait monter les larmes aux yeux ; aujourd'hui, c'était la honte. Fixant son reflet dans le miroir un long moment, il se chuchota des mensonges – *tout va bien se passer* –, puis s'aspergea le visage avec de l'eau et se dirigea vers l'unité B.

Excités comme des puces, les garçons voulaient savoir comment la dernière crise de Malcolm s'était terminée. Depuis le hall principal, on ne voyait pas les cellules d'isolement, mais les cris de Malcom résonnaient à travers toute la prison. Woods, Callan et Robison étaient en plein débat, se demandant combien de gardiens il allait falloir pour le maîtriser.

– Comment un petit microbe pareil arrive à foutre un bordel aussi monstrueux ? s'étonna Callan.

Il avait encore un œil au beurre noir, dernière trace du placage de Sir Hendricks.

– Oh merde, désolé mon pote, dit-il en voyant Jason passer.

– T'inquiète, répondit Jason. Rappelle-toi qu'il n'a fallu qu'un seul gardien pour te mettre hors d'état de nuire. Le petit microbe, tu ne lui arrives pas à la cheville.

Robison et Woods pouffèrent de rire.

– Où sont Huddles et Terry ? demanda Jason une fois qu'ils eurent repris leur souffle.

– Terry est à l'infirmerie, dit Woods. Soi-disant il est malade.

Plus loin, dans le couloir, Jason vit que la porte de Huddles était entrouverte. Assis sur son lit, un livre ouvert posé sur le genou, Huddles avait toujours un air étrange dans sa cellule. Décontraction apparente mais muscles tendus : la même fausse docilité que les pumas dans leur cage au zoo. Quand Jason referma la porte derrière lui, Huddles leva les sourcils.

– Il faut qu'on parle, dit Jason avant de s'asseoir au bord du lit.

Huddles ne bougea pas, ne posa pas de question. Mais en un instant, plus vite qu'il ne faut à un insecte pour s'écraser contre un pare-brise, il avait compris que cette discussion serait différente ; on ne se contenterait pas d'évoquer la douleur que lui causait la mort de Shane. Il avait compris que son frère était parvenu à corrompre quelqu'un qui semblait incorruptible. Jason sentit la surprise du garçon, et son jugement aussi. Il s'attendait à ce que Huddles manifeste son mépris, jouisse de façon sadique de ce renversement, du pouvoir qu'il détenait désormais sur Jason, mais il n'en fit rien. Il semblait juste un peu déçu, comme si croire en la probité de Jason aurait pu l'aider à vaincre son cynisme.

– Alors c'est toi qu'il a choisi pour me le remettre, dit Huddles en se redressant sur le lit.

– En tout cas moi je n'ai rien choisi, dit Jason. Il a menacé ma famille.

Huddles corna la page de son livre et le referma.

– Voyons voir ça, dit-il.

Jason sortit la fiole de sa poche et la posa sur le lit. Huddles la glissa sous le matelas.

– Quand est-ce qu'il t'a prévenu ? demanda Jason.

– L'autre jour, pendant sa visite.

– Tu sais pourquoi il veut que tu fasses ça ?

– Oui, je sais.

Huddles n'était pas aussi froid qu'il s'en donnait l'air. Jason sentait une forme de réticence chez lui, la crainte de dépasser certaines limites. Transporter des flingues et de la drogue, c'était une chose. Assassiner un codétenu, jamais il ne pourrait effacer ça. Jason songea que, d'une certaine façon, leur relation était plus honnête maintenant. Ce qui tendait à prouver la futilité de son travail à la Carcasse. Comment aider des enfants quand on ne méritait pas leur confiance ?

– Je suis sûr que tu n'as pas envie de le faire, dit Jason. Ton frère sait pertinemment que tu ne t'en tireras pas. Tous les principaux couloirs sont équipés de caméras. Et même si tu réussis à lui faire avaler ce truc, ça se verra à l'autopsie. Tu ne pourras accuser personne d'autre.

Huddles s'adossa au mur en béton et ferma les yeux.

– C'est pas comme si j'avais le choix. Regarde ce qui est arrivé à Shane.

– Peut-être qu'il existe une autre solution. On pourrait te faire transférer à Tiger.

À la mention de Tiger, Huddles plissa presque imperceptiblement le front.

– Tu sais ce qui va m'arriver, là-bas ?

– Je sais que ça t'évitera d'être condamné pour meurtre et moi pour complicité de meurtre.

Huddles scruta le plafond comme pour y chercher la solution.

– Je ne veux pas lui faire de mal. Merde, je l'aime bien, ce gosse. L'autre jour je lui ai prêté mes baskets. (Il se massa les paupières, puis regarda Jason.) Admettons que ton idée soit bonne : comment on s'y prendrait ?

– Fais-toi discret. Refuse d'aller en cours. Attends ta prochaine audience au tribunal, dans quatre jours. Je vais me charger d'écrire un rapport recommandant qu'on t'envoie dans un endroit plus sécurisé.

– Super, tu crois vraiment que ça va suffire ? Peut-être qu'il faudrait carrément que je pète le nez de Woods, un truc dans le genre ?

– Non, la violence ça va comme ça. Tiens-toi à carreau, sors le moins possible de ta cellule et je m'occupe du reste.

– Je te fais confiance, dit Huddles. Mais n'oublie pas que c'est toi qui m'as apporté ce truc. Si tu dévies du plan, je parle.

– Ne t'inquiète pas.

Ils plongèrent dans le silence, tandis que Jason réfléchissait à un moyen de sceller leur pacte. Peut-être devraient-ils se serrer la main, voire même s'entailler la paume et mêler leurs sangs ?

– Moi aussi, je te fais confiance pour jeter ce truc dans les toilettes. Tu as besoin d'autre chose ?

– De solitude, dit Huddles avant de rouvrir son livre.

Jason le laissa tranquille. Quittant la cellule, il resta une minute à regarder les garçons de l'unité B jouer au bridge.

L'infirmerie évoquait à Jason les hôpitaux de sa jeunesse. Pourtant, il n'y avait pas de réelle ressemblance. À l'époque, on l'avait opéré dans un hôpital conçu spécifiquement pour les enfants. De gentils animaux peints sur les murs des salles d'examen, une salle de jeux où pendant sa rééducation il avait découvert la Nintendo, puis était devenu si fort au hockey de table que, même en chaise roulante, il battait tous les petits nouveaux. Le personnel s'efforçait de bannir la peur, mais toutes les distractions et tous les produits antiseptiques du monde ne pouvaient masquer l'odeur de la maladie, des plâtres, du vomi et de la sueur de parents qui n'étaient plus rentrés se doucher depuis des jours. Cette odeur, c'était aussi celle de l'infirmerie de la Carcasse. Quand Jason y entra, elle réveilla des douleurs fantômes dans ses cuisses.

Ici, aucun dessin d'animal. Les gosses de la Carcasse devaient se contenter de murs et de draps blancs sur lesquels la moindre tache sautait aux yeux. Courbée au-dessus du bureau de l'accueil, une infirmière épuisée clignait des paupières pour ne pas s'endormir. Sans lui adresser la parole, Jason pénétra dans une salle où les lits étaient alignés comme dans une caserne militaire. Un goutte-à-goutte relié au bras, Terry occupait l'avant-dernier lit. Il portait un pyjama trop large, le col si ouvert qu'on voyait ses clavicules.

Jason se posta au pied du lit, attendit que Terry lève péniblement les yeux.

– Vous avez vu Davey ? fit le garçon d'une voix embrumée.

Jason avait passé la matinée à se demander s'il réussirait à mentir de manière convaincante, excluant d'office toute autre option. La vérité était insupportable, mais il ne savait toujours pas si ses mensonges tiendraient la route. Et le profond silence de l'infirmerie ne l'aidait pas. Il croyait entendre tous les infimes mécanismes qui maintenaient les corps en vie. En d'autres circonstances, il aurait peut-être parlé à Terry du plan échafaudé avec Huddles, du danger dans lequel ils se trouvaient tous les trois. Mais l'état de faiblesse de Terry ne permettait pas de l'envisager. Moins le garçon en saurait, mieux tout le monde se porterait. Jason devait mentir sans trembler.

– Quand je suis arrivé au chalet, il était déjà parti, dit-il en s'asseyant au bord du lit.

– Ils l'ont, dit Terry d'une voix qui manqua se briser. Ferris et sa bande. (Il serra les poings, les écrasa contre son front.) Et la lettre ?

– Je l'ai lue. Et après je l'ai brûlée.

Malgré ses yeux embués, Terry ne pleurait pas. Il n'en avait plus la force.

– Même à Davey je n'ai rien osé avouer, dit-il. Qu'est-ce qu'il aurait pensé de moi ?

Jason lui prit la main. Malgré le tube et l'adhésif, Terry ne retira pas la sienne.

– Il faut que tu me révèles qui d'autre est au courant, dit Jason. Autrement je ne pourrai pas t'aider.

Terry refusait toujours de le regarder.

– Pourquoi vous faites ça ? Pourquoi ne pas m'avoir dénoncé après la morgue ?

Jason s'était posé la question, sans parvenir à y répondre. Peut-être parce que personne n'en aurait fait autant pour lui. Peut-être parce que personne n'aurait jamais pleuré pour lui comme Terry pleurait maintenant pour Davey. De toute façon, c'était trop tard pour dénoncer qui que ce soit : compromis comme Jason l'était, s'il voulait en finir avec ces histoires il ne lui restait plus qu'à se pendre à une des poutres du bâtiment des pompes funèbres.

– Qui d'autre est au courant ? demanda-t-il à nouveau.

– Juste Ferris. Je ne voulais pas le faire. Je ne me le pardonnerai jamais.

La digue se brisa, et Terry se mit à trembler. Il remonta le drap pour cacher son visage dans les plis amidonnés. Jason serra un peu plus fort sa main perfusée et froide.

– Ça va aller.

– Je suis foutu, dit Terry. Dès que je mettrai un pied hors d'ici, il me tuera.

Quelqu'un de bien lui aurait expliqué le plan. Lui aurait parlé de l'ordre qu'avait reçu Huddles et de leur stratégie pour ne pas l'exécuter. Malheureusement, c'était courir un trop grand risque.

– On ne sait pas ce qu'il y a dans la tête de Ferris, lui dit Jason.

Mais pas sûr que Terry l'ait entendu. Submergé de douleur, il mordait le drap pour étouffer ses sanglots.

En rentrant chez lui, Jason trouva Ferris Gilbert sur la balancelle de sa galerie, assis à l'endroit précis où la fiole l'attendait ce matin. Ferris tanguait lentement, se propulsant avec le talon de sa botte. Les voisins s'étaient tous retranchés à l'intérieur de leur domicile, mais Jason n'imaginait pas Ferris le tuant là, sur la galerie. Pendant son enfance, les moments de violence étaient si fréquents qu'il avait appris à les anticiper, à sentir la charge électrique dans l'air tandis que les poils de ses bras se dressaient et qu'une douleur dans ses testicules lui annonçait le coup qu'il allait prendre. Ce soir, rien de tout ça.

– Tu m'invites à entrer ? demanda Ferris.

– Je n'y tiens pas, dit Jason en s'appuyant contre la balustrade. J'ai fait ce que tu m'as demandé.

– Bien sûr que tu as fait ce que je t'ai demandé.

De la poche de son manteau, Ferris sortit un rouleau de billets. Il retira l'élastique et les tint en éventail pour que Jason puisse se faire une idée de la somme.

– Je n'en veux pas, dit Jason.

Ferris haussa les épaules et se leva doucement, comme s'il était engourdi. Il fourra les billets dans la poche de la chemise de Jason.

– T'as fait le job, tu dois accepter le salaire. J'insiste.

L'argent dépassait de sa poche tel un mouchoir obscène ; Jason transféra les billets dans celle de son pantalon. L'espace d'un instant, on aurait pu croire qu'ils allaient en rester là, mais Ferris écarta un pan de son manteau et dégaina le vieux revolver de Jason. Après lui avoir montré le barillet vide, Ferris lui rendit l'arme. Le contact du métal fut presque douloureux dans sa main – comme si son séjour dans le manteau de Ferris avait rendu ce revolver toxique.

– J'ai pensé que ça te ferait plaisir de le récupérer. C'est presque un objet de collection.

– Il appartenait à mon grand-père.

– Je sais combien c'est important, ce genre de trésor familial. J'ai un vieux fusil à mon père. À ma mort, c'est Huddles qui en héritera. La transmission, c'est crucial. Quand tu possèdes quelque chose qui a servi à plusieurs générations de tes ancêtres, cette chose garde la trace de tout ce que ces gens ont fait avec. C'est le cas du fusil de mon père.

Jason songea au nombre de félins que le revolver de son grand-père avait expédiés dans l'au-delà. Soupesant cet objet dans sa main, si beau et si dangereux, il se demanda pourquoi il ne sentait pas l'écho de tous ces animaux morts, de tous ces moments où son grand-père avait appuyé sur la détente sous le coup de la colère ou simplement pour se défendre.

– Tu es d'accord avec moi ? demanda Ferris.

Jason secoua la tête.

– Non. En tout cas je ne sens rien.

– Tu n'as encore rien fait pour t'approprier ce flingue, dit Ferris. Dans ta tête, il appartient toujours à ton grand-père. Une fois que tu te le seras approprié, tu sentiras son histoire.

– Comment s'approprie-t-on une arme ?

Ferris sourit.

– À ton avis. En tirant sur quelqu'un ou quelque chose.

Jason ne voulait plus tenir ce revolver dans sa main ; il le glissa sous sa ceinture. Le canon racla contre sa cuisse et le poids manqua faire tomber son pantalon.

– On est quittes ? demanda Jason. J'ai besoin de savoir que ma famille est en sécurité.

– On est quittes. Tant que tu gardes le silence. Si jamais j'en viens à soupçonner que tu as parlé, je fous le feu à la baraque de ton oncle et je scalpe ta copine. Pour de vrai.

Ferris passa devant lui, descendit quelques marches puis se retourna.

– Rappelle-toi ce que j'ai dit sur ce flingue. Fais en sorte qu'il t'appartienne.

La main sur la crosse de son revolver, Jason regarda Ferris gagner la rue, monter dans son pick-up et partir en direction de Lynch.

13

Dans la chambre du motel, la chaleur était si intense qu'un courant électrique semblait parcourir la peau de Jason. Le drap collé au ventre et une Camel entre les lèvres, il se redressa sur le lit tandis que Sharon se maquillait devant le miroir. Dans ces moments-là, il se laissait fasciner par ses gestes. L'anticerne qu'elle appliquait sous ses yeux, le mascara dont elle se peignait les cils, sa manière de contempler son reflet… Aucun homme ne méritait d'assister à quelque chose d'aussi intime et précieux.

Pour être honnête, si Jason tenait autant à ces moments, c'est parce qu'il avait cru que jamais il ne lui serait donné de les vivre. Avoir de simples relations sexuelles ne posait pas problème, même dans ce corps étrange. Certaines femmes couchaient avec lui par pure curiosité, excitées comme on l'est à la fête foraine, se demandant ce que ça ferait d'entourer de leurs jambes un corps aussi grotesque, espérant peut-être que ça les aiderait à accepter leurs propres imperfections plus banales. Et il n'y avait pas que ces femmes-là, il y avait aussi les putes qui traînaient la nuit du côté de Cherry Tree. Les rapports sexuels, ce n'était pas hors de portée pour Jason. Mais avec Sharon, ça n'avait rien à voir. Beaucoup de gens étaient prêts à toucher la difformité, pas à l'aimer.

Sir Hendricks était parti à une de ses fêtes médiévales. Avec son glaive, il allait affronter d'autres faux chevaliers lors d'un tournoi. Jason et Sharon en avaient profité pour louer une chambre de motel à l'extérieur de Lynch, à mi-chemin entre Huntington et Charleston. Pour une fois, ils avaient pu s'endormir ensemble et se réveiller les membres enchevêtrés, les cheveux ébouriffés, l'haleine pas fraîche. Après la visite de Ferris la veille au soir, Jason se sentait très chanceux d'avoir pu vivre une autre nuit, surtout une nuit comme celle-ci.

– À quoi penses-tu ? demanda Sharon sans cesser de regarder son reflet.

Elle se coiffait et, quand elle se pencha plus près du miroir, les muscles de son dos se nouèrent.

– À rien de spécial, dit-il.

Sharon se tourna vers Jason pour lui faire comprendre qu'elle savait qu'il mentait. Puis elle se pencha de nouveau vers la glace.

Il réfléchissait à sa conversation avec Huddles. Tenir une fiole de poison dans sa main n'avait pas eu l'air d'émouvoir ce garçon. La Carcasse le changeait, comme elle changeait Jason. Fini l'idéalisme de sa jeunesse. Place au cynisme. Peut-être était-ce la raison pour laquelle il lui était si difficile d'accepter le corps nu de Sharon. Dans un monde où l'on transformait des enfants en tueurs à gage, comment des moments aussi beaux pouvaient-ils exister ? Mais il se souvint que Sharon appartenait à un autre homme : en fin de compte, la logique de ce monde était respectée.

Il aurait voulu tout lui raconter, mais à quoi bon l'effrayer ? Ferris avait promis de ne pas la mêler à cette histoire. Par égoïsme, aussi, Jason décida de ne pas gâcher cette rare nuit passée ensemble.

– Je suis un peu inquiet, c'est tout, dit-il.

– À cause de Randall ?

L'entendre prononcer le prénom de son mari irritait Jason. Il préférait Sir Hendricks. Ça allait mieux à ce dernier que Randall, le prénom d'un homme plus humble et plus doux. Sharon s'assit au bord du lit et croisa ses longues jambes. Quand Jason était petit et qu'il avait encore les jambes dans le plâtre, ce qu'il craignait par-dessus tout, c'était de se réveiller en pleine nuit et de trouver le diable assis à côté de lui. Et il s'attendait moins à voir des cornes et une queue fourchue qu'à découvrir une femme aussi splendide que Sharon l'était à l'instant. Un mirage, une tentation qui le pousserait à se damner en échange d'une seule caresse.

D'une certaine façon, il se préparait à perdre Sharon. Elle avait beau l'aimer, il y avait peu de chances qu'elle quitte Sir Hendricks. Ces deux-là étaient enchaînés l'un à l'autre par quelque chose de mystérieux. Le plus tragique, c'est que la vie continuerait. Il n'y aurait pas de cataclysme. Il retournerait à sa solitude, mais en sachant désormais ce qu'il ratait. Il vieillirait et deviendrait un de ces hommes dont tout le monde pense qu'ils ont toujours été seuls. Personne ne saurait qu'il avait vécu des nuits comme celle-ci, personne ne se douterait de tout ce qu'il avait perdu, et ainsi sa tristesse n'aurait rien de romantique.

En le touchant, Sharon le tira de ses ruminations. Elle plissa le front pour imiter son expression.

– Oublie tes soucis un moment.

Il essaya, mais les digues qu'il érigeait dans sa tête se faisaient submerger. Il aurait voulu lui dire qu'avant de la rencontrer il n'était que de l'argile, qu'elle seule lui avait donné forme, mais comment le mettre en mots sans tomber dans une pseudo-poésie ridicule ?

– Il va avoir des ennuis au boulot, dit Sharon.

– Hendricks ? Comment ça ?

Elle prit le mégot encore brûlant entre les doigts de Jason, le jeta dans un gobelet contenant un reste de Coca éventé puis lui caressa le torse.

– L'autre soir, il m'a dit qu'il y était allé trop fort avec un des gamins. Il a peur qu'on porte plainte contre lui.

– Mais ce n'est pas encore le cas ?

– Non, mais il pense que ça va arriver. Il le sent, comme il dit.

Un jour, Sharon lui avait expliqué que Hendricks était un homme superstitieux. Il ne lisait peut-être pas l'avenir dans des entrailles de poulet, mais il faisait confiance à son instinct, à sa capacité de sentir le vent tourner.

– Qu'est-ce qui s'est passé, exactement ? demanda Jason.

– Le garçon aurait refusé de rendre un livre. Parfois, il en faut moins que ça pour que Randall perde ses nerfs. À cause de son foutu code d'honneur. Cette connerie de truc de chevalier macho. Ça m'épuise de le voir s'évertuer à être un homme. Voilà une des choses que j'aime chez toi.

– Tu aimes que je ne cherche pas à être un homme ? demanda Jason en se donnant l'air de plaisanter.

Mais il attendait la réponse avec une certaine angoisse. Il n'avait jamais tout à fait compris ce qu'elle voyait en lui. Avec un peu de chance, il ne représentait pas seulement un havre de fragilité après toutes ces années en compagnie d'un homme exclusivement préoccupé de violence.

– C'est ça, l'image que tu as de toi ? lui lança-t-elle. Sache que tu as plus de chance que la majorité des hommes. Tu n'as jamais eu l'impression de pouvoir respecter toutes les règles, alors tu n'as pas eu à découvrir la vérité trop brutalement.

– Quelle vérité ?

– C'est impossible de respecter ces règles. Vouloir se conformer à la version de la virilité que propose la société, ça revient à jouer à un jeu truqué. Toi, tu es un homme selon tes propres critères. C'est l'idéal, non ?

Comment lui expliquer que les autres le jugeaient toujours selon leurs critères à eux ? Il en avait assez d'arpenter les couloirs de l'unité B où même les ados montraient de la pitié envers son incapacité à grandir. L'idée que quelqu'un puisse faire abstraction de ça, et que ce quelqu'un soit une femme aussi exceptionnelle que Sharon, lui semblait miraculeuse. Jason craignait de découvrir qu'il s'agissait seulement de la blague d'un Dieu cruel.

– Ce n'est pas facile, dit-il.

– Je sais. Tu es courageux.

Sharon se rapprocha de lui. Jason avait envie de la serrer dans ses bras, mais il sentait qu'elle avait encore quelque chose à dire. Elle s'adossa à la tête de lit.

– Je veux partir quelque part, dit-elle. Tu m'emmènes ?

Jason pensa à l'argent que Ferris l'avait obligé à prendre. Plus d'argent qu'il n'en avait jamais possédé. Assez pour fuir Lynch et la Carcasse.

– Où ? demanda-t-il.

– Peu importe. Loin d'ici.

– Tu veux retourner dans le Dakota du Sud ?

– Partout sauf dans le Dakota du Sud, grimaça-t-elle.

Jason s'autorisa à rêver quelques secondes de prairies s'étendant à perte de vue, d'hivers avec de la neige assez profonde pour s'y enfoncer entièrement. Un endroit où les possibilités ne se résumeraient pas à des accouplements rapides dans des hôtels pas chers ou au milieu des chantiers de rénovation de son oncle. Cette idée de partir ensemble, ça ne pouvait pas être sérieux. Il aurait été idiot d'y croire. Les choses suivraient leur cours, et finiraient comme prévu. Sans savoir pourquoi, il en était persuadé, comme il était persuadé que Sharon sentait son pessimisme. Il aurait voulu s'expliquer, mais c'était trop difficile, et ça ne changerait rien au fait que Sharon était la femme d'un autre homme, point.

– J'aimerais découvrir la région d'où tu viens, dit Jason. Toi, tu connais celle où j'ai grandi. Idéalement, je voudrais tout savoir sur toi.

– Ça ne suffit pas que je t'en parle ?

– Ce n'est pas la même chose que de le voir de mes propres yeux.

– J'ai un cadeau pour toi.

Elle tendit le bras sous le lit, sortit une grande boîte emballée dans du papier doré.

– Quand est-ce que tu as planqué ça là ?

– Tout à l'heure, quand tu étais dans la douche. Ça fait des jours que j'attends le moment de te le donner.

En tenant ce paquet dans ses mains, Jason pensait au colis que Ferris l'avait forcé à livrer à Huddles. Il ferma les yeux, inspira profondément puis déchira le papier doré. Dans la boîte, enveloppés dans du papier de soie, un blouson en cuir et une chemise en jean grise. Les boutons métalliques du blouson cliquetèrent quand Jason le déplia pour l'enfiler. À l'intérieur des manches, le tissu était frais.

– Quand je l'ai vu, j'ai tout de suite pensé à toi, dit Sharon. Mais j'avais tellement peur qu'il ne t'aille pas… Il te plaît ?

– Je l'adore.

Depuis que, petit, il avait vu le film *Outsiders*, Jason avait toujours rêvé de posséder une veste en cuir. Il n'en avait jamais trouvé une vraiment à sa taille, et n'aurait pas pu s'offrir un vêtement sur mesure – sauf pour sa tenue officielle de porteur de cercueil.

– J'espère qu'il ne t'a pas coûté une fortune.

Sharon caressa les épaules du blouson, l'ajusta un peu et remonta la fermeture Éclair. Le cuir épousait parfaitement la forme du torse de Jason.

– Tu es un homme nouveau. Tu as besoin d'un nouveau look.

Il voulait que ce blouson soit le symbole de quelque chose, d'un bonheur à deux qui, pour une fois, ne se dissiperait pas telle la fumée derrière un train. Sharon lui ôta le blouson, puis se glissa sous les draps pour plaquer sa peau contre la sienne.

Les jours suivants, pendant que Huddles restait discret, Malcolm continua de harasser le personnel de la Carcasse. Tout le monde était de mauvaise humeur. Même Beverly refusait de sourire. Malcolm aurait pu se dire que, d'une certaine façon, il avait gagné ; il aurait pu s'accorder à lui-même un peu de répit. Mais non, il ne relâcha pas la pression. Tôt le matin, il hurlait et se cognait contre les murs jusqu'à ce que l'équipe d'intervention spéciale se décide à passer à l'action. C'était devenu un rituel banal pour les hommes, qui s'harnachaient sans souffler mot puis attendaient devant la porte de la cellule, l'air aussi solennel que s'ils s'apprêtaient à recevoir la communion.

Cependant, les gardiens s'efforçaient de faire preuve de créativité. L'idée de Hendricks – les dessins animés – n'avait calmé Malcom que six ou sept jours, mais ce petit cessez-le-feu convainquit le personnel qu'il devait bel et bien exister un moyen de l'apaiser. Beverly s'assit par terre devant la porte de sa cellule et lui lut des albums pour enfants. Elle était assez douée pour imiter le croassement caverneux des crapauds ou les jappements excités des chiots. Jason aimait la regarder se pencher contre la vitre de la cellule pour montrer les illustrations à Malcolm. « Tu vois, il est là », disait-elle en posant le doigt sur une illustration. Malcolm écoutait la lecture de trois ou quatre albums à la suite avant de se remettre à hurler et à marteler les murs.

Fitzgerald apporta le violon de son grand-père. Il n'était pas très doué, mais parvint quand même à jouer quelques ballades dont la plainte aiguë résonnait dans le couloir vide. Jason écoutait à travers la porte de la salle de contrôle. Au bout d'un moment, Malcom se lassa même du violon. Cela faisait déjà plusieurs semaines que Beverly avait initié des démarches pour le transférer vers un hôpital psychiatrique réservé aux jeunes délinquants. Cet établissement se trouvait dans l'Ohio, et il faudrait encore des mois avant qu'il puisse accueillir Malcolm. Le temps que la bureaucratie se bouge, Malcom serait venu à bout des dernières forces du personnel. D'ores et déjà, les gens tardaient à réagir à ses crises. Assis dans la salle de contrôle, Jason regardait le garçon s'époumoner pendant plusieurs minutes avant d'avertir ses collègues.

Un matin, Jason entendit de l'eau ruisseler sur le carrelage. Bien que le bruit soit étouffé par la porte de la salle de contrôle, il se rendit compte qu'il ne s'agissait pas simplement de quelques gouttes. Une fois de plus, Malcolm avait dû boucher ses toilettes. Jason s'approcha de la vitre teintée, du côté des cellules d'isolement. D'où il se tenait, impossible de voir Malcolm. Il sortit de la salle et marcha jusqu'à la cellule du garçon. Malcolm était agenouillé devant la cuvette en inox ; ses petites mains agrippées au rebord, il plongea la tête sous l'eau. Jason s'attendait à ce qu'il la relève très vite, mais non. Et après l'avoir sortie, il la replongea aussitôt. À chaque fois, il enfonçait sa tête plus profondément sous l'eau, jusqu'à ce que seuls ses cheveux flottent à la surface. Comment faisait-il pour retenir son souffle aussi longtemps ? À un moment, Malcolm tourna la tête vers Jason et le regarda avec des yeux plissés comme ceux d'un chat et rougis par tous les vaisseaux qui avaient explosé. Ils se fixèrent quelques secondes, puis la tête de Malcolm retourna au fond de la cuvette.

– Il va mourir, dit Jason.

Sharon était assise en face de lui sur la banquette en vinyle du box, à plus de soixante kilomètres de Lynch. Pour une fois, ils s'autorisaient à sortir en public. Hendricks n'était pas encore rentré de son tournoi, mais il avait appelé Sharon pour lui annoncer qu'il avait terminé à la deuxième place de la compétition de tir à l'arc. Il serait de retour avant vendredi, le jour où l'on devait conduire Huddles au tribunal.

Le *diner* où ils se trouvaient s'appelait Monroe's. Un grand mobile home aux murs noircis par la cuisson lente des poitrines de bœuf qu'on y servait le samedi et tapissés d'affiches de stars de la country aujourd'hui décédées. Dans le coin, un juke-box qui ne proposait que des vieilleries à l'exception de Garth Brooks, lui-même une semi-vieillerie.

Sharon remuait son bol de chili con carne.

– Pourquoi dis-tu ça ? demanda-t-elle avant de boire une gorgée de thé glacé. Avec tous les gens qui l'entourent. Tout le personnel médical sur place. Il n'y a aucune raison qu'il meure.

Jason opina du chef, mais continua de voir la tête de Malcolm plonger dans les toilettes comme pour un baptême obscène. Le garçon expirait délibérément tout l'air dans ses poumons avant de s'immerger. À cause du risque de suicide, on l'avait placé sous haute surveillance, mais malgré les visites des gardiens toutes les demi-heures ça n'y changeait rien. Même sa tenue spéciale en papier, censée l'empêcher de se fabriquer un nœud coulant, ne suffirait pas à le protéger de lui-même.

– J'ai l'impression que ses jours sont comptés, dit Jason. C'est comme ça.

Il découpa un morceau de tarte aux pommes avec sa fourchette, l'enfourna dans sa bouche puis repoussa son assiette et déboutonna le col de la chemise que Sharon lui avait offerte. Il faisait chaud dans le *diner* ; le tissu en jean était trop épais pour l'été, mais il avait tenu à la mettre pour lui faire plaisir. C'était la plus petite taille du rayon homme, et malgré ça il avait dû glisser les pans dans son pantalon pour ne pas qu'on les voie pendre jusqu'à ses genoux. Plutôt que d'avouer à Sharon que son cadeau lui allait mal, il ferait un ourlet, comme il en avait l'habitude avec tous ses vêtements.

Tandis que Jason regardait par la fenêtre, Sharon mangea la tarte dont il ne voulait plus.

– C'est quoi, tes projets pour l'avenir ? demanda-t-elle.

L'air de rien, elle ramenait sur la table l'idée de partir. Et en effet, rien ne retenait Jason ici. Aucune opportunité alentour. Après la fermeture des mines, dans dix ans il ne resterait plus grand-chose de Lynch. Des boutiques aux vitrines vides, quelques familles sans emploi, une économie locale à genoux. Les derniers irréductibles seraient forcés de s'exiler, à moins de s'en remettre entièrement au trafic et au braconnage pour survivre. Avec ou sans Sharon, il fallait que Jason parte. Mais il n'avait jamais connu que ces montagnes…

– Tu ne lui volerais rien, Jason. Je ne l'aime plus depuis longtemps.

* * *

Ce jour-là, Jason était de nuit. À son arrivée à la Carcasse en début de soirée, il découvrit que Malcolm s'était mis à mordre son avant-bras. Le garçon enfonçait ses petites dents dans la peau pâle et tordait la tête pour mieux faire perler le sang autour de ses lèvres. Quand la douleur devenait trop forte, il s'interrompait pour suçoter ses dents avant de réattaquer la blessure par un autre angle. Voulant lancer l'alerte, Jason se rendit compte qu'il n'avait pas son talkie-walkie sur lui. Il alla frapper à la porte de la salle de contrôle. Le gardien en poste à l'intérieur lui ouvrit sans se lever de son fauteuil. Ses paupières étaient lourdes, comme si Jason venait d'interrompre sa sieste.

– On a besoin de renfort et de personnel médical en cellule d'isolement, dit Jason.

L'air confus, le gardien tendit lentement le bras vers la console. Devançant son geste, Jason écrasa le bouton de l'interphone.

– Gardiens et infirmiers attendus d'urgence en cellule d'isolement, dit-il.

Sur les écrans monochromes, Jason regarda les hommes se détourner de leurs magazines ou de la télé et piquer un sprint. Il enfonça d'autres boutons, déverrouillant les portes avant que les gardiens ne les atteignent. Sorti précipitamment de la salle de cours, Fitzgerald trébucha et s'étala par terre. Pourtant, il fut le premier à atteindre la cellule d'isolement. Il attrapa Malcolm par le col, forçant sa bouche à lâcher son bras. De la chair pendait entre les dents du garçon, qui tentait maintenant de mordre les doigts de Fitzgerald. Celui-ci plaqua Malcolm au sol et entoura de ses mains la blessure pour stopper le saignement, tandis que sur le seuil de la cellule les autres gardiens se rassemblaient. La plupart se figèrent à la vue de ce spectacle. Une infirmière dut les pousser pour pénétrer dans la cellule.

Jason quitta la salle de contrôle et s'approcha suffisamment près pour sentir l'odeur métallique du sang. Fitzgerald et deux autres gardiens maintenaient le garçon par terre pendant que l'infirmière travaillait. Les violentes convulsions de Malcolm ralentirent, puis il finit par se laisser aller entre les mains de ces hommes et de cette femme. Ses lèvres ensanglantées se rétractèrent, formant une espèce de sourire, comme s'il éprouvait du plaisir. Une main gantée essuya le sang qui maculait son menton – frottant au passage les dents du garçon, le latex couina.

14

Après sa conversation avec Jason, Huddles ne quitta presque plus sa cellule. Le premier jour fut le plus difficile : les minutes s'écoulaient si lentement, il avait l'impression que le temps pourrait s'arrêter. Huddles sommeillait, jamais complètement endormi, jamais tout à fait réveillé. Ça ne ressemblait pas exactement à ces fameux « corridors de la mémoire » dont Ferris lui avait parlé. Huddles ne parvenait plus à accéder à tel ou tel moment spécifique de son passé, comme on tournerait les pages d'un livre. Les souvenirs lui revenaient de façon spontanée – des éclairs inattendus. Embrocher des bouts de foie de volaille sur un hameçon triple pour pêcher le poisson-chat ; prendre les seins de Melissa Thornton dans ses mains, les palper à travers son pull épais, pincer les mamelons entre ses doigts ; à dix ans, se faufiler en douce dans la salle du Cat's Den, regarder Megan se débarrasser de ses derniers vêtements à la fin d'une chanson de Lynyrd Skynyrd tandis que Ferris, assis devant l'estrade, balayait de ses yeux vides le corps de la strip-teaseuse.

Les images se succédaient, mais à la fin c'était toujours à son frère qu'il pensait. Ferris après son tout premier séjour en prison, sous le soleil de juillet, en train de remplir un sac-poubelle avec le tuyau d'arrosage. Son frère faisait de la muscu avec le sac plein d'eau, la fine membrane de plastique à deux doigts de craquer. Ferris ne poussait pas de grognements, il contrôlait sa respiration et on entendait juste le chuintement de l'air entre ses dents serrées. La sueur dégoulinait de son nez, il ne prenait pas la peine de l'essuyer. Huddles n'aimait pas ce souvenir-là. Il fermait les yeux, fronçait les sourcils et s'efforçaient de penser à autre chose que son frère et ses ordres. Parfois, il y arrivait ; parfois, c'est à Shane qu'il pensait.

Allongé sur son lit, Huddles s'imagina assassinant Terry. Il n'avait jamais vraiment fait de mal à personne, mais il avait vu Ferris en faire. Un soir, à quatorze ans, il avait accompagné Ferris et Shane à Hatfield Bottom. Assis entre les deux hommes, il serrait le canon de la Winchester avec ses petites mains pour l'empêcher de valdinguer.

– Attends ici, lui avait dit Ferris une fois le pick-up garé devant la maison d'Aaron Mounts.

Huddles avait regardé Ferris et Shane pénétrer dans le jardin. Seul dans l'habitacle, il pouvait encore sentir leur sueur imprégnée de whiskey. Il avait fermé les yeux et, quand il les avait rouverts, Shane se trouvait déjà sur la galerie, frappant à la porte tandis que Ferris disparaissait sur le côté de la maison. Mounts était sorti en se frottant les paupières ; apparemment, il venait de se réveiller. Son torse nu était couvert de tatouages indéchiffrables à cette distance, et son ventre tapissé de poils bouclés. Ils discutaient, Shane et lui, mais Huddles n'entendait rien.

Ferris avait surgi de l'obscurité et fait pleuvoir les chevrotines avec la Winchester. Aaron avait essayé de s'enfuir au milieu des éclats de bois qui volaient autour de lui, mais il avait trébuché et s'était vautré en bas des marches de la galerie. Ferris avait visé sa tête et tiré deux fois. Le crâne d'Aaron avait explosé telles ces citrouilles pourries que Huddles et Shane bourraient de pétards.

En remontant dans le pick-up, Ferris et Shane empestaient la poudre. Quelques gouttes de sang décoraient le jean de son frère. Huddles éprouvait l'envie de les essuyer avec sa main. Ce meurtre l'avait empêché de dormir pendant une semaine entière. Pourquoi l'avoir emmené ? Quand il avait enfin posé la question à Ferris, celui-ci s'était assis au bord du lit de Huddles et, se grattant la barbe, avait levé les yeux comme si la réponse allait lui apparaître parmi les ombres du plafond.

– J'avais besoin de savoir que je pouvais te faire confiance. Un jour, ce sera toi qui donneras des ordres à Shane.

Sur le moment Huddles avait eu peur, mais après plusieurs nuits passées à rejouer la scène dans sa tête, il s'était senti à l'aise avec le souvenir du sang d'Aaron dans l'herbe. Il avait même éprouvé de la fierté. Cette fierté le dérangeait plus que le fait d'avoir vu son frère tuer un homme. Pour la première fois, il avait pleinement pris conscience du pouvoir que Ferris exerçait sur lui – un pouvoir difficile à expliquer, mais indéniable et absolu. Le sort de Shane en avait été un parfait exemple. Huddles avait beau vouloir épargner Terry, il savait qu'il ne pouvait pas dire non à son frère. Au mieux, il pourrait gagner du temps. Plus que quelques jours avant son audience au tribunal : il devait éviter Terry et se tenir à carreau jusqu'à ce que Jason le fasse transférer à Tiger Morton.

Terry passa le voir le troisième jour. Il entra prudemment dans la cellule, son regard se réfugiant dans les recoins de la pièce pour éviter de croiser celui de Huddles. À force de lessives, le col de son tee-shirt fourni par la prison s'était élargi suffisamment pour que Huddles puisse voir l'ecchymose violacée qui lui couvrait une clavicule.

– Pourquoi tu refuses d'aller en cours ? demanda Terry.

– Ça m'emmerde.

– On a un match de basket prévu aujourd'hui. L'équipe a besoin de toi.

– Tu m'étonnes, dit Huddles. Qui c'est qui t'a fait ce bleu ?

Terry baissa la tête.

– Woods. Il m'a bousculé quand je m'apprêtais à tirer, mais ce n'était pas méchant.

– Il l'a fait parce que t'es gay. Woods est homophobe.

Huddles pensait qu'il fallait lui ouvrir les yeux, mais c'était aussi un test, l'occasion de voir si Terry était prêt à se confier à lui. Un début d'amitié semblait s'être noué entre eux, mais si Terry lui mentait, Ferris avait potentiellement raison de ne pas lui faire confiance.

– Tu ne le répéteras à personne, d'accord ? dit Terry. Je n'ai pas honte, mais ici je reste prudent.

– Non, je ne le répéterai à personne. En revanche, il faut que tu gardes tes distances pendant quelques jours.

– Parce qu'on ne doit pas te voir traîner avec un pédé ?

Huddles secoua la tête.

– Je dois faire quelque chose et je ne veux pas que tu sois mêlé à ça.

– C'est pour ton frère ? demanda Terry.

L'espace d'un instant, Huddles hésita à lui dire toute la vérité. En tout cas, ils en étaient arrivés au point où partager de tels secrets ne pouvait plus être exclu. Quel soulagement ce serait de tout raconter à Terry, la mission qu'on lui avait confiée et qu'il ne voulait pas exécuter… Mais mieux valait rester vague.

– Oui, c'est pour mon frère. Tiens-toi à l'écart quelques jours. Et ne t'approche pas non plus de Woods.

– Je peux gérer Woods, dit Terry.

– Non. Ça aussi, je vais m'en occuper. J'attends juste une occasion.

– Merci.

Huddles sentit que la gratitude de Terry ne se limitait pas au problème avec Woods. Mais il y avait beaucoup de choses qu'ils ne pouvaient pas se dire avec des mots.

Cette semaine-là, Huddles sortit quand même une fois de sa cellule. Il se dirigea vers la table où les garçons jouaient aux cartes, agrippa l'épaule de Woods et lui chuchota des insultes à l'oreille. Woods voulut s'écarter, fuir le souffle chaud de Huddles qui ne le lâcha pas avant d'avoir terminé de cracher toutes ses menaces. Puis il donna une petite tape sur le crâne rasé de Woods avant de retourner vers sa cellule. En chemin, il fit un clin d'œil à Terry, lequel avait observé silencieusement la scène.

15

Jason arriva en avance à la Carcasse pour prendre place dans le fourgon qui devait emmener Huddles au tribunal. Comme il disposait d'un peu de temps, il longea les tables de ping-pong du hall principal et pénétra dans l'unité B, où les garçons jouaient au bridge. Il y avait des saisons pour le poker, des saisons pour le black jack, mais le bridge demeurait populaire toute l'année – presque une seule et même partie ininterrompue. Dès qu'un des garçons quittait la table, un autre prenait son siège. À croire qu'il s'agissait d'une obligation allant de pair avec l'incarcération. L'argent n'était pas autorisé, mais les garçons tenaient le compte des victoires et des défaites. Après leur libération, certains d'entre eux essayeraient sans doute de se faire payer ce qu'on leur devait.

Huddles faisait équipe avec Woods. Le petit voleur regardait les cartes en plissant les yeux, comme pour y décrypter un message caché. Sir Hendricks était assis près de la table, le dernier numéro de *Guns & Ammo* ouvert sur ses genoux. Voyant la longue entaille sur son avant-bras, Jason se dit qu'il avait dû être blessé lors de son dernier tournoi. Jason s'efforçait de rester courtois avec Hendricks mais, lors de leurs interactions, c'était de plus en plus difficile de ne pas se laisser influencer par ses sentiments envers Sharon.

– Un nouveau Beretta ? demanda Jason en désignant une photo.

– Ouais. Je compte bien me l'acheter.

Hendricks retira un de ses écouteurs et se gratta l'intérieur de l'oreille avant de le remettre.

– On part pour le tribunal à neuf heures, reprit-il. Il reste un quart d'heure à Huddles pour enfiler sa tenue orange – faut que Woods et lui se magnent de terminer leur partie.

Du talkie-walkie de Hendricks s'échappa un cri animal. Aussitôt il baissa le volume : à l'autre bout du bâtiment, les hurlements familiers de Malcolm.

– On devrait l'exécuter, ce gosse, dit Sir Hendricks.

Après la morsure qu'il s'était auto-infligé, Malcolm avait passé la nuit à l'infirmerie. Voyant qu'il ne se calmait pas, le personnel n'avait eu d'autre choix que de l'attacher et de lui injecter des calmants. Et maintenant le garçon était de retour dans sa cellule d'isolement, mais toujours sanglé à un lit d'hôpital et surveillé par un gardien vingt-quatre heures sur vingt-quatre.

– Il fait ça souvent ? demanda Jason.

– Au moins une fois par heure. D'après Fitzgerald, il a pris goût à la camisole de force.

Cette camisole lui enveloppait tout le corps – on aurait dit qu'un boa géant l'avait avalé. Jason n'imaginait pas qu'on puisse apprécier d'être englouti comme ça.

Beverly les rejoignit. Elle venait de rendre visite à Malcolm. Le visage empourpré, le chignon défait, elle nettoyait son coupe-vent avec un chiffon humide. Elle s'assit à côté de Hendricks pour regarder le match.

– Je ne sais pas comment on va arriver à le calmer, dit-elle.

– Ce comportement est intolérable, dit Sir Hendricks.

Se fourrant un doigt dans la bouche, il se massa la gencive. Jason l'avait entendu se plaindre à Fitzgerald de petits aphtes apparus à l'endroit où il coinçait son tabac à chiquer.

En avait-il parlé à Sharon ? Serait-elle dévastée si son mari lui annonçait qu'il avait un cancer ? Jason eut honte de rêver de sa mort et de la soudaine disponibilité de sa veuve.

– On va arriver à le dompter, dit Hendricks. Faut juste qu'on soit un peu moins gentil.

– Je ne peux pas aller au tribunal, annonça Beverly.

– Comment ça ? dit Hendricks en se redressant sur sa chaise. C'est toi qui as écrit ce foutu rapport.

Beverly vérifia que le micro de son talkie-walkie n'était pas allumé, puis dit :

– J'ai une journée de formation à Fairmont. Je suis obligée d'y aller, dixit le chef.

Jason avait lu le rapport. Beverly recommandait le transfert de Huddles à Tiger Morton. Dans ses propres notes, c'est ce que lui-même recommandait. Mais ce n'était pas une décision facile à prendre. Wallace était un des rares juges qui détestait envoyer les gosses dans des établissements trop inhumains. Il pensait que c'était le meilleur moyen d'en faire des criminels purs et durs. Néanmoins, il nourrissait une haine profonde envers Ferris Gilbert ; s'il ne pouvait pas punir le frère aîné, il se rabattrait volontiers sur n'importe quel autre membre du clan. Le juge avait donc le choix : laisser Huddles à la Carcasse et ainsi garder l'œil sur lui, ou l'expédier à l'autre bout de l'État, dans une prison où il en baverait davantage. Quoi qu'il en soit, l'absence de Beverly poserait problème. Pourvu que son rapport suffise… Jason avait promis à Huddles de les tirer d'affaire, Terry et lui.

Huddles avait peut-être entendu leur conversation, mais ça ne suscita pas de réaction chez lui. Ces derniers jours, alors que la plupart de ses codétenus se vantaient à tort et à travers de leurs exploits criminels – souvent imaginaires –, Huddles était de moins en moins bavard. Seul dans sa cellule, il murmurait des extraits de *L'Incendie de Los Angeles* avant l'extinction des feux, et le reste du temps on ne l'entendait quasiment pas.

Un autre hurlement en provenance des cellules d'isolement. Le talkie-walkie de Hendricks grésilla, Jason reconnut la voix de Fitzgerald qui demandait de l'aide pour maîtriser Malcolm.

– Faudrait lui tirer une balle dans la tête, dit Hendricks. Faudrait faire pareil avec tous ces petits cons.

Beverly fit mine de ne pas avoir entendu. Woods posa un as et remporta la levée. Il fit un grand sourire ; ses dents toutes neuves étaient déjà grises.

– Gâcher une balle pour des petits cons comme nous, ce serait dommage, dit-il.

Jason et Hendricks patientaient à côté du bureau des sorties tandis que, dans les toilettes, Huddles enfilait sa combinaison orange. Fitzgerald s'approcha avec sa démarche de canard. Équipé d'un gilet de protection trop étroit qui ne protégeait guère que son sternum, il s'assit à côté de Jason, essuya son crâne chauve avec sa main et envoya les gouttes de sueur vers le mur.

– Comment ça va, Fitz ? demanda Sir Hendricks.

Il tentait de désenchevêtrer les chaînes en fer, mais à chaque fois qu'il tirait sur un bout le nœud se serrait davantage.

– Merveilleusement bien, répondit Fitzgerald. Je mène une vie de rêve.

Hendricks continua de se battre avec les chaînes jusqu'à ce que Fitzgerald les lui prenne et, avec ses doigts gras mais délicats, parvienne à les dénouer.

Vêtu de la combinaison orange, Huddles sortit des toilettes, appuya ses paumes contre le mur et écarta les jambes. Fitzgerald s'accroupit, passa les chaînes autour de ses chevilles et de sa taille, puis les accrocha à ses mains menottées.

Nouveau cri en provenance des cellules d'isolement, suivi du bruit de quelque chose de dur cognant contre un mur.

– Il est attaché au lit, dit Fitzgerald

Jason emprunta le couloir qui menait aux cellules d'isolement. Malcolm était allongé sur le lit d'hôpital, bloqué par des sangles en cuir épais. Il luttait pour s'en libérer en se contorsionnant comme un ver et en poussant des grognements. On lui avait mis un casque pourvu d'une grille mécanique qui lui couvrait la bouche. Le casque était aussi rayé que s'il avait raclé le bitume après un accident de moto – la faute aux crises précédentes. Il semblait très lourd, mais Malcolm réussissait tout de même à soulever sa tête de quelques centimètres pour mieux la laisser retomber sur l'oreiller. Le choc faisait s'entrechoquer ses dents. Jason s'approcha de la vitre pour mieux voir à l'intérieur. Ses pieds nus étaient la seule partie de Malcolm qui paraissait encore humaine. Dépassant des draps, ils tressautaient chaque fois que sa tête heurtait l'oreiller. Jason aurait voulu poser la main sur eux, les protéger, les empêcher de sombrer dans la même folie que le reste du corps.

– Felts, cria Hendricks à l'autre bout du couloir. Laisse ce clown tranquille. On y va.

D'une voix tremblotante, Malcolm se mit à chantonner, un flot de paroles inconscientes qui s'échappaient de sa bouche emprisonnée.

– Il faut que quelqu'un me touche. S'il vous plaît, quelqu'un, touchez-moi.

Bien que Huddles ne soit pas sorti de la Carcasse depuis plus d'un mois, il ne fit aucune demande particulière. Sauf, à un moment, qu'on change de station de radio pour écouter des vieux tubes country, puis qu'on baisse un peu la clim. Sur la banquette, il se penchait en avant autant que ses chaînes le lui permettaient et passait ses doigts entre les trous du grillage le séparant du conducteur. Assis à côté de lui à l'arrière, Hendricks crachait du tabac dans un gobelet en polystyrène ; des gouttes de liquide brun tachaient le col de sa chemise.

Jason occupait le siège à côté du conducteur et son regard se perdait dans les montagnes qui défilaient. Il aurait voulu parler à Huddles, ou le rassurer d'un geste silencieux, mais c'était plus prudent de l'ignorer complètement. Huddles adopta la même attitude.

Au volant, Fitzgerald faisait la leçon. Il expliqua à Huddles que c'était peut-être sa dernière chance. L'heure était venue de se détourner du crime et d'opérer un changement radical. Il fallait s'en remettre à Jésus. Participer aux réunions des Narcotiques anonymes, même s'il ne s'était jamais drogué, pour comprendre l'effet de ses produits sur les autres. Arrêter de se comporter en parasite qui profite de la misère humaine, car c'était immoral et le rendait dépendant d'une relation symbiotique basée sur la douleur. Huddles hochait la tête aux moments appropriés. Jason n'écoutait que d'une oreille. Pourtant, Fitzgerald croyait à ce qu'il racontait, espérant peut-être qu'un discours aussi banal suffirait à changer la manière de voir les choses de Huddles. Jason restait sceptique. À l'approche du tribunal, l'état d'esprit des jeunes délinquants n'était jamais propice à une quelconque révélation. L'odeur de gazon fraîchement tondu le long de la route ne pouvait rien contre la puanteur de l'habitacle. Rien de beau ne parvenait à filtrer à travers les vitres teintées du fourgon. Ce trajet les mènerait à l'inévitable et à rien d'autre.

Malgré son angoisse, Jason aurait voulu fermer les yeux et se reposer, mais on lui avait déjà reproché de s'endormir au cours de transports de prisonniers. L'administration jugeait cela imprudent. Les gamins, eux, éprouvaient du respect pour Jason, en déduisant qu'il n'avait pas peur d'eux. C'était faux ; il était juste fatigué.

Ils quittèrent l'autoroute et arrivèrent au centre-ville. Pendant que Hendricks détachait la ceinture de sécurité de Huddles, Fitzgerald se gara sur une des places réservées derrière le tribunal.

– Beverly aurait dû venir, dit Fitzgerald. Le juge va gueuler.

Hendricks aida Huddles à descendre du fourgon. Les chaînes entravaient tellement leurs jambes que par le passé beaucoup de détenus s'étaient retrouvés à terre, les dents brisées contre le bitume. Empoignant le coude de Huddles, Hendricks le fit entrer par la porte de derrière. Un gardien âgé leva brièvement les yeux de son livre de poche pour leur faire signe de contourner le portique du détecteur de métaux. Affalés sur les bancs des couloirs, des junkies efflanqués, flottant dans les costumes mal taillés qu'on leur avait prêtés pour leur audience.

Malgré ses épaules voûtées et son blazer en seersucker froissé, l'avocat de Huddles promenait un regard alerte et confiant d'un bout à l'autre de la salle tandis que le procureur, lui, remuait ses papiers dans un état proche de la panique. L'avocat tira la manche de Huddles et lui chuchota quelque chose à l'oreille. Jason aurait voulu écouter, mais il y avait trop de bruit de fond.

Avant un procès, l'ambiance dans une salle de tribunal manque de solennité ; elle n'est pas à la hauteur de ce qui va s'y jouer. Les huissiers plaisantent avec les flics. Les procureurs parlent politique avec les divers représentants de l'État. Ça manque de respect, de révérence. Un peu comme dans ces veillées mortuaires, à l'époque où Jason travaillait encore aux pompes funèbres. Une salle pleine de gens qui bavardent en toute allégresse, ne se ressaisissant que lorsqu'il est temps de défiler devant les endeuillés et leurs défunts. Au cours de ses études, Jason avait effectué un stage auprès d'un avocat. Il l'avait accompagné à un procès où un homme en train de témoigner à la barre avait été victime d'une attaque cardiaque. Pendant que les secours emportaient l'homme à l'hôpital, les différents protagonistes s'étaient retrouvés dans le cabinet du juge. Gigotant et poussant des grognements, cet ex-cow-boy affublé de kilos de bijoux en turquoise s'était amusé à rejouer la scène à laquelle ils venaient d'assister. Tout le monde avait ri sauf Jason.

Ce genre d'humour n'aurait sans doute pas été du goût du juge Wallace. Dès qu'il s'assit sur son fauteuil ce matin-là, les dos se raidirent et les visages se figèrent. Huddles paraissait calme. La plupart des jeunes prévenus courbaient la tête ou donnaient des signes de nervosité, mais Huddles ressemblait à une statue de marbre. Jason ne prêta pas attention aux premières étapes du protocole. Il se concentra sur l'avocat de Huddles, qui feuilletait un dossier, cherchant sans doute l'élément susceptible d'épargner à son client quelques années à Tiger Morton.

– Qu'est-ce que l'accusation requiert ? demanda enfin le juge Wallace.

Avec son costume trois-pièces anthracite et sa coupe de cheveux sophistiquée, le procureur avait le look de l'emploi. Il s'éclaircit la voix puis prononça une phrase dont chaque mot avait été soupesé à l'avance.

– Votre Honneur, à la lumière du rapport fourni par l'établissement pénitentiaire pour mineurs Shelby, nous demandons à la cour de bien vouloir suivre la recommandation de Mme Beverly McGrew et de transférer l'accusé à l'établissement pénitentiaire Tiger Morton.

– Où est Mme McGrew ? demanda le juge Wallace. J'ai besoin qu'elle m'explique personnellement les raisons de cette recommandation.

Fitzgerald et Hendricks se lancèrent un regard. Au bout d'un long moment, Hendricks se leva, lissa l'avant de sa chemise et dit :

– Votre Honneur, Mme McGrew n'est pas en mesure de venir au tribunal aujourd'hui.

– Pourquoi cela ?

– Elle doit assister à une journée de formation obligatoire à Fairmont.

Le juge Wallace pâlit.

– Si je vous comprends bien, Mme McGrew propose d'enfermer ce jeune homme dans la prison la plus dure de l'État sans même prendre la peine de venir défendre sa décision ? J'ai bien entendu ?

– Votre Honneur, elle a simplement dit que le rapport devrait…

– Je l'ai lu, ce rapport. Je souhaitais en discuter avec Mme McGrew, mais il s'avère qu'elle a mieux à faire que de se déplacer jusqu'à mon tribunal. (Il marqua une pause pour lire le nom sur le badge de Hendricks.) Vous pensez que ce tribunal mérite aussi peu d'égards, monsieur Hendricks ?

– Bien sûr que non, Votre Honneur.

– Je veux que l'un d'entre vous quitte la salle et tente de la contacter à cette formation.

Avant que Hendricks ait pu faire un pas, Fitzgerald s'était levé et avait gagné le couloir. Hendricks allait se rasseoir, mais il se ravisa, attendant l'autorisation du juge. Ce dernier se tourna vers Jason.

– Monsieur Felts, étiez-vous présent durant les séances avec M. Gilbert ?

– Oui, Votre Honneur.

– Quelle impression vous a-t-il faite ?

Huddles fixait Wallace, aussi impassible que si le verdict à venir ne le concernait pas.

– Je le considère comme un jeune homme exceptionnellement intelligent. Son potentiel est énorme, pour peu qu'il renonce à ses activités criminelles. Cependant je ne pense pas qu'il y soit prêt. Au sein de notre établissement, il s'est montré violent avec ses codétenus et manipulateur avec les conseillers. Si l'on prend en compte son passé criminel, on ne peut pas se faire d'illusions pour la suite.

– Pour vous, M. Gilbert a sa place à Tiger Morton ?

– Oui, dit Jason, sa place est dans un établissement de haute sécurité.

– Vous en êtes sûr ? insista le juge.

– Si tant est qu'on puisse être sûr de quoi que ce soit, marmonna Hendricks.

À leur retour du tribunal, Sir Hendricks fouilla la cellule de Huddles. Les garçons les assaillaient de questions, mais Fitzgerald les ignora et alluma la télé. Il zappa d'une chaîne à l'autre à une telle vitesse que seuls des éclairs d'images avaient le temps de s'afficher. En voyant ça, Jason pensa à des messages subliminaux.

– Il est où ? demanda Woods.

Ses cheveux avaient récemment été tondus par le coiffeur qui passait une fois par semaine. Les garçons arboraient tous la même coupe, celle de jeunes gens qu'on s'apprête à envoyer au front.

– Ils l'ont transféré à Tiger, pas vrai ? Fini de rigoler, pour lui.

– T'as tout faux, Sherlock, dit Robison. Il est juste en train de se changer.

– Vous savez de quoi j'ai envie ? s'exclama Fitzgerald à l'attention de toute la salle. J'ai envie de me détendre un peu. Pas d'entendre une bande de bouffons parler pour ne rien dire.

Il s'arrêta sur la chaîne ESPN, regarda un match de football américain pendant quelques instants : Detroit qui ratait une belle occasion de marquer un touchdown.

– On a plein de choses à dire, mec, répliqua Woods. Faut juste savoir écouter.

Le talkie-walkie de Fitzgerald grésilla. Une voix indistincte, comme quelqu'un qui crie sous l'eau.

– Fais chier, dit Fitzgerald.

Il se leva, tendit la télécommande à Jason puis quitta la salle. Jason donna la télécommande à Woods et partit voir Sir Hendricks.

Hendricks avait retiré les draps du lit de Huddles et les palpait méthodiquement avec ses gants en latex, à la recherche de produits de contrebande. La panique coupa la respiration de Jason, lui noua le ventre ; pour se calmer, il ferma les yeux. Huddles s'était forcément débarrassé de la fiole.

Hendricks jeta les draps dans le coin de la pièce et inspecta une pile de vêtements fournis par l'établissement. Il glissa ses mains dans les poches des pantalons, puis secoua les sweat-shirts.

– J'ai pas aimé ça, dit Hendricks. J'ai pas aimé la façon dont tu as répondu au juge. Tu nous as fait passer pour des incapables.

– Comment ça ?

Hendricks posa les sweat-shirts sur le matelas et croisa ses bras couverts de cicatrices. La pire d'entre elles lui avait été infligée par un fleuret qui avait transpercé sa veste d'escrime bon marché – à l'époque où il ne s'entraînait pas encore avec un bouclier et une épée bâtarde, et où ses collègues ne l'appelaient pas encore Sir Hendricks. Quand Sharon avait raconté ça à Jason, elle était allongée sur le lit de la maison d'oncle Henry, nue, fixant le plafond où quelques trous laissaient passer le clair de lune. L'évocation du corps de son mari avait blessé Jason, suscitant une comparaison entre la force des membres de Hendricks et celle de son propre corps tronqué. Pris de jalousie, il avait attiré Sharon contre lui et guidé ses mains sur son érection. Après coup, il s'était senti écœuré de l'avoir baisée plus fort non par passion, mais pour prouver qu'il n'était pas faible.

– Ici, on forme une équipe, déclara Hendricks. Quand tu dis quelque chose qui donne l'impression qu'on n'est pas capables de gérer un problème, comme tu l'as fait au tribunal aujourd'hui, tu nous mets tous en danger. Pas juste moi et Fitzgerald, mais tous les types qui bossent dans cette unité.

– J'ai dit ce que je pensais. Je ne pouvais pas faire autrement, peu importe les conséquences.

Sir Hendricks se pencha suffisamment près pour que Jason sente le parfum mentholé de son tabac à chiquer. Le torse bombé tel un coq de combat, il projetait son ombre sur Jason.

– Dans ce cas tu n'as rien à faire ici. Ici, y a pas de place pour les nains qui pètent plus haut que leur cul. Surtout quand ils n'ont aucune loyauté.

Hendricks fit tomber l'exemplaire usé de *L'Incendie de Los Angeles* qui se trouvait au bord du lit. Le bouquin s'ouvrit sur le béton et une odeur de vieux papier humide emplit la cellule. Hendricks le ramassa, plissa les yeux pour déchiffrer l'encre décolorée des lettres.

– T'es un lecteur, toi, non ? dit Hendricks. Ça parle de quoi, ce truc ?

– D'un tas de gens à Hollywood et des rêves qu'ils n'ont pas pu réaliser.

– Comment ça se termine ?

– Par une émeute.

Hendricks jeta le livre par terre.

– Une bande de losers foutent le bordel parce que les choses se passent pas comme ils voudraient ?

Nouveau hurlement en provenance de la cellule d'isolement.

– J'arrive, dit Hendricks dans le micro de son talkie-walkie.

Jason resta planté à regarder les murs nus de la cellule, l'éclat des néons sur le tas de draps froissés. De la pointe du pied, il poussa la porte. Elle pivota sur ses énormes gonds, puis s'immobilisa, pas tout à fait fermée.

– L'heure de la sortie approchait quand Todd Hackett entendit un grand tohu-bohu sur la route devant son bureau[1], chuchota-t-il.

---

1. Première phrase de *L'Incendie de Los Angeles* de Nathanael West, traduction de Marcelle Sibon (Seuil, 1962).

Jason appela Sharon dès qu'il sortit. Ce faisant, il enfreignait leurs règles : pas d'appel chez elle, pas d'appel à proximité de la Carcasse. Mais, après le tribunal, Jason éprouvait le besoin de la voir ou au moins d'entendre sa voix.

– J'ai envie de passer, dit-il.

Il entendait les bruits autour d'elle. Les rires enregistrés d'une sitcom, les voitures qui roulaient dans la rue, les enfants qui jouaient dehors.

– Tu sais que c'est impossible, dit Sharon.

– Il ne sera pas de retour avant plusieurs heures.

Après le tribunal, Hendricks s'était douché et Jason l'avait croisé dans la salle de repos, en tee-shirt, expliquant à quelqu'un qu'il comptait se rendre dans le gymnase d'un certain Maurice.

– Je peux te retrouver quelque part, dit Sharon.

– Non. Je veux venir chez toi. S'il te plaît.

Un autre silence.

– D'accord.

Quand Jason arriva, les enfants quasi sauvages du quartier de Sharon faisaient les fous en pleine rue sur leurs vélos aux chaînes rouillées et aux pneus à moitié dégonflées. Le plus âgé était torse nu et il avait fixé sur son guidon un fusil à air comprimé qui pointait comme une lance. De sa main libre, il tenait par les pattes un corbeau mort. Le sang dégoulinait des ailes déployées, laissant une traînée rouge sur le bitume.

Convaincu que ces enfants se souviendraient de lui à cause de sa taille, Jason gara son pick-up au bout d'une allée en terre, parmi les hautes herbes. Puis il marcha jusqu'au portail à l'arrière de la maison de Sharon, se retournant pour lancer un dernier coup d'œil au pick-up – pas tout à fait caché, mais avec la nuit qui tombait on ne risquait pas de le remarquer. Finalement, il décida de frapper à l'avant. Une question de fierté. De toute façon, ça n'avait plus d'importance, la bande de gamins sur leurs vieilles bécanes s'était éloignée et aucun voisin ne prenait l'air sur sa galerie.

Sharon s'empressa de lui ouvrir et de le faire entrer. Elle portait une robe d'intérieur au tissu si fin qu'il sentit tout de suite la chaleur de son corps irradier à travers le coton.

– Qu'est-ce qui ne va pas ? demanda-t-elle.

Il avait échoué à protéger Huddles et il avait peur des conséquences de cet échec, voilà. Mais bien sûr il ne pouvait pas en parler à Sharon, alors il s'affala sur une des chaises de la cuisine et, la tête penchée en arrière, il laissa le souffle du climatiseur le rafraîchir.

– Tout va bien, dit-il.

Un mensonge. Il posa ses mains autour de la taille de Sharon, enfouit son visage contre son ventre. Elle lui caressa les cheveux, ses doigts comme un râteau séparant les mèches noires des mèches grises, puis l'emmena dans la chambre.

Après ça, ils s'assirent de nouveau à la table de la cuisine. Sharon lança un regard vers la porte d'entrée pour s'assurer qu'elle était verrouillée. Jason savait qu'ils faisaient preuve d'imprudence, mais il n'avait pas envie de quitter cette cuisine si confortable, son four où mille plats avaient cuit, sa table où mille conversations de fin de soirée s'étaient déroulées. Il imaginait des couples discutant de leurs affaires familiales – espoirs pour l'avenir, craintes liées au présent – tout en glissant dans des enveloppes des chèques destinés à régler leurs factures. Au lieu de se sentir coupable, il était rongé par la jalousie. Hendricks possédait tout ça tandis que Jason allait devoir retourner à sa piaule minable au-dessus des pompes funèbres, son minuscule coin cuisine, son micro-ondes. Son lit où aucune femme ne s'allongeait jamais.

Il en vint à se demander si c'était vraiment lui que Sharon désirait, ou juste une alternative à sa vie avec Sir Hendricks. Peut-être que l'amour, c'était simplement la gratitude qu'on éprouve envers ce qui vous sauve. Si Jason avait été un homme normal, il ne se serait pas autant inquiété à ce sujet. Parfois, ça aidait de se rappeler que les femmes souffraient d'insécurités similaires. Il n'avait qu'à repenser à la façon timide dont les lycéennes observent les garçons qu'elles admirent, attendant que ceux-ci daignent abandonner leurs activités viriles pour enfin s'intéresser à elles. Comment expliquer que ces filles ignorent à tel point leur pouvoir, ne sachent pas que d'un regard ou d'une pression de la main elles peuvent rendre fous les garçons, les faire renoncer à leur bière et à leurs pitreries et se damner pour leurs corps ? Un jour, il en avait parlé à Sharon, mais elle s'était contentée de sourire.

– Avoue que c'est vrai, avait-il insisté.

– Peut-être. Mais les filles ne sont pas comme ça. En tout cas pas à cette âge-là.

– Parce que vous n'avez pas encore compris.

Il espérait la faire promettre de ne jamais utiliser ce pouvoir-là sur lui, mais n'avait eu droit qu'à un sourire énigmatique.

– Tant mieux pour vous, avait-elle répondu. Vous seriez foutus.

Un bruit dans le jardin arracha Jason à ce souvenir. Sharon s'avança vers la fenêtre et entrouvrit le store avec ses doigts.

– C'est probablement juste ce chien dont tu me parlais, dit Jason bien qu'il ait reconnu le grondement du pick-up de Sir Hendricks.

Il était tout débraillé ; sa chemise pendait hors de son pantalon et les caresses de Sharon l'avaient décoiffé. S'arrangeant un peu, il ouvrit la porte-moustiquaire de la cuisine et sortit dans la fraîcheur nocturne au moment où Sir Hendricks arrivait devant la maison avec à la main une épée bâtarde en bois et, sous son aisselle gauche, une claymore en bois aussi longue que le corps de Jason. La lame de la claymore cognait contre le bouclier accroché à son avant-bras.

Quand Sir Hendricks le vit, Jason se figea. Hendricks ne dit rien, regardant Jason comme si son cerveau n'arrivait pas à trouver la moindre explication plausible à sa présence ici. Toujours aussi silencieux, il contourna Jason, monta sur la galerie et ouvrit la porte-moustiquaire en serrant très fort le manche de l'épée bâtarde.

– Attends, dit Jason.

Hendricks redescendit de la galerie, jeta l'épée bâtarde et le bouclier aux pieds de Jason. Ils s'entrechoquèrent sur l'herbe sèche.

– Ramasse-les, dit Hendricks.

Jason repoussa l'épée du bout de sa chaussure et leva les mains en signe de capitulation. Pas question de se laisser humilier. Si Hendricks voulait prendre la claymore et briser tous les os de son corps, Jason ne pourrait pas l'en empêcher, mais en revanche il n'accepterait pas de se ridiculiser, d'être un homme de la taille d'un enfant qui se bat pour de vrai avec une épée et un bouclier en bois.

– Ramasse-les, répéta Hendricks.

– Sharon n'est pas un putain de trophée.

Hendricks écarta les pieds, saisit la claymore coincée sous son bras et la brandit en l'air. Ne lui restait plus qu'à l'abattre sur le crâne de Jason…

– Tu es rentré plus tôt que prévu, dit Jason. C'est Ferris Gilbert qui t'a vendu la mèche, n'est-ce pas ?

Sir Hendricks ne répondit pas. Il pleurait, des larmes de rage, mais jamais il n'aurait lâché l'épée pour sécher ses joues dégoulinantes.

– Je vais te défoncer le crâne.

– J'espère que tu as conscience qu'on se sert de toi.

Jason se pencha et ramassa le bouclier. Au bout de quelques secondes, il comprit comment attacher les sangles à son avant-bras, mais en revanche il renonça à prendre l'épée – il aurait eu trop honte.

Hendricks asséna un coup puissant sur le bouclier. Le choc remonta le bras de Jason qui le sentit jusque dans son oreille. N'ayant pas la force de relever le bouclier, il ramassa l'épée et la pointa vers Hendricks. Ce dernier recula d'un pas, amusé par ce chevalier miniature.

Hendricks s'apprêtait à frapper à nouveau, mais Jason fut plus rapide, l'atteignant à la cuisse. Hendricks vacilla, puis répliqua en frappant le bras de Jason qui tenait l'épée, laquelle s'envola à l'autre bout du jardin. Le bras de Jason se mit immédiatement à saigner et à gonfler ; la douleur était telle qu'il tomba à genoux. Ne montrant aucune pitié, Hendricks abattit la claymore sur l'épaule droite de Jason, qui s'écroula à ses pieds.

– Petit salopard, dit Hendricks en brandissant une fois de plus la claymore.

Rassemblant ses dernières forces, Jason souleva son bouclier. Le coup de Hendricks le brisa en morceaux – ils volèrent de tous les côtés. Ne restaient plus que quelques éclats de bois pendouillant aux sangles autour du bras de Jason. Un bras désormais cassé.

La porte-moustiquaire claqua et Sharon, pieds nus, traversa le jardin. La voyant approcher, Hendricks baissa son épée. Sharon la lui arracha des mains et la jeta contre la clôture.

– Tu es fou, dit-elle. Tu es complètement cinglé.

Elle palpa la cage thoracique de Jason pour vérifier l'état de ses côtes, puis toucha son bras blessé. La vision de Jason se brouilla et il cria de douleur. Sharon s'écarta, effrayée, tandis que Jason essayait de bouger ce bras qui ne répondait pas. Sharon le prit par la taille pour l'aider à se relever.

– J'arrive pas à y croire, dit Hendricks en pointant vers Jason. J'arrive pas à croire que t'aies pu baiser ce machin.

– Mon bras est cassé, dit Jason à Sharon.

– Ça va aller, lui répondit-elle.

Elle le serra contre elle puis, poussant un petit grognement, le souleva tel un jeune marié qui porte son épouse au moment de franchir le seuil de leur logis. Jason passa son bras indemne autour du cou de Sharon. Il aurait pu et peut-être dû marcher tout seul ; chaque pas de Sharon faisait vibrer douloureusement sa fracture, et quand elle se pencha pour ouvrir le portail, la secousse lui causa une souffrance atroce. Pourtant, l'idée qu'elle le porte lui plaisait. C'était sa seule victoire sur Sir Hendricks.

– Où es-tu garé ? demanda Sharon.

– Juste un peu plus loin.

Elle avança dans les hautes herbes derrière la maison.

– Où sont tes clés ?

– Dans la poche de mon pantalon.

– Il faut que je te lâche.

Elle reposa Jason par terre et fouilla dans la poche jusqu'à ce qu'elle trouve les clés. Puis elle l'aida à s'asseoir sur le siège passager. Hendricks les rejoignit, attrapa la manche de la robe de Sharon. Reculant contre le capot du pick-up, elle le gifla.

– Ne me touche pas, dit-elle. N'essaie même pas de me toucher.

Sharon s'assit derrière le volant et démarra, abandonnant Hendricks au bord de l'allée. Jason ne regardait pas Sharon mais l'entendait pleurer. Agripper le manche de l'épée lui avait fait mal aux paumes, et les éclats de bois sous sa peau le piquaient. Il essaya de retirer une des échardes avec ses doigts, mais Sharon prit sa main dans la sienne au moment où ils s'engageaient sur la route étroite qui menait en ville.

Troisième partie

LA VEILLÉE

16

Terry emporta au gymnase les baskets qu'il avait empruntées et oublié de rendre avant son séjour à l'infirmerie. Jason Felts ayant soudain disparu de la circulation, les chaussures lui fournissaient un prétexte pour parler à Huddles et déterminer si le danger qu'il pressentait était réel ou s'il devait chasser ses pensées paranoïaques. Après tout, rien ne prouvait que la disparition de son père et de Davey était liée aux Gilbert. Son père était probablement parti se cuiter quelque part ; quant à Davey, l'explication s'avérerait sûrement plus simple encore. Le cœur brisé par le départ de Terry, pourquoi serait-il resté isolé dans la forêt quand il était si facile de trouver de la compagnie pour se shooter ? Ça faisait mal de penser que Davey croyait peut-être que Terry l'avait trahi, abandonné, mais ça valait mieux que l'alternative : imaginer Davey gisant dans les bois, la bouche remplie de feuilles mortes.

Comme d'habitude, les garçons de l'unité B étaient divisés en deux groupes distincts. Robison et Callan faisaient partie des torses nus ; leur peau trempée de sueur luisait sous les néons. Obliger Robison à jouer dans cette tenue se révélait particulièrement cruel. Dès qu'il courait, ses seins tremblaient et les couches de gras de son ventre s'entrechoquaient comme pour applaudir. Ça faisait rire Woods, quand bien même il était occupé à marquer un petit nouveau incarcéré pour avoir poignardé son frère avec un tournevis. Tout le monde dans l'unité B avait été impressionné, avant d'apprendre qu'il ne s'en était pris qu'à la jambe de son frère. Les garçons se mirent alors à le surnommer Petit Bobo.

Huddles n'avait pas encore choisi son équipe. Assis contre le mur, il nouait les lacets d'une paire de Converse vertes. Les languettes ne tenaient plus en place et une des semelles était à moitié décollée. Un précédent propriétaire avait essayé d'améliorer leur apparence en badigeonnant du correcteur blanc sur les coques de protection, mais ce n'était pas très probant. Ces baskets se désintégreraient probablement dès que Huddles se mettrait à courir.

Terry lui tendit les Air Jordan.

– Désolé d'avoir autant tardé à te les rendre.

Huddles les examina en silence, s'arrêtant sur une trace noire au bout de la chaussure gauche.

– Elles sont foutues, dit-il. Garde-les.

Terry se lécha le doigt et tenta d'effacer la marque. Le noir s'estompa, mais elles étaient éraflées.

– Elles sont encore en bon état, dit Terry. Ça vaut toujours mieux que celles qu'ils t'ont refilées.

Huddles ôta son tee-shirt ; des touffes de poils noirs jaillissaient de son sternum. Terry, lui, avait la poitrine aussi lisse qu'avant la puberté. En voyant celui de Huddles, il repensa au torse de Davey et aux bosses d'acné qu'il sentait sous l'épaisse toison. Terry tourna la tête pour que Huddles ne surprenne pas son regard.

– Si tu les trouves trop abîmées, je t'en achèterai une nouvelle paire, dit Terry.

– Comment tu feras ? Tu n'as personne pour te les apporter.

C'était le genre de réplique acerbe qu'affectionnait le père de Terry. Même la réaction de Huddles au silence gêné de

Terry lui évoqua son père : un soupir avant de s'essuyer le visage avec son tee-shirt, puis un sourire amer.

– Je suis désolé, dit Huddles. C'était salaud de ma part. Écoute, j'en ai rien à foutre de ces baskets. T'as qu'à les garder.

– OK.

– Je suis désolé, vraiment. (Huddles s'avança pour obliger Terry à le regarder.) Ici, tu t'es comporté comme un vrai ami avec moi. Tu méritais pas que je te parle comme ça.

– C'est pas grave, dit Terry.

Il faisait mine d'être plus blessé qu'il ne l'était, jouant la comédie comme autrefois avec Davey. C'était important pour lui de pouvoir croire à la sincérité des excuses de Huddles, et pas seulement parce qu'il craignait que Ferris Gilbert se serve de son frère pour se venger. Terry éprouvait de la sympathie envers Huddles, envers sa solitude et son profond besoin d'amitié.

– Tant que tu ne m'en veux pas, ajouta Terry.

– Je ne t'en veux pas.

Sur le terrain, les tee-shirts menaient au score. Callan ne lâchait pas Woods d'un pouce, profitant de sa plus grande taille pour le bousculer. Des boucles de cheveux humides collées au front, Callan récupérait tous les ballons qui rebondissaient sur le panneau. Robinson était déjà épuisé tandis que, alignés le long du mur, les gardiens trompaient l'ennui en tentant de pronostiquer l'issue du match.

– Vous jouez, bande d'enfoirés ? lança Woods en se repositionnant sur le terrain.

Huddles regarda Terry, pointa du doigt les Air Jordan.

– Alors, tu y vas ?

– C'est parti, dit Terry.

Il ôta son tee-shirt, un peu gêné de dévoiler ses côtes saillantes. Les garçons s'interrompirent le temps de les laisser se placer et Robison saisit l'occasion pour reprendre son souffle.

Terry rentra immédiatement dans le match : il prit le ballon des mains de Callan, fila vers le panier et marqua en exécutant un double-pas. Les gardiens le fixaient, il les entendait s'interroger : comment un maigrichon pareil pouvait-il être aussi rapide et efficace ?

Les torses nus regagnèrent leur moitié de terrain. Robison traînait la jambe, ses pas aussi lourds et bruyants que ceux d'un troupeau de bétail. Huddles avait le ballon ; Woods tenta une interception mais Huddles le baladait, dribblant tranquillement entre ses jambes. Terry aurait voulu que le match ne s'arrête jamais. Rien à l'extérieur du terrain n'avait plus d'importance. Dans ce rectangle, ses erreurs passées et leurs conséquences ne pesaient plus sur lui. Il ne risquait plus de finir comme son père, accablé de regrets.

Cet état de grâce ne dura pas. Il se retrouva à courir aux côtés de Davey, qui allait et venait sur le parquet avec de longues foulées souples. Cette apparition n'avait rien de réel, mais peu importe. Elle empêcha Terry de s'abandonner entièrement à son fantasme.

17

Prenant acte de la disparition de Jason Felts, Huddles passa les jours qui suivirent à entretenir des idées de meurtre. La fiole était cachée à l'intérieur de son caleçon. Malgré sa promesse de s'en débarrasser, il l'avait gardée, au cas où le plan de le faire transférer à Tiger Morton tomberait à l'eau. Si on découvrait ce poison sur lui, Huddles risquait d'être placé à l'isolement et de faire face à de nouvelles poursuites, mais tant pis : l'occasion de se trouver seul avec Terry pouvait surgir à n'importe quel moment, il ne faudrait pas la laisser passer. D'autant que Mitchum avait été très clair après le tribunal : Huddles empoisonnerait Terry, ou il aurait à en répondre à Ferris.

Sa première véritable opportunité vint pendant un cours. Terry demanda l'autorisation d'aller aux toilettes et Fitzgerald l'escorta jusqu'aux petits WC juste à côté de la salle de classe de Mme Miller. Assis près de la porte, Huddles aurait pu tenter de sortir discrètement tandis que Fitzgerald lisait son magazine, un dossier consacré aux guerres secrètes dans le désert. Mme Miller l'aurait probablement vu, mais il pouvait faire mine de consulter les étagères de livres juste à l'extérieur, puis s'engouffrer dans les toilettes et laisser la fiole sur le cadavre de Terry. Les gardiens se demanderaient comment ce dernier se l'était procurée, sans toutefois que ce suicide ne les surprenne plus que ça.

Mais Huddles ne bougea pas, et il finit par entendre la chasse d'eau. Il aimait bien ce gosse, même s'il n'aurait su dire pourquoi. Terry n'était pas particulièrement intéressant et certains de ses traits de caractère agaçaient Huddles. Il posait trop de questions, ne faisait jamais preuve du moindre recul sur les événements de la journée. Si quelqu'un disait quelque chose de drôle, Terry répétait la blague *ad nauseam*, jusqu'à en vider tout l'humour.

Pourtant, la présence de Terry agrémentait les repas. Au début, Huddles ne mangeait en sa compagnie que pour guetter l'occasion de verser le poison dans sa nourriture. Puis il s'était rendu compte que, malgré le vacarme de la salle, malgré les gardiens qui ne le lâchaient pas des yeux, s'assurant qu'il n'empoche pas un couteau ou une fourchette en plastique, les tables et les bancs métalliques glacés lui communiquaient une impression de solitude infinie. Une seule chose lui réchauffait le cœur : Terry.

Huddles n'arrivait pas à mesurer sa propre détermination. À certains moments de la journée, il se sentait tenu d'exécuter l'ordre de son frère : on ne pouvait pas faire confiance à Terry, mieux valait en finir, se protéger et protéger Ferris de la faiblesse de ce garçon. Mais alors il repensait à Terry tout malingre sur le terrain de basket-ball, ses côtes sur le point de lui transpercer la peau ; ou encore Terry le premier jour, avec ses chaussures trop serrées, bien plus inquiet pour le sort d'un pauvre corniaud que pour lui-même.

Chaque fois que Huddles se sentait prêt à renoncer à l'empoisonnement, l'image de son frère s'imprimait sur ses rétines. L'odeur de Ferris envahissait la cellule, son haleine putride, aussi violente que la toute première gorgée de bourbon que Huddles avait bue. Il repensait à la visite de Ferris, ses mains posées à plat sur la table du parloir. Si l'on exceptait les tatouages, c'étaient les mêmes que les siennes. À ces moments-là, Huddles n'avait qu'une envie, se ruer hors de sa cellule et vider le poison dans la bouche de Terry. Alors il s'adonnait à la méditation pour chasser ces pensées écartelées entre le meurtre et l'amitié, sans y parvenir vraiment : elles ne faisaient que le déchirer davantage.

L'absence de Felts eut un fort retentissement sur la vie de la Carcasse. Les rumeurs allaient bon train, alternant avec un silence oppressant. Accablés d'une étrange honte, les gardiens n'osaient plus s'envoyer des vannes. Dans les couloirs, tout le monde traînait les pieds. On n'avait plus revu Felts depuis deux jours quand Huddles surprit Beverly en train de pleurer juste à l'extérieur de l'unité B. Appuyée contre une des tables de ping-pong, elle sanglotait ; Fitzgerald dut la prendre par le bras et l'éloigner. C'était comme si on se tenait au bord d'un gouffre, d'un événement qui changerait à jamais leur vie à tous, sans que Huddles puisse anticiper de quelle façon il en serait personnellement affecté. La nuit, il examinait la fiole, la petite tache de lumière que le verre réfléchissait dans l'obscurité de la cellule.

Au dîner, Huddles se bourra de pain de viande, au contraire de Terry qui se plaignit de la lourdeur de ce plat – l'impression de remplir son ventre de ciment – et ne mangea que deux ou trois bouchées de salade de petits pois avant de terminer par une granny smith talée. Huddles ne s'était pas encore complètement remis de son audience au tribunal. Cinq jours après, la peur restait tapie au fond de lui. Il avait besoin d'un peu de distraction. Heureusement, les gardiens organisaient un tournoi de basket à la fin de la semaine. Les garçons qui avaient participé au précédent prenaient ça très au sérieux. On était censé former les équipes sur le terrain, de façon spontanée, mais en réalité des négociations secrètes se tenaient d'ores et déjà – on échangeait des faveurs contre les meilleurs joueurs.

Terry en parla pendant tout le dîner, surexcité à l'idée de pouvoir montrer de quoi il était capable.

– Qui on va prendre comme ailier fort ? demanda-t-il.

– Je ne sais pas, répondit Huddles. Robison est trop gros pour courir convenablement, mais sous le panier il est plutôt bon. Y a des gars costauds, dans l'unité A. Petit Bobo, peut-être ?

– Ouais, pourquoi pas, dit Terry en embrochant un petit pois avec sa fourchette.

Si on avait demandé à Huddles à quel moment il avait senti un lien se créer entre Terry et lui, il aurait répondu : sur le terrain de basket. Leur seule occasion de contact physique, c'était l'heure réservée au sport, et encore, l'échauffement qu'on obligeait les garçons à faire volait beaucoup de temps au match. Alignés le long du mur, ils accomplissaient des exercices dictés par les cartes qu'ils tiraient. Après quoi Fitzgerald sortait le ballon et la moitié des gars retiraient leur tee-shirt. Huddles préférait jouer torse nu. Il aimait sentir le souffle de la climatisation sur sa peau. Depuis qu'il lui avait fait cadeau des chaussures, Terry jouait dans son équipe, comme si sa gratitude devait se traduire par une allégeance éternelle. L'équipe adverse n'hésitait pas à les charrier à cause du don des Air Jordan, mais peu importe, ça valait le coup d'avoir Terry à ses côtés. Dès que Terry touchait le ballon, il devenait un autre homme – finie la passivité. Ses jambes n'étaient pas bien grandes, mais ça ne l'empêchait pas de virevolter à travers la défense des tee-shirts, puis de réaliser des interceptions d'une telle grâce que Huddles en vint à saisir enfin le sens du mot « beauté ». Étrange que ça lui arrive ici, entre ces murs, et qu'il ne s'en soit jamais approché dans la montagne.

Huddles aurait voulu que Terry s'affirme aussi en dehors du terrain de basket, mais la plupart du temps il ne projetait que de la faiblesse. En cours, il était beaucoup trop sérieux, buvant les paroles de Mme Miller. Huddles l'engueulait, lui expliquait que s'il ne s'endurcissait pas, un des garçons de l'unité B finirait par lui éclater la tête contre une colonne en béton, mais Terry ne semblait pas en mesure de le comprendre. Il continuait à pleurer la nuit, mais pas les sanglots épouvantables que Huddles avait entendus les premiers temps. Plutôt des gémissements étouffés, audibles seulement parce que Huddles les guettait. À ces moments-là, Huddles se disait qu'empoisonner Terry serait faire œuvre de clémence, mais dès que le jour se levait il recommençait à hésiter. Jamais il n'avait eu de véritable ami auparavant ; qu'adviendrait-il de lui s'il tuait le premier ?

– Des nouvelles de ton chien ? demanda Huddles.

Les poumons de Terry se vidèrent, comme si on venait de lui donner un coup de poing dans le ventre. Toujours cette faiblesse, se soucier d'autrui au point de s'en rendre malade. Huddles aurait voulu le débarrasser de cette tare.

– Je te comprends, dit-il. Le pire, c'est de ne pas savoir.

Sir Hendricks s'approcha de leur table alors que Huddles avalait la dernière bouchée du pain de viande de Terry. Hendricks n'avait pas fière allure ; plaies toutes fraîches sur ses bras couverts de cicatrices, yeux rougis par des nuits sans sommeil, uniforme repassé moins impeccablement que d'habitude.

– Suis-moi, Huddles. Ton avocat veut te voir.

Mitchum débarquant sans prévenir, ça signifiait que Ferris avait un message urgent, du genre qui ne pouvait pas être transmis par téléphone. Terry leva les sourcils d'un air interrogateur ; Huddles lui répondit par un haussement d'épaules, avant de suivre Hendricks jusqu'à la porte. Ils attendirent que la salle de contrôle déclenche l'ouverture, puis passèrent devant la salle de classe et arrivèrent au parloir. Assis à une table, Mitchum portait un de ses éternels blazers en seersucker. Des boutons en onyx alourdissaient les manchettes.

Une cravate à motif cachemire démodée depuis plusieurs décennies était fixée à sa chemise par une épingle sertie d'un diamant.

– Comment ça va, mon grand ? demanda Mitchum en souriant de toutes ses fausses dents.

– Je suis toujours en taule.

Dès que Hendricks sortit de la pièce, l'expression et la posture de Mitchum devinrent moins chaleureuses. Prêt à passer aux choses sérieuses, il se cala contre le dossier de sa chaise et prit une profonde inspiration qui fit un bruit de crécelle dans sa poitrine.

– On commence à douter de ta détermination.

– Vous avez vu combien de caméras il y a dans cet endroit ? rétorqua Huddles.

– Ferris ne m'a pas envoyé ici pour écouter tes excuses de merde.

La voix de Mitchum monta légèrement de volume, assez pour que Huddles se fasse une idée du feu qui avait pu animer cet homme dans sa jeunesse. À l'époque, il ne devait pas autant se cacher derrière des airs bonhommes.

– À cause de ton inaction, reprit Mitchum, Ferris court le risque de passer le restant de ses jours en prison.

– Il n'a pas parlé et il ne parlera pas.

– Tu crois que c'est ce que Ferris a envie d'entendre ? Tes putains de certitudes ? Tu veux que je retourne lui dire ça ?

Huddles ferma les yeux et son frère lui apparut comme il lui apparaissait toujours : torse nu, courant à travers les bois peu après sa sortie de prison, s'agenouillant et plongeant ses mains dans la terre, puis les frottant jusqu'à ce que la poussière et lui ne fassent plus qu'un. Ce sol pauvre, Ferris l'aimait avec la force de quelqu'un qui a passé sa vie dans une cage de béton.

– Tu as jusqu'à la fin de la semaine, dit Mitchum.

18

Quand Hendricks lui annonça que le nouveau shérif l'attendait, Terry se dit qu'il allait enfin devoir répondre du meurtre de Thompson. Et cette pensée suscita une réaction étrange chez lui, séparant son esprit et son corps. Sa chair paniqua tandis que son âme fut aussitôt soulagée. Fini d'attendre l'inévitable confrontation. L'heure de la résolution était arrivée. Celle de la punition, aussi. Du moins le croyait-il. Dès qu'il vit que Sir Hendricks le conduisait dans une des salles réservées aux séances de groupe, Terry sut qu'il ne s'agissait pas du meurtre de Thompson. Cette salle était un endroit apaisant qu'on réservait aux mauvaises nouvelles. Les murs pastel étaient tapissés d'affiches encourageantes où des aigles s'élevaient au-dessus de nuages cotonneux et où l'on pouvait lire en gros caractères des slogans comme UN ESPRIT SAIN DANS UN CORPS SAIN. S'ils voulaient lui arracher une confession, ils ne l'auraient pas emmené dans un endroit aussi gentillet.

Le nouveau shérif se leva quand Terry entra. Elle avait attaché ses cheveux – une tresse qui lui tombait entre les épaules – et ne s'était pas maquillée. Seul ornement féminin qu'elle s'autorisait : le vernis nacré sur ses ongles courts. Même le col du chemisier de son uniforme était boutonné. Elle adoptait une attitude plus professionnelle que Thompson. L'ancien shérif avait pour lui sa grande gueule et son charisme, mais de cette femme émanait une autorité plus forte.

Elle désigna la chaise de l'autre côté de la table. Terry s'assit tout en devinant exactement quels mots elle s'apprêtait à prononcer.

– Monsieur Blankenship, dit-elle en joignant les mains pour cacher leur tremblement.

Habitué à être traité comme un gamin, Terry s'étonna qu'elle s'adresse à lui de cette façon.

– Je m'appelle Eliza Hood.

La gorge nouée, il était déjà au bord des larmes.

– Ce matin, reprit le shérif, un de mes adjoints a retrouvé le corps de votre père dans son pick-up à Bradshaw Hollow. Je suis désolée.

Terry imagina son père derrière le volant, une bouteille coincée entre ses cuisses, ses paumes tournées vers le ciel, ses doigts recroquevillés telles les pattes d'un vieux cadavre d'araignée. De la terre sous ses ongles – et crottant ses semelles, aussi, car il serait descendu de sa bagnole pour pisser dans un fossé. Si seulement Terry pouvait croire que son père s'était évanoui avant de mourir asphyxié, la faute à un pot d'échappement obstrué par la boue. Mais bien sûr c'était tout sauf un accident. Fallait-il y voir un message de Ferris Gilbert, un avant-goût de la fin qu'on lui promettait ?

Confronté au décès de son père, Terry ne savait pas quoi ressentir. Il se revoyait assis avec lui dans le jardin à l'arrière, tandis que Roscoe courait en rond autour d'eux en essayant d'attraper des bourdons. Ils écoutaient les grillons, le crépuscule approchait et l'ombre de la montagne recouvrait la pelouse. Un autre souvenir : son père complètement saoul, vautré dans son fauteuil, grommelant qu'il aurait préféré un fils mort qu'un fils aussi décevant. Deux souvenirs, deux faces d'un homme qui, incroyablement, n'existaient plus ni l'une ni l'autre.

– Combien de temps est-il resté comme ça ? demanda Terry.

Voyant que Terry n'allait pas s'effondrer, le shérif Hood prit un ton neutre, soulagée de ne pas avoir à montrer de compassion – l'empathie ne devait pas être son fort.

– Quelques jours. Il y avait beaucoup de canettes de bière dans le pick-up. Et une bouteille de vodka, vide.

– Sa bagnole est toujours pleine de canettes.

Depuis qu'il avait six ans, Terry s'employait à cacher ces canettes vides sous les sièges, en cas de contrôle de police. Beaucoup de choses avaient pu tuer son père, mais se cuiter à mort n'était pas son style. S'il avait voulu mettre fin à ses jours, il aurait terminé la bouteille puis collé son .38 sous son menton. Non, cette mort-là était signée Ferris Gilbert.

– Est-ce que mon chien était avec lui ?

Le shérif Hood fronça les sourcils.

– Personne n'a vu de chien. On a ordonné une autopsie.

– À quoi ça va servir de le charcuter ? Si vous voulez vous rendre utile, retrouvez mon chien.

– Comment savez-vous que ça ne servira à rien ? demanda le shérif.

Terry se leva pour partir, mais Hood se leva en même temps que lui. Plus petite que Terry, elle devait incliner la tête en arrière pour le regarder dans les yeux.

– Je reviendrai vous voir dans quelques jours. Réfléchissez, vous aurez peut-être quelque chose à me dire.

Pris de pitié, les gardiens autorisèrent Terry à se doucher une seconde fois. Ils l'avertirent que Beverly passerait dans la soirée pour discuter des modalités d'une permission. Si elle la lui obtenait, il pourrait assister aux funérailles de son père. Terry s'en fichait. Il voulait juste se laver. Pleurer là où personne ne pourrait l'entendre.

En arrivant à la Carcasse, Terry s'attendait à ce que les douches consistent en une rangée de pommeaux rouillés sous lesquels une masse de jeunes corps se frictionneraient en vitesse, pressés d'en finir à cause de la pression trop faible de jets d'eau trop froide. L'idée de se retrouver nu parmi tous ces autres garçons nus l'effrayait. Que se passerait-il si son corps réagissait ? Ça lui rappelait un film où un type se faisait lyncher dans des circonstances de ce genre, sous le regard amusé des gardiens tandis que son sang coulait vers la bonde. Mais la réalité n'avait rien à voir avec le cinéma. La douche était un des rares moments agréables de ses journées.

Chaque section de cellules disposait d'une pièce avec une cabine de douche en inox où les détenus pouvaient se doucher seuls. Un gardien se tenait devant la porte pendant que Terry profitait de ses cinq minutes chrono. Ça ne semblait pas suffisant pour rincer ses cheveux shampouinés, mais à l'intérieur du cocon de la douche le temps ralentissait. Chaque fois que Terry fermait les yeux, il voyait son père mort dans le pick-up, les mouches sur son visage, son corps gonflé prêt à exploser. Il aurait dû en être malade, pourtant de cette image se dégageait une certaine sérénité. Ça valait mieux que d'imaginer son père saoul, donnant des grands coups de volant et jetant des canettes vides par la vitre baissée tandis que Roscoe couinait de terreur. Roscoe, la seule angoisse que l'eau n'apaisait pas. Terry ne pouvait pas s'arrêter de penser aux oreilles martyrisées du chien. Il se sécha et enfila son survêtement.

Quand il réintégra sa cellule, Terry trouva Huddles assis sur le lit, un livre ouvert posé sur son genou poilu, les Air Jordan à côté de lui.

– J'ai appris pour ton père, dit Huddles. Je suis désolé.

Ses condoléances semblaient sincères, mais Terry savait qu'il devait se méfier. Il se demanda si la gentillesse de Huddles n'était qu'un moyen pour mieux se rapprocher de lui et sentir si oui ou non il garderait le silence. De son côté,

Terry avait préféré ne pas mentionner Ferris à Huddles, rêvant d'une amitié sans arrière-pensées. Or, maintenant, il comprenait que les circonstances ne lui accorderaient pas un tel luxe.

– Tu es vraiment venu pour me dire ça, ou tu as quelque chose à me demander ? dit Terry.

– Je veux savoir ce que tu as fait pour mon frère.

Bien qu'il ait passé beaucoup de temps à anticiper cette question, Terry n'éprouva pas la peur à laquelle il s'attendait. Pas de jambes vacillantes, pas d'estomac noué. Ce qui le préoccupait, c'était les gouttes dans les replis de sa peau que la serviette avait manquées. Il n'avait qu'une envie, terminer de se sécher.

– Tu croyais que je ne l'apprendrais pas ? demanda Huddles. Tu croyais que mon frère n'exigerait rien de moi ?

Si Terry criait, Fitzgerald arriverait en courant. Seulement il ne voulait pas crier. Il voulait enfin se libérer, prononcer les mots :

– J'ai abattu le shérif Thompson. Sur l'ordre de ton frère.

Huddles sauta du lit ; son livre tomba par terre.

– Qui d'autre est au courant ?

Terry se baissa pour ramasser le livre et sentit aussitôt la main de Huddles lui empoigner une touffe de cheveux humides.

– Pourquoi tu as pris le risque de te faire arrêter, espèce de con ? chuchota Huddles.

Terry lança un regard à l'extérieur de la cellule. Dans la salle commune, les garçons reluquaient des majorettes qui sautillaient à la télé. Assis à la table, les jambes croisées, Hendricks lisait un magazine. Avec son autre main, Huddles serra la gorge de Terry.

– Tu vas nous causer du souci ?

Il relâcha un peu son étreinte pour laisser Terry grogner une réponse.

– Salopards, c'était pas la peine de tuer mon père.

– Mon frère n'a rien à voir avec ça. Je te repose la question : qui d'autre est au courant ?

– Jason Felts.

Terry se sentit faible. Il s'écroula, s'agenouilla devant Huddles alors que des larmes lui brouillaient la vue.

– Tu as raconté ça au nain ?

– Je lui ai demandé de transmettre une lettre à quelqu'un. Il a compris tout seul.

Terry toussa, puis l'air passa dans sa trachée, un air brûlant qui emplit ses poumons douloureux. Plutôt que de se relever, il attendit, s'abandonnant à Huddles. Quelque part, il avait envie que Huddles en finisse avec lui, voie sa peau devenir bleue, sente le froid envahir son corps puis son cœur cesser de battre.

– Est-ce qu'il parlera ? demanda Huddles.

Terry manquait d'oxygène pour répondre, mais il secoua la tête. Tout à l'heure, il avait entendu la rumeur qui circulait parmi les gardiens : apparemment, Felts baisait la femme de Sir Hendricks. Pour le reste, les opinions variaient : certains disaient que Jason s'était réfugié chez son oncle, d'autres qu'il avait carrément quitté Lynch.

– À tous les coups, il ne reviendra même pas.

– Tu es sûr ? demanda Huddles.

– Et puis il m'a déjà aidé.

– De quelle façon ?

– Quand je bossais sur le chantier de son oncle, il a été gentil avec moi. Comme s'il se sentait responsable…

Terry n'avait pas la force de se lever. Tout ce qu'il souhaitait, c'était s'allonger sur le sol, sentir le béton froid contre son corps humide. Huddles se pencha au-dessus de lui et sortit une petite fiole. Terry le savait, le liquide à l'intérieur ne mettrait que quelques secondes à le tuer. Il imagina son propre cadavre, de la bave au coin des lèvres. Pourtant, au lieu de paniquer, il ressentit le désir d'ouvrir la bouche et d'avaler ce poison.

– Allez, vas-y, dit Terry. Vous m'avez déjà tout pris, bande d'enfoirés.

Huddles pressa la fiole contre les lèvres de Terry. Terry ouvrit la bouche, ferma les yeux et attendit que le liquide touche sa langue et que commencent le néant et le silence éternels, mais il ne sentit rien d'autre que le verre froid contre son menton. Il rouvrit les yeux et vit Huddles reculer puis s'asseoir au bord du lit

– Je dois te tuer, dit Huddles. Je devais te tuer il y a déjà quinze jours.

– Traîne pas, c'est tout ce que je te demande.

Huddles prit une des Air Jordan, la retourna dans sa main.

– Je t'aime bien, Terry.

Huddles reposa la chaussure. Sa main gauche tenait encore la fiole, qu'il tapota contre son genou.

– Je n'avais encore jamais eu d'ami, et je n'ai pas envie de passer le restant de mes jours ici.

– Si tu ne le fais pas, Ferris nous tuera tous les deux, dit Terry. Il a tué mon père. J'ai aucun doute là-dessus.

– Je sais. Felts était censé obtenir mon transfert à Tiger, m'éloigner de toi.

Le problème, c'était donc cette proximité. Tant qu'ils resteraient tous les deux incarcérés à la Carcasse, ils ne pourraient pas échapper à l'ombre de Ferris, et à la conclusion que celui-ci avait écrite pour eux. Huddles finirait par céder à ses exigences. Terry fixait le mur en parpaings. De l'autre côté, il y avait les cornouillers et les montagnes, l'odeur de l'herbe tondue et de la sève. Malgré tout ce qu'il avait perdu, il rêvait de retrouver ces choses-là.

– Et si je disparaissais ? demanda Terry.

– C'est bien ce qu'il espère.

– Non, je veux dire : et si je me faisais la malle ? On m'accordera peut-être une permission de sortie pour les funérailles de mon père. Je pourrais m'enfuir, disparaître à tout jamais.

Huddles secoua la tête.

– Dehors, tu seras encore plus en danger. Ferris ne te laissera aucune chance. Pour mettre la main sur toi, il n'hésitera pas à foutre le feu aux pompes funèbres. Et ça changera rien au fait que je lui aurai désobéi.

– Alors c'est moi qui vais le tuer.

– Attention, dit Huddles en le menaçant du doigt, c'est de mon frère que tu parles.

– Un frère qui exige que tu commettes un meurtre. Tant qu'il sera en vie, ni toi ni moi on sera en sécurité.

– De toute façon tu n'y arriverais pas. Un petit freluquet comme toi, tu n'as aucune chance contre lui.

– J'ai déjà tué, ne l'oublie pas.

Huddles secoua la tête.

– Si on te laisse vraiment sortir, mieux vaut encore t'enfuir. Tiens-toi à l'écart de la civilisation. Ne fais confiance à personne. Il va te traquer.

Terry s'approcha du lit. Huddles ne leva pas les yeux, les garda rivés sur les pieds nus de Terry.

– Ça reste mon frère. Je ne peux pas te demander de lui faire du mal.

Plus tard, Beverly passa lui présenter ses condoléances. Terry craignait qu'elle sente ce qui s'était passé dans la cellule quelques heures plus tôt. Devant elle, il se retint de masser son cou endolori, tout en espérant qu'aucun bleu n'apparaisse. Il avait vu Huddles coincer le poison sous l'élastique de son bas de survêtement, mais ça ne l'empêchait pas de lancer des regards discrets dans tous les coins de la pièce, au cas où la fiole serait tombée parmi les cadavres d'insectes.

– J'ai téléphoné aux pompes funèbres, dit Beverly. La veillée aura lieu jeudi soir, les funérailles vendredi. Je ne pourrai peut-être pas t'obtenir une permission de sortie pour les deux.

Il fixa les Air Jordan, qu'il avait enfilées sans mettre de chaussettes. Beverly tapota son stylo contre son bloc-notes pour capter l'attention de Terry, puis reprit :

– Si jamais tu dois choisir, qu'est-ce que tu préfères ?

– La veillée.

– Moins de monde, dit Beverly en écrivant sur la feuille.

La nuit, pensa Terry.

19

Pour la séance de Huddles, Beverly se présenta seule. Plus besoin d'affronter le regard de Felts. Juste Beverly, ce bloc-notes jaune en équilibre sur son genou, ce pied qu'elle n'arrêtait pas de remuer et qui obsédait Huddles, même si au moins elle ne mâchonnait plus constamment le bouchon de son stylo.

– Comment te sens-tu ? demanda-t-elle.

– Je ne sais pas, répondit-il en haussant les épaules. Il va revenir, le nain ?

Un éclair traversa les yeux de Beverly, comme si elle se retenait de se pencher par-dessus la table et de lui coller une gifle. Huddles se dit que, pour faire tomber son masque professionnel, il en faudrait sans doute beaucoup moins qu'il ne l'avait cru.

– Ça me surprend pas tant que ça, dit-il.

Elle écrivit quelques mots, puis lui demanda :

– Pourquoi ?

– Tous les jours il devait se battre.

Elle écarquilla les yeux, mais continua à noter.

– Explique-toi.

Huddles pensa à Shane, son crâne brisé par les garçons de Bradshaw Hollow. Il pensa au corps de Ferris, svelte et musclé après sa sortie de prison, et à la vitesse à laquelle la bière lui avait ramolli le ventre. Tout s'abîmait, même les montagnes si on leur laissait suffisamment de temps ou si les hommes s'en mêlaient avec leur dynamite. Bientôt, il n'en resterait plus que des graviers, plus rien n'empêcherait le soleil de brûler le fond des vallées. Il ne resterait plus que des mines abandonnées pleines de déchets toxiques, des puits à l'eau empoisonnée, des squelettes d'animaux englués dans des cloaques chimiques.

Huddles pensa au plan ridicule échafaudé avec Terry. Pour la première fois, quelque chose comptait davantage dans sa vie que la loyauté familiale, mais à quoi cela le mènerait-il ?

– Je voulais dire que parfois les choses changent.

Il la regarda noter ça, aussi.

20

Le parking des pompes funèbres était presque vide. Juste quelques pick-up garés devant le bâtiment, à côté du corbillard. Une poignée de gens s'approchaient du directeur qui les saluait un par un avant de les laisser entrer. En regardant cette petite assemblée sinistre à travers les vitres embuées du fourgon, Terry eut envie de demander à Sir Hendricks de le ramener directement à la Carcasse. Que si peu de monde assiste à la veillée mortuaire de son père, ça ne le surprenait pas. La boisson avait isolé le vieil homme, ne demeuraient que les plus alcooliques parmi ces amis. Des mineurs au chômage, des handicapés subsistant grâce aux aides sociales, des expropriés qui campaient aujourd'hui au bord de la rivière et en temps normal ne mettraient jamais les pieds à l'église. De toute façon, cette veillée ne revêtirait aucun caractère religieux. Son père étant mort dans l'impiété la plus totale, les pompes funèbres avaient même retiré le crucifix sur la porte d'entrée. Un égard assez étonnant pour une ville aussi bigote, pensa Terry.

Assis dans la cage à l'arrière du fourgon, il portait le costume trois-pièces fourni par Beverly. Elle avait oublié d'enlever l'étiquette ; Terry s'en voulait, le prix lui semblait bien trop élevé pour des vêtements qui ne serviraient plus jamais. S'il parvenait à exécuter son plan, il serait obligé de jeter le costume – trop facilement identifiable – dans les bois. Et, avant ça, il se débarrasserait de sa cravate bleu vif. Elle l'étouffait depuis qu'il l'avait nouée autour de son cou en quittant l'unité B. Il n'était pas habitué aux beaux vêtements, mais ces chaussures lui plaisaient. Des brogues noires qui lui donnaient l'air de quelqu'un d'important. Malheureusement, le cuir fin ne survivrait pas à l'ascension de la montagne. Quant au costume lui-même, il était plutôt pas mal. De la laine noire à fines rayures bleues assorties à sa cravate. La veste avait été retouchée pour qu'il ne nage pas dedans. Terry se demanda qui avait deviné ses mesures.

– Je vais t'enlever ces chaînes, dit Sir Hendricks. Mais tu dois me promettre de ne pas faire de conneries. Ça marche ?

Même si l'uniforme de Hendricks indiquerait clairement que Terry était un détenu, cette attention le toucha. Depuis que Jason avait disparu de la circulation, Sir Hendricks avait changé, révélant une douceur qu'aucun des garçons de l'unité B n'aurait soupçonnée. En installant Terry dans le fourgon, il avait même pensé à lui ôter sa veste et à la plier pour éviter qu'elle se froisse.

– Pas de conneries, dit Terry. C'est promis.

Hendricks ouvrit la cage et le détacha. Terry massa ses poignets engourdis par la pression des menottes, puis remit la veste.

– Dans un moment pareil, c'est normal d'avoir droit à un peu de répit, déclara Hendricks.

Le directeur les accueillit, engoncé dans un manteau boutonné de façon à lui contenir le ventre. Il serra un peu trop longuement la main de Terry, histoire de lui faire comprendre qu'il ne se réjouissait pas de la présence d'un délinquant dans son sanctuaire. Dans ces circonstances solennelles, il n'aurait pas osé le dire clairement, mais Terry reçut le message cinq sur cinq. En entrant, ils furent immédiatement assaillis par un mélange d'odeurs diverses. Celles des fleurs achetées grâce à des donations, des bougies parfumées aux agrumes qui brûlaient contre les murs, des bols de pot-pourri posés sur les tables du salon. Quand ils virent Terry, les gens détournèrent la tête. En fin de compte, il s'agissait surtout de vieux bonshommes qui avaient dû travailler avec son père dans sa jeunesse. Ceux qui l'avaient connu plus tard n'étaient pas venus, le mauvais caractère et l'alcoolisme de son père les ayant éloignés il y a déjà longtemps.

Tandis que Hendricks le suivait, que le tintement assourdissant des clés sur la grosse ceinture du gardien l'accompagnait, Terry entendait les chuchotements, savait qu'on le jugeait. Ces types avaient honte pour lui.

Sir Hendricks s'arrêta au seuil de la chapelle.

– À partir de là, je te laisse y aller tout seul.

Contournant un petit groupe, Terry pénétra dans la pièce et s'avança au milieu des bancs vides. Des enceintes invisibles diffusaient de la musique, des hymnes pour orgue que Terry ne reconnut pas. Tout lui paraissait faux, artificiel. Des instruments à cordes auraient mieux convenu, un concerto pour mandoline, une musique moins pompeusement sacrée. Le cercueil de son père était entouré d'arrangements floraux. Des chrysanthèmes, des tulipes et même des fleurs sauvages qui avaient déjà commencé à flétrir – leurs tiges sèches courbées en signe de supplication. Terry longea la moquette couleur bordeaux et jeta un coup d'œil à l'intérieur du cercueil.

Un visage pâle, comme s'il ne contenait plus la moindre goutte de sang ; une peau creusée, semblant appartenir à un homme beaucoup plus âgé. Son père portait un blazer et un pantalon de seconde main bien trop ample pour lui. Sans doute les pompes funèbres gardaient-elles sous le coude un stock de vêtements pour secourir les morts désargentés.

– Ils auraient dû t'enterrer avec ton jean, dit Terry.

La vue du cadavre le remua bien plus qu'il ne s'y attendait. Il aurait voulu saisir ces mains glacées, les presser contre son visage et supplier son père de répondre à des questions qu'il n'avait jamais pu poser. Mais, sous cette douleur primaire, enfantine, émergea le souvenir de la cruauté de cet homme. Le dégoût, les gifles, les insultes, la honte. Avec le temps, les deux émotions se confondraient peut-être, le conduiraient peut-être à une forme de pardon, mais pour l'heure Terry se contenta d'effleurer une des mains froides et cireuses. Il en aurait, des nuits de haine et des jours de chagrin ; pour l'heure, il fallait vivre pleinement ce dernier instant avec son père. Lui dire ce qu'il avait à lui dire. Il se pencha vers cette oreille morte, entrouvrit les lèvres… mais rien ne sortit.

Terry chercha Sir Hendricks du regard. Ne l'apercevant pas, il réfléchit à l'emplacement des sorties. La chapelle se trouvait à l'arrière du bâtiment. Pour atteindre une éventuelle porte latérale, il lui faudrait passer par le couloir, risquer d'être vu. Le mieux, c'était de parvenir à accéder à la morgue. Il y avait forcément un raccourci, un moyen simple de transporter les corps de la salle d'embaumement à la chapelle.

Terry regagna le couloir désert en s'obligeant à marcher normalement, tranquillement. À sa gauche, la porte d'entrée ; mais il ne pourrait pas traverser le parking sans qu'on le remarque. À sa droite, des toilettes et un bureau. Terry entra dans les toilettes. Faiblement éclairées, un seul lavabo, un seul WC, une pile de vieux magazines sur le réservoir. Il chercha une fenêtre, mais au-dessus des WC il n'y avait qu'un tableau représentant un bateau à voile – le genre de croûte qu'on vend pour quelques dollars dans des brocantes.

Quelqu'un frappa à la porte.

– Terry, tu es là ? demanda Hendricks.

Terry prit une voix étouffée, comme étranglée par les sanglots.

– J'ai juste besoin d'une minute.

– Prends ton temps.

Terry s'assit sur le couvercle des WC pour échafauder un plan. Aucun bruit ne lui parvenait à travers la paroi toute fine de la porte. Il attendrait quelques minutes, puis passerait la tête dehors et verrait s'il était possible de se faufiler dans le bureau. Si le bureau était fermé à clé ou si Sir Hendricks veillait au grain, tant pis. Il ne voyait pas d'alternative.

Au bout de trois minutes, il sortit. Personne dans le couloir. Il le traversa et tourna la poignée de la porte juste en face. Elle s'ouvrit sur une pièce où régnait le plus grand désordre. Un bureau tout en longueur, couvert de paperasse. Au-dessus de l'ordinateur, un portrait géant de Jésus avec un agneau dans les bras. À l'autre bout de la pièce, une porte donnant sur l'arrière du bâtiment. La lumière des réverbères filtrait à travers une petite vitre carrée incrustée dans la porte. Terry s'avançait quand une main lui agrippa l'épaule.

– Stop, dit Hendricks.

Terry envoya son poing dans la figure de Hendricks, à qui ça ne fit ni chaud ni froid. Il plaqua Terry sur le bureau – sa tête heurta l'acajou verni. Hendricks lui entoura le cou des deux mains et se mit à serrer, de plus en plus fort. Terry sentait le souffle brûlant de Hendricks dans son dos. Était-il fou de rage, ou juste déterminé à étrangler méthodiquement Terry ? Paniqué, Terry chercha un objet sur le bureau, n'importe lequel. Au moment où sa vue commençait à se brouiller, il saisit le combiné du téléphone et l'abattit sur le nez de Sir Hendricks.

Le premier coup eut pour seul effet d'augmenter la pression des mains de Hendricks. Le deuxième, en revanche, lui brisa le nez – le cartilage craqua et ses narines se retrouvèrent collées contre sa joue. Pour se protéger le visage, Hendricks dut lâcher Terry qui en profita pour le frapper à nouveau, cette fois-ci sur le front.

Terry se précipita dehors et attendit d'avoir traversé le parking pour jeter un coup d'œil derrière lui. Personne. Et s'il avait tué Hendricks ? Il ne laissa pas cette idée le ralentir. Il courait toujours aussi vite, sa cravate battant dans son dos telle la queue d'un cerf-volant alors qu'il se lançait à l'assaut de la montagne, où les arbres le protégeraient.

Avant même d'avoir atteint le chalet, Terry s'était libéré de son costume, jetant sa cravate dans les broussailles sur la crête d'une colline, drapant sa veste autour de son bras, déboutonnant son gilet pour mieux respirer. Les semelles glissantes des brogues avaient compliqué son ascension, mais penser à Davey le motivait.

L'espoir s'évapora dès qu'il aperçut le chalet. Aucune lumière ne brillait derrière les fenêtres et la porte était entrouverte. Des animaux avaient laissé des traînées de boue sur les marches, des traces de griffes sur le battant qu'ils avaient forcé. Le vide à l'intérieur était aussi palpable que la douleur aux pieds de Terry. Ses yeux refusaient de s'accoutumer à cette obscurité inhabituelle. Il tendit les bras, toucha une forme froide dans l'ombre et sut que c'était un corps. Ses mains suivirent les contours de ce visage rongé par les bêtes, gonflé par les gaz putrides. Alors que le cadavre de Thompson l'avait désemparé, celui de Davey le dévasta. Il s'effondra sur le plancher, dans le sang séché, près de ce corps qu'il avait si souvent serré contre lui. L'arc des épaules, autrefois si solide, était désormais ramolli par la putréfaction.

– Je suis désolé, gémit Terry alors qu'autour de lui les petits animaux filaient se planquer dans les recoins de la pièce. Je suis tellement, tellement désolé.

Combien de temps s'écoula avant qu'il se relève enfin ? Le goût dans sa bouche était si atroce, il se rinça avec l'eau stagnante tiédasse du seau qui leur servait pour la toilette. Puis il s'assit sur une chaise et contempla le corps. Et maintenant ? Que faire ? Dans la cachette devaient encore se trouver des pilules. Il n'avait qu'à en avaler une grosse poignée, puis s'allonger et s'endormir à côté de Davey. C'était tentant. Grâce à la chimie, un sommeil éternel. Mais deux choses excluaient cette possibilité pour le moment. Il lui restait à découvrir ce qui était arrivé à Roscoe et à tuer Ferris Gilbert.

Terry étendit sa veste sur Davey. À cause de la différence de gabarit, seule la partie supérieure du torse était couverte. Mais Terry n'avait rien d'autre à disposition pour faire office de linceul.

Dehors, sous la voûte des érables et des hêtres, il réfléchit à la suite. Impossible de partir en abandonnant Roscoe. Oui, c'était stupide, le même genre d'erreur qui l'avait conduit à la Carcasse, mais chez son père il pourrait aussi s'armer, et rien ne l'empêcherait de se rendre au Cat's Den juste avant la fermeture. Après avoir passé la soirée à mater les strip-teaseuses, Ferris serait sans doute fatigué, vulnérable. Terry n'aurait qu'à le flinguer dans sa boîte, voilà tout. Tu parles d'un plan ! Peu importe, désormais Terry s'en foutait de survivre. Il commença à descendre la montagne, direction la maison de son père.

Aucune voiture dans la rue. Aucun véhicule de patrouille autour de la propriété. La nuit, Roscoe avait coutume d'arpenter le jardin, longeant la clôture tel un requin qui mourrait s'il cessait de se mouvoir. Le silence actuel ne présageait rien de bon.

Terry sauta par-dessus la clôture, traversa la pénombre du jardin et s'approcha de la porte d'entrée. À l'intérieur, aucune lumière n'était allumée. Le salon ressemblait à un décor de pièce de théâtre, déserté par les acteurs depuis longtemps. La poussière qui couvrait les guéridons et les énormes toiles d'araignées dans les angles du plafond n'avaient pas dû gêner son père.

Dans la chambre, aucun chien n'était étendu sur le lit défait. Rien qu'à l'odeur, Terry savait que Roscoe n'était pas entré dans la maison depuis des jours. Il ouvrit le tiroir de la table de chevet et trouva le Ruger .45 que son père emportait avec lui quand il partait travailler du côté de Bradshaw et devait rentrer tard. N'hésitant pas abattre des arbres, des bandes de garçons s'amusaient à dresser des barrages pour dévaliser les automobilistes, notamment le soir d'Halloween.

Il n'y avait pas beaucoup d'argent dans la maison. Terry chercha sous le matelas, dans le tiroir à chaussettes de son père, partout où l'on aurait pu glisser quelques billets. S'il survivait à l'attaque du Cat's Den, il aurait besoin de liquide. Après avoir déniché trente dollars dans le tiroir à bric-à-brac de la cuisine, il s'assit à la table de la cuisine et se versa un verre de jus d'orange périmé. Le palais anesthésié par tout ce qu'il venait de vivre, il n'en sentit pas le goût, mais la fraîcheur fit du bien à sa gorge – pas encore remise de s'être fait étrangler par Hendricks.

Depuis sa chaise, Terry apercevait le salon et les coussins sur lesquels Roscoe était allongé lors de sa précédente visite. Il aurait voulu voir le chien une dernière fois, caresser sa fourrure, sentir sa langue lui lécher la main, son souffle lui chatouiller le creux de la paume.

Un bruit de bottes résonna sur la galerie à l'avant. Terry se leva de sa chaise, se dirigea vers la porte de derrière, mais le grincement des marches déformées à l'arrière le força à se réfugier dans le couloir, puis dans la chambre de son père. Il tourna le verrou, s'accroupit au pied du lit et braqua le pistolet sur la porte. Le doigt sur la détente, il tendit l'oreille pour suivre le déplacement des intrus. Au moins deux hommes. Trop silencieux pour appartenir aux forces de l'ordre – des flics se seraient annoncés, lui auraient crié de sortir. Si Terry restait planqué, peut-être que ces types ne remarqueraient pas sa présence. Sauf qu'il avait laissé le verre de jus d'orange glacé sur la table de la cuisine. Quel idiot…

Les pas se rapprochèrent ; les types s'engouffraient dans le couloir. Ils avançaient patiemment, sans doute parce qu'ils savaient que leur proie ne pourrait plus leur échapper. Quand la poignée de la porte bougea, Terry tira deux balles dans le battant en bois.

– Putain ! hurla quelqu'un de l'autre côté.

Bruit d'une culasse qu'on ouvrait. Terry se plaqua au sol tandis qu'une volée de chevrotines pulvérisait tout un pan du montant en bois. À travers le trou, Terry vit Ferris Gilbert recharger son fusil puis tirer à nouveau. Les gros plombs arrosèrent le dessus-de-lit, arrachèrent la porte à ses gonds. Derrière Ferris, le pâlot, étendu dans le couloir, se vidait de son sang.

– Jette ce flingue, Blankenship, ordonna Ferris.

En guise de réponse, Terry tira deux fois, mais Ferris s'était déjà abrité. Les balles se fichèrent dans le mur au-dessus de la tête du pâlot. Ferris répliqua et le mur derrière Terry explosa. Au moment où il se redressait pour viser, Ferris s'avança et abattit la crosse du fusil sur ses lèvres. Le bois – du noyer bien dur – lui brisa les incisives. Ferris écarta le Ruger d'un coup de pied, puis attrapa Terry par le col, le redressa pour le frapper à nouveau.

Terry essaya de se dégager, mais cette fois-ci Ferris lui abattit la crosse dans le dos. Après ça Terry ne bougea plus, se concentrant sur la douleur à l'intérieur de son corps – un os, un organe, quelque chose avait explosé. Gisant dans le couloir, le pâlot sanglotait et demandait de l'aide à Ferris. Ses pieds s'agitaient sur le seuil de la porte, ses lacets baignaient dans une mare de sang. Ferris ramassa le Ruger et le colla sur la tempe de Terry.

– Tiens-toi tranquille, compris ?

Terry hocha la tête. Ferris contourna le lit, gagna le couloir. Terry l'entendit tirer deux coups. Les pieds du pâlot cessèrent de bouger. Dans le silence post-détonation, on n'entendait plus de gémissements. Ferris retourna dans la chambre et jeta le Ruger sur un oreiller.

– Je ne pensais pas vraiment te trouver ici, dit-il. Hendricks était persuadé que tu irais chez ton père, moi je ne te croyais pas aussi bête.

Ferris s'assit au bord du lit, posa le fusil en travers de ses cuisses.

– Ça te surprend ? Que Hendricks te connaisse aussi bien ?

Terry secoua la tête, puis toussa jusqu'à ce que sa bouche soit pleine de sang. Désormais chaque respiration exigeait des efforts terribles. Quelque chose à l'intérieur de lui se remplissait, pesait de plus en plus lourd, le tirait vers le sol. Malgré tout l'air qu'il inspirait, il avait l'impression de se noyer.

– Alors pourquoi t'es revenu ? demanda Ferris. Tu as été assez malin pour ne pas monter dans la voiture après avoir flingué Thompson. Assez malin pour convaincre mon bon à rien de frère de ne pas t'empoisonner. (Ferris saisit le pistolet sur l'oreiller.) Tu comptais me descendre ?

– J'attendais le lever du jour, souffla péniblement Terry. Je t'aurais buté dans ton lit.

Cette idée fit sourire Ferris.

– En général, c'est pas si facile que ça de me trouver. Je reste bien planqué. Sauf ce soir. Ce soir, je suis sorti de mon antre rien que pour toi.

Ferris posa le Ruger à côté de sa cuisse, puis caressa la crosse de son fusil exactement comme il l'avait fait avec celle du revolver qu'il avait donné à Terry pour assassiner Thompson.

– Y en avait, des endroits où tu aurais pu te procurer un flingue, reprit Ferris. Qu'est-ce qui t'a décidé à venir ici ? Il doit bien y avoir une raison.

Ferris se pencha, appuyant presque son oreille contre les lèvres sanguinolentes de Terry.

– Je voulais voir mon chien, murmura Terry.

Ferris braqua le fusil sur lui. Malgré le contact du canon sur sa poitrine, Terry n'avait plus peur. Sa vision périphérique s'était brouillée, il commençait déjà à perdre connaissance. Chaque fois qu'il clignait des yeux, c'était un peu plus difficile d'écarter les paupières. Encore quelques instants et il ne pourrait plus les rouvrir. Inspirant un douloureux filet d'air, il pensa au cadavre de Davey sur le plancher du chalet, à celui de son père bien installé dans son cercueil. Et, bizarrement, à Huddles. À la façon dont ils se frôlaient sur le terrain de basket, à leur dernier échange dans sa cellule, quand il avait senti à quel point Huddles crevait d'envie de le toucher. Tellement de désir, mais si peu de courage pour agir.

– Ton frère. Il était amoureux de moi.

– Mon frère est un lâche. Il a peur de se salir les mains, et je vais devoir m'occuper de lui.

– Ça n'a rien à voir avec la peur, dit Terry.

Ferris pressa le canon contre son front, mais Terry ne sentit pas le métal froid. Il n'était déjà plus vraiment là quand son dernier souffle s'échappa entre ses dents serrées.

21

La mort de Terry affecta durement Huddles. Lorsqu'il apprit la nouvelle, il passa les dernières heures de la nuit à vomir, agenouillé devant ses toilettes en inox. N'en connaissant pas les circonstances, il essaya d'imaginer cette mort. Il faut dire que les rumeurs allaient bon train. Des rumeurs de mutilation, de décapitation. C'était sans doute exagéré, mais toute la colère accumulée par Ferris tandis que Huddles tardait à exécuter sa mission s'était sûrement déversée sur Terry. Ferris avait dû prendre son temps, faire souffrir Terry. Y penser effrayait Huddles. Quant aux autres garçons de l'unité B, c'est lui qu'ils craignaient désormais encore davantage. Il aurait pu exiger d'eux tout ce qu'il voulait…

Huddles se demanda ce que Terry avait dit à Ferris. Son frère savait-il que Terry avait proposé de le tuer pour les protéger tous les deux ? Terry ne s'en était sans doute pas rendu compte, mais Huddles éprouvait à son égard une gratitude infinie. Dorénavant, dès qu'il essayait de méditer, il était interrompu par le souvenir de ce moment dans la cellule. Terry encore humide de sa douche, tremblant tandis que Huddles le tenait par les cheveux. Terry si vulnérable à cet instant-là que Huddles aurait voulu lui remettre délicatement ses mèches en place et s'excuser de l'avoir humilié, d'avoir pressé la fiole de poison contre ses lèvres.

Ce n'étaient pas seulement ses séances de méditation qui se trouvaient perturbées. Ferris hantait les rêves de Huddles. Ferris se livrant à des tâches tout à fait banales. Ferris faisant cuire un œuf. Ferris fumant une cigarette, assis dans la cuisine. Ferris regardant les strip-teaseuses tournoyer autour de la barre, un grand sourire sur son visage. Malgré la banalité de ces images, elles étaient teintées de menace : Huddles s'attendait à ce que Ferris lui écrase sa cigarette incandescente dans l'œil, à ce qu'il se serve de la poêle pour lui défoncer le crâne. À la fin d'un de ces rêves, Ferris se tenait devant leur chalet du comté de Pocahontas, face à un cerf éventré suspendu à la branche d'un arbre. Les entrailles s'entortillaient autour de ses bottes. Alors que Ferris continuait de le vider avec son couteau, l'animal se transforma en Terry, un cadavre blanchâtre au torse ouvert, débarrassé de ses organes. Des bouts de viande collés à la barbe, Ferris fit le tour de l'arbre et s'approcha de Huddles, à qui à n'en pas douter il réservait le même sort.

Assis dans sa cellule, Huddles passa une soirée entière à se remémorer ses rêves et ses visions et à se demander si Ferris allait vraiment envoyer quelqu'un pour lui faire la peau. À une époque, il aurait pu se croire protégé par leur lien fraternel, mais c'était avant que Ferris se débarrasse de Shane. Certes, Shane ne partageait pas le même sang, mais Ferris l'avait toujours considéré comme un membre de la famille. Et Huddles, lui, s'était montré déloyal ; aux yeux de Ferris, nul crime plus grave que le manque de loyauté. Il fallait donc s'attendre à un châtiment.

Le tournoi de bridge de l'unité B se tenait sur trois jours, du lundi matin au mercredi soir. Une vieille tradition qui, autant que les gardiens s'en souviennent, remontait à l'époque où un certain Roberts dirigeait l'établissement. Un type obèse, accro au jeu, qui pensait qu'il n'y avait rien de mieux qu'une partie de cartes pour détendre les jeunes délinquants et qui prenait secrètement des paris sur les résultats du tournoi. Après son suicide – dû à ses dettes –, le nouveau directeur avait maintenu la tradition, par habitude et par volonté de rendre hommage à son prédécesseur. Quand la nouvelle de la mort de Terry s'était répandue, on avait hésité à annuler le tournoi. Mais l'opinion de Fitzgerald avait prévalu, selon laquelle les garçons avaient plus que jamais besoin de se changer les idées. Huddles, lui, ne sentait pas ses codétenus particulièrement déprimés. Il les entendait blaguer, soulagés que ça ne leur soit pas arrivé à eux.

En l'absence de Terry, Huddles fit équipe avec Petit Bobo, qui hélas ne comprenait rien au bridge. Il jouait des cartes trop faibles, défaussait constamment, faisait dérailler la stratégie de Huddles. Pour couronner le tout, Fitzgerald avait instauré une nouvelle règle, avec des pénalités pour faire pendant aux primes. En peu de temps, ils se retrouvèrent avec un déficit de cent points.

La chance souriait toujours autant à Woods, qui comme d'habitude fredonnait de la country *outlaw*. Johnny Paycheck, cette fois-ci, une chanson sur une mère qui avait honte des crimes de son fils. Fitzgerald le laissait fanfaronner. Dans l'unité B, la sécurité n'était plus ce qu'elle avait été, maintenant qu'on devait se passer de Sir Hendricks. Ne montrant aucune pitié pour ses blessures, ses pansements et ses attelles, l'administration l'avait suspendu au motif qu'il avait ôté les chaînes de Terry, laissant le garçon filer alors qu'il était sous la garde de l'État. Même si l'atmosphère était plus détendue sans Sir Hendricks, Huddles regrettait de ne pouvoir entendre le bruit humide de l'air passant difficilement à travers ses narines démolies. C'était une petite consolation de se dire que Terry avait au moins eu l'opportunité d'humilier le chevalier de la Carcasse.

Petit Bobo joua un valet de cœur avant qu'on ait posé la dame. Woods joua la dame et remporta la levée.

– Encore une connerie comme ça et je te frappe jusqu'à ce que tu chiales des larmes de sang, dit Huddles.

– Désolé, marmonna Petit Bobo.

– Tu peux pas lui faire plus de mal que je suis en train de lui en faire, dit Woods.

Il rit à gorge déployée et Huddles put admirer les plombages tout frais remplissant ses molaires. L'État avait dû dépenser plusieurs milliers de dollars pour réparer la bouche de ce gamin.

– Dommage que tu puisses plus faire équipe avec l'autre petite pute, reprit Woods. Paix à son âme.

Huddles glissa sa main libre sous la table, croisa les jambes et ôta la sandale de son pied droit. Le plastique était souple, mais la semelle étonnamment épaisse. Si seulement il n'avait pas cassé la fiole et jeté les morceaux de verre. Ils auraient pu lui être utiles.

– Je me demande si on joue aux cartes en enfer, dit Woods.

– Ça suffit comme ça, dit Fitzgerald. Pose tes cartes et retourne dans ta cellule.

– Comme si t'en avais quelque chose à foutre de ce type, se défendit Woods.

Huddles se leva et frappa la mâchoire de Woods avec la sandale. Les cartes de Woods s'envolèrent, Huddles l'attrapa par son tee-shirt et lui plaqua le visage contre la table. Le choc fit trembler le métal, qui tinta de manière étrangement mélodique. Le temps que Fitzgerald lève son gros cul de sa chaise, Huddles avait cogné la tête de Woods une deuxième fois. Il ne ressentait déjà plus de colère, il s'agissait juste de démanteler méthodiquement le corps devant lui. Écrasant le visage de Woods contre l'angle de la table, il entendit le craquement qu'il espérait, celui qui signalait que ses dents toutes neuves venaient d'être pulvérisées. Woods cracha des petits fragments d'émail au moment où Fitzgerald entourait Huddles de ses bras.

Huddles voulut s'attaquer au gardien ; Fitzgerald évita son poing et le plaqua au sol. Huddles sentit le poids d'un genou s'enfonçant en bas de sa colonne vertébrale. Il tendit les bras en arrière, essayant d'attraper une cheville ou une paire de couilles, mais Fitzgerald le frappa sur le crâne. Accourus en renfort, les autres gardiens le soulevèrent et le transportèrent en cellule d'isolement.

Moins d'une demi-heure plus tard, Beverly lui rendait visite. Huddles lui en fut reconnaissant. Cette cellule était celle de Malcolm et sa présence était encore palpable. Même son absence avait quelque chose de violent, comme si le silence qui y régnait était aussi tonitruant que ses hurlements de fou furieux.

Beverly s'assit par terre à l'extérieur de la cellule. Elle avait son bloc-notes jaune et tapotait son stylo contre son genou.

– Tu ne comptes pas me demander des nouvelles de Woods ?

– Je l'ai tué ?

– Non.

– Alors je m'en fous.

Beverly nota quelque chose. Son stylo avait à peine effleuré la feuille ; Huddles ne voyait pas bien ce qu'elle aurait pu écrire. Il se dit qu'elle ne prenait peut-être jamais de vraies notes – quelque part se trouvait peut-être une pile de bloc-notes recouverts exclusivement de gribouillis, les griffonnages automatiques d'une main qui s'ennuyait.

– Tu lui as fracturé la mâchoire et les os de l'orbite, tu lui as brisé toutes les dents de devant et tu lui as cassé le nez. Sans parler de sa commotion cérébrale. Il va très mal.

– Un type aussi malpoli ne méritait pas des nouvelles dents, déclara Huddles.

Beverly hocha la tête, comme s'il s'agissait d'une remarque pleine de bon sens.

– Ses propos sur Terry étaient affreux, mais il faut qu'on discute de ta réaction, Huddles.

Elle mâchonna le bout de son stylo puis, semblant se rappeler qu'il avait traîné dans tout un tas de coins pas très propres de la prison, elle le retira de sa bouche.

– Même si c'est difficile, tu dois apprendre à supporter ce que tu ne peux pas changer.

Huddles réfléchit à cette phrase et la jugea ridicule. Supporter. Apprendre à supporter. Ça ne marchait pas comme ça. Comment pouvait-on supporter quelque chose quand il n'y avait aucun espoir que ça s'arrange ?

– Je veux qu'on m'envoie à Tiger.

– Pourquoi ?

– Je veux que vous écriviez un rapport expliquant que je suis dangereux et qu'il faut me transférer dans un établissement de haute sécurité.

Beverly se leva, s'approcha de la vitre qui les séparait.

– Dis-moi pourquoi. Dis-moi de quoi tu as peur.

– Je n'ai peur de rien. Mais c'est la vérité. Si vous ne me transférez pas là-bas, je promets que je recommencerai.

On le fit sortir de la cellule d'isolement trois jours plus tard. Huddles tint sa promesse : il attaqua Robison par-derrière, le frappa dans le dos puis roua de coups de pied les bourrelets de son ventre jusqu'à ce que les gardiens le plaquent au sol. Grâce à l'embonpoint de Robison et à la célérité des gardiens, le garçon évita des blessures sérieuses. N'empêche qu'après ça on prit les menaces de Huddles au sérieux. Il retourna à l'isolement et y resta le temps que Beverly organise son transfert.

22

Un autre plâtre. La même odeur de talc mêlé à de la sueur qu'il avait connue petit, les mêmes démangeaisons, sauf que maintenant ses doigts étaient trop épais pour aller gratter à l'intérieur. Dans quelques semaines ses muscles finiraient par s'atrophier mais, en attendant, impossible de calmer cette sensation de milliers de pattes d'insectes courant le long de son bras. Jason se répéta que c'était temporaire. Il ajusta l'écharpe pour qu'elle cesse de lui irriter le cou et se concentra sur le ronronnement des pneus contre l'asphalte.

Quelques jours plus tôt, dans la salle d'attente de l'hôpital, Jason avait à nouveau interrogé Sharon sur le Dakota du Sud et la maison de sa mère. Entendre sa voix l'aidait à supporter la douleur lancinante dans son crâne, le distrayait et l'empêchait de penser à l'avenir immédiat. Tout en lui caressant les cheveux, elle lui avait raconté son enfance aux abords de Farina, une bourgade de deux mille habitants. Pas facile d'imaginer cette vie-là. Les montagnes, elles, vous protégeaient parce qu'elles effaçaient le reste du monde. En essayant de visualiser une plaine immense, un horizon lointain, Jason s'était demandé si vivre avec la conscience de sa solitude ne se révélerait pas trop difficile. Pourtant, ces paysages le tentaient. Des mers de maïs et de soja interrompues ici ou là par des tertres aux contours irréguliers, de la terre si rouge qu'on aurait dit des flammes gelées. Ils avaient décidé de partir dès que les médecins en auraient terminé avec lui.

La seule chose plus miraculeuse que la capacité de Sharon à conduire des heures durant, ce fut la Honda. Malgré ses 290 000 kilomètres au compteur, à aucun moment de leur long périple le moteur ne montra de signe de fatigue. Comme si la voiture partageait leur détermination à s'éloigner au plus vite de Lynch. Rien qu'au cours de la première nuit, ils traversèrent le Kentucky et l'Indiana pour finir par s'arrêter dans l'Illinois, jetant leur dévolu sur un petit motel au bord de l'autoroute. Sharon gara la voiture devant la réception, descendit et fit le tour pour ouvrir la portière de Jason. Il la remercia, étira ses jambes et respira l'odeur de chlore de la piscine du motel. Après toutes ces heures enfermé dans la Honda, c'était agréable.

Assis derrière le bureau de la réception, un jeune Noir lisait un magazine. Une télé était allumée, sans le son : une sitcom, des gens qui dînaient dans une salle à manger décorée uniquement avec des animaux empaillés. Un jeune daim tué avant que ses bois aient pu pousser, une truite arc-en-ciel décolorée par la mort. Même un *jackalope*, cet animal imaginaire, croisement du lièvre et de l'antilope, qui trônait sur la cheminée. Jason et Sharon réglèrent sans s'attarder, puis longèrent la piscine en direction de leur chambre. Un couple âgé se prélassait sur des chaises-longues au bord de l'eau ; une mère fatiguée, le visage caché derrière un livre de poche, cria à ses trois enfants d'arrêter de l'éclabousser.

Leur chambre sentait le désinfectant, mais aussi le renfermé, comme toutes les chambres de motel. Du mobilier premier prix, un éclairage trop faible, de la moquette sur laquelle on ne marcherait pas pieds nus. La télécommande était fixée à la table de chevet. Les murs fins filtraient à peine les bruits de la chambre d'à côté. Sharon jeta son sac sur le lit.

– Je vais me baigner. Ça ne te dit pas de te tremper ?

Elle avait acheté un maillot une pièce vert dans un Wal-Mart de Pikeville, dans le Kentucky, où ils s'étaient arrêtés pour faire quelques courses. Elle avait déclaré à Jason que, même s'ils s'éloignaient de l'océan, des vacances dignes de ce nom se devaient d'inclure des moments de baignade. Et, malgré ses protestations, elle lui avait acheté un short de bain noir au rayon enfants.

– Vas-y, dit-il, moi je me repose.

Sharon lui donna un baiser rapide, presque chaste, puis s'enferma dans la salle de bains. L'entendant retirer ses vêtements, Jason se demanda pourquoi elle avait eu besoin de fermer la porte, si ce choix témoignait d'une certaine gêne. Mais alors elle ressortit dans ce maillot vert, si moulant que Jason ne voyait pas comment le tissu pourrait ne pas se dissoudre au contact de l'eau. Cette vue le réjouit, et intérieurement il la remercia d'avoir ménagé l'effet de surprise.

– Tu es sûr que tu ne veux pas venir avec moi ? Ça vaut mieux que de rester ici à te morfondre.

Elle l'embrassa de nouveau, cette fois en appuyant ses lèvres plus fort contre les siennes. Jason savait qu'il aurait dû l'accompagner ; ils auraient pu nager un peu et se toucher discrètement là où l'eau était profonde. Les vieux les auraient matés, et alors ? Le problème, c'est qu'il manquait d'énergie. Il se sentait vide, écrasé par le poids de la décision qu'ils avaient prise ; et il n'avait qu'une envie, se blottir sous les draps.

– Ne t'inquiète pas pour moi. Allez, amuse-toi bien.

Il sentit la déception de Sharon, mais elle ne dit rien et, une serviette du motel drapée sur l'épaule, elle partit à la piscine. Il fallait que Jason appelle la Carcasse, prévienne le directeur qu'il ne reviendrait pas. Peu importe les circonstances, quitter cet établissement était la bonne décision. Qui avait-il sauvé ? Personne. Presque tous les garçons de l'unité B retourneraient à leurs petits trafics. Certains décrocheraient peut-être du boulot dans une des mines, mais le boom du charbon appartenait bel et bien au passé, il n'y avait plus moyen de gagner correctement sa vie. D'ici cinq ans, il n'y aurait plus rien à extraire des terres alentour. Et l'absence de toute nouvelle perspective était à l'origine de l'incarcération d'un grand nombre des garçons de la région. Le monde allait de l'avant et abandonnait Lynch et les villes du même genre à leur décrépitude. Jason avait pris la bonne décision, mais il en éprouvait de la honte.

Par la fenêtre, il regarda Sharon nager tranquillement. Les gamins turbulents s'étaient rapatriés du côté peu profond de la piscine, près de leur mère qui se trempait les pieds dans l'eau. Les blessures de Jason recommencèrent à lui faire mal, mais ce passage à tabac ne l'avait pas anéanti comme ça aurait pu être le cas dans sa jeunesse. À l'époque, il se serait senti complètement démoralisé, estimant qu'une personne aussi faible que lui n'avait aucune chance de survivre dans ce monde. Et encore quelques heures plus tôt, sur la route, quand la radio ne captait plus que les imprécations menaçantes d'un prédicateur du Sud profond, ce genre de pensées s'étaient insinuées dans sa tête.

Jason sortit son téléphone portable et appela Beverly. Elle décrocha aussitôt.

– Jason !

De la peur dans la voix de Beverly. Jason regrettait déjà ce coup de fil.

– Où es-tu ? demanda-t-elle.

– Tout va bien. Je suis en vacances, en quelque sorte. Mais je ne voulais pas partir sans te dire au revoir.

– Il faut que je sache où tu es. Ici, on n'arrête pas de parler de toi.

Ils devaient tous être au courant pour Hendricks. Prendre parti pour lui ou pour Jason, publiquement ou secrètement.

À coup sûr, la plupart des gardiens devaient vouer Jason aux gémonies, par loyauté envers Hendricks.

– Tout va bien. Vraiment. Je voulais juste te remercier. Je ne compte pas revenir à la Carcasse, mais j'apprécie la manière dont tu t'es comportée avec moi. Ta gentillesse.

– Hendricks nous a tout raconté.

Le ton de Beverly avait changé, elle n'était plus aussi inquiète. C'était désormais le même ton que lorsqu'ils se parlaient en salle de contrôle, quand elle vérifiait qu'elle n'avait pas accidentellement allumé son micro. Jason était toujours devant la fenêtre. Les coudes appuyés sur la margelle de la piscine, Sharon bavardait avec la mère, qui parlait en agitant son livre.

– Je ne veux pas te juger, Jason, simplement te rappeler que cette histoire ne peut finir que d'une seule façon. Oublie Hendricks ; ça reste une femme mariée.

Beverly ne lui faisait pas la morale, n'empêche qu'elle se comportait comme toutes les femmes lorsqu'elles comprenaient qu'il éprouvait les mêmes désirs que les autres hommes. Elles manifestaient toujours de la déception. Comme si elles avaient cru trouver un être pur et devaient se rendre à l'évidence : il était aussi vil que n'importe qui.

Jason coupa la communication, s'allongea sur le lit et promena ses doigts sur les cicatrices autour de ses cuisses. La chaleur devint suffocante, il alla régler le climatiseur sous la fenêtre puis se recoucha et marina dans sa sueur jusqu'à ce que Sharon rentre, les cheveux encore dégoulinants. Il se retourna sur le ventre pour lui cacher son visage, gardant les yeux ouverts contre l'oreiller humide mais ne voyant que de l'obscurité. Sharon s'allongea et se colla contre lui pour joindre leurs peaux moites. Il sentait sa poitrine se soulever chaque fois qu'elle inspirait.

– Quand j'ai vu que tu étais blessé, dit-elle, j'ai eu tellement peur. J'ai tellement peur de te perdre.

Le centre-ville de Farina se résumait à trois rues pavées où s'alignaient des boutiques aux devantures minuscules. En ce milieu de journée, des groupes de femmes en robe d'été longeaient les trottoirs, trimballant des sacs de courses et riant aux éclats. Jason s'intéressa aux mannequins derrière les vitrines. Des silhouettes féminines dont les robes dévoilaient le joli arrondi plastique des épaules. Des silhouettes masculines sans tête, parées de blazers en tissu écossais. À une intersection, ils passèrent devant une boulangerie d'où les clients sortaient avec des donuts qu'ils dévoraient aussitôt. Assis sur un banc, deux vieux bonshommes buvaient des cafés en fumant une cigarette. Sous la marquise d'un petit cinéma, des lycéens attendaient de pouvoir acheter leurs billets. Farina était une vraie machine à remonter le temps : il y a quelques années, c'est à ça que ressemblait Lynch. Jason se demanda ce qui faisait la différence entre les deux villes. Pourquoi Farina survivait-elle tandis que Lynch sombrait ?

Sharon tourna dans une petite rue. Ils passèrent devant un grill – le R-Bar – et un fast-food chinois.

– Tu as faim ? demanda-t-elle.

Il n'avait pas faim, mais il hocha la tête.

– Oui.

Sharon se gara à côté du R-Bar et ils entrèrent. La salle était presque vide et assez sombre, illuminée par des guirlandes de lumières aux ampoules en forme de poinsettias. Un juke-box trônait au bout du comptoir en acajou, où deux types déjeunaient. Ils mangeaient des steaks accompagnés d'asperges et de patates douces assaisonnées avec de la cannelle, buvaient de la bière au goulot. Leurs chapeaux de cow-boy étaient posés sur les tabourets à côté d'eux. Au fond de la salle, une petite scène avec un karaoké ; une femme chantait « Jolene » devant une piste de danse et les quelques couples qui prenaient un verre dans les box. Au-dessus du comptoir, une pancarte indiquait que le R-Bar était l'unique point de vente de vins et spiritueux de Farina et affichait la liste de toutes les bouteilles et de leur prix.

– Mon premier rencard, c'était ici, dit Sharon. Le garçon s'appelait Jacob Harvey, il était grassouillet et si timide qu'il n'a pas osé m'embrasser.

Jason imaginait Sharon adolescente, le genre de jolie fille qui se demandait pourquoi les garçons devenaient si maladroits en sa présence. S'ils avaient tous deux grandi dans cette ville, aurait-il eu le courage de l'emmener ici à la place de Jacob Harvey ? La Sharon ado aurait-elle vu en lui ce que la Sharon d'aujourd'hui voyait, ou bien les gens devaient-ils mûrir avant de trouver ce dont ils avaient besoin ? Voilà à quoi il réfléchissait en regardant les reflets rouges des guirlandes sur les cheveux bruns de Sharon.

Quand leurs plats arrivèrent, Sharon découpa le steak de Jason en petits cubes qu'il pouvait embrocher avec sa fourchette. Il mâchait la viande mais n'en sentait pas le goût. C'était un moment romantique, gâché par le fait qu'ils commençaient à se rendre compte de leur naïveté.

– Tu veux qu'on en discute ? demanda Sharon.

– Peu importe. On ne va pas revenir en arrière.

– Tu as des regrets ?

Comment lui exprimer sa peur ? Il avait rêvé de partir sur les routes avec elle, c'était son plus grand fantasme. Mais, après toutes ces années de solitude, jamais il n'avait eu aussi peur de perdre quelque chose. Quelles étaient les probabilités que ça marche entre eux ? Et pour combien de temps ? Même dans les circonstances les plus favorables, la moitié des couples se séparaient. Si un jour il la perdait, la douleur serait inimaginable.

Jason but une gorgée de sa citronnade. Il aurait largement préféré une bière, mais il n'oubliait pas qu'il était sur le point d'être présenté à la mère de Sharon. Un type qui piquait la femme d'un autre, puis s'inquiétait qu'on sente l'alcool sur son haleine ? Il en aurait presque ri.

– On ne peut rien y changer, dit-il.

Sharon plissa le front et il se rendit compte qu'elle ne parlait pas de la même chose que lui. Alors il tendit le bras par-dessus la table et posa la main sur son poignet.

– Tout va bien se passer, dit Sharon. C'est important pour moi qu'elle voie que j'ai enfin trouver quelqu'un comme toi.

Elle allait prendre de l'argent dans son sac, mais Jason secoua la tête et sortit un billet de cinquante dollars de son portefeuille.

* * *

Ils roulaient à travers la plaine, un peu à l'extérieur de la ville. Au loin, du bétail et des cow-boys qui agitaient leurs chapeaux pour chasser les insectes. Repoussant les mèches qui volaient dans ses yeux, Sharon regardait sans cesse dans le rétroviseur, comme si elle craignait que quelqu'un suive la trace de la poussière qu'ils soulevaient.

Ils approchaient d'un petit groupe de bâtiments. Deux maisons style ranch, peintes en blanc, aux galeries équipées de moustiquaires ; une maison jaune avec un 4 x 4 Trailblazer garé devant. Un homme aux manches retroussées transportait un seau d'eau savonneuse vers le véhicule. Sharon se gara devant une des maisons blanches et descendit. La porte d'entrée s'ouvrit ; une femme de petite taille en robe jaune sortit sur la galerie. Jason remarqua aussitôt la ressemblance avec Sharon : mêmes lèvres, même bouche au milieu d'un visage ridé qui sourit pour les accueillir. La femme descendit les marches de la galerie et enlaça Sharon.

– Je ne vous attendais pas aussi tôt, dit-elle.

Jason tardait à descendre de voiture. Sharon lui avait expliqué que sa mère était au courant, qu'elle n'avait jamais eu que du mépris pour Hendricks, mais il ne savait pas trop quoi penser. Ce décor était trop pittoresque, trop sain pour s'accorder avec leur situation. Même si la mère de Sharon acceptait les circonstances, accepterait-elle Jason lui-même, ses jambes ratatinées, son bras cassé qu'il ne pourrait pas tendre pour lui serrer la main ? Il s'arma de courage et ouvrit la portière.

– Maman, je te présente Jason Felts, dit Sharon.

Il se força à lever les yeux. Tassée et voûtée par la vieillesse, cette femme était néanmoins plus grande que Jason. Elle baissa la tête pour le fixer tandis que le vent agitait sa longue chevelure grise. Puis elle tendit une main arthritique et lui serra l'épaule. Il sentit les doigts glacés à travers le tissu de sa chemise, mais cette fraîcheur n'était pas déplaisante.

– Je suis heureuse de vous rencontrer, dit-elle. Venez, suivez-moi à l'intérieur.

Jusqu'au coup de téléphone, leur matinée avait été parfaite. Après le petit déjeuner, ils s'étaient installés sur des chaises-longues devant la maison. Jason aurait pu y passer la journée, en compagnie du vent qui caressait son visage et poussait paresseusement les nuages à travers un ciel sans limites. Peut-être auraient-ils pu dresser une petite tente, faire un feu et dormir au cœur même de la prairie qui s'assombrissait peu à peu.

Après avoir vu un faisan s'envoler de son nid caché dans les broussailles, ils s'étaient mis à parler de végétation.

– Autrefois, je connaissais le nom des différents types d'herbes, avait dit Sharon. Mais j'ai tout oublié.

– Je croyais qu'on appelait ça des hautes herbes, c'est tout, avait avoué Jason.

– Sérieusement, il faut que je fasse un effort de mémoire. On ne peut pas vivre dans une région sans en connaître le vocabulaire. (Elle s'était tournée vers lui en formant une visière avec sa main.) Je t'apprendrai.

Il lui avait fait une place dans sa chaise-longue et elle était venue blottir son dos contre lui. Puis elle avait posé une main sur la cuisse de Jason et serré le rectangle du portable dans sa poche.

– Il vibre, avait-elle dit.

Après l'appel, Jason alla directement faire ses bagages. Sharon ne lui posa pas de question. Il savait qu'elle avait entendu une bonne partie de la conversation : un des garçons de la Carcasse était mort – un de plus. Plutôt que de lui demander des détails, elle se contenta de rester près de lui.

– Laisse-moi faire, dit-elle en voyant qu'il avait du mal à plier ses chemises d'une seule main.

Elle les plia en deux temps trois mouvements et les rangea dans la valise posée sur le lit défait. La veste en cuir qu'elle lui avait offerte s'y trouvait déjà ; à cause de la chaleur et de sa préférence pour son vieux manteau abîmé, il ne l'avait pas sortie.

Vestige de leur grasse matinée, les draps étaient encore tout enchevêtrés. Ils avaient dormi dans la même chambre, mais la plupart des affaires qui s'y trouvaient appartenaient à Jason : les livres sur la table de chevet, le déodorant et le rasoir sur le bureau, le manteau sur le fauteuil assorti. Sharon prit le manteau et frotta les manches pour enlever les peluches. Contre elle, il paraissait ridiculement petit. Elle tira sur un des boutons qui pendouillait, inspecta la doublure à moitié décousue.

– Je commence à bien l'aimer, ce truc.

Jason voulut le lui reprendre, mais elle secoua la tête.

– Tourne-toi, dit-elle.

Il s'exécuta et elle glissa son bras indemne dans une des manches, recouvrit son plâtre avec l'autre pan du vêtement. Puis elle se serra contre lui, comme si son corps était une prolongation du manteau, pencha son visage dans le cou de Jason et inspira son odeur. Il ne s'était pas douché depuis vingt-quatre heures, mais elle lui avait dit qu'elle aimait ce qu'il y avait de brut en lui, d'aussi pur qu'un morceau de terre glaise qu'elle aurait aimé poser sur le bout de sa langue.

– C'est le garçon au chien ? demanda-t-elle. Celui qui travaillait avec ton oncle et toi ?

– Oui.

– Et tu dois rentrer ?

– Oui.

– Tu sais que je ne retournerai pas à Lynch.

– Je sais.

– Dans ma vie, je me suis parfois sentie perdue, mais maintenant les choses sont très claires.

– Tant mieux. Moi, je n'ai pas le choix.

– J'aime un homme qui aime quelque chose de foutu, dit-elle sans que Jason ait l'impression qu'elle s'adresse à lui.

Il y eut un silence, ponctué seulement par le tic-tac de l'horloge fixée au mur, puis à l'autre bout de la maison Jason entendit la porte d'entrée s'ouvrir. Le bruit de bottes sur le parquet du salon. Sharon lui déposa un baiser dans le cou et lui ferma sa valise.

Le lendemain matin, la Honda ne voulait pas démarrer. Sharon tournait la clé et le moteur s'étouffait. Elle finit par descendre et envoyer un coup de pied dans un des pneus. Jason se tenait dans le jardin et il enviait cette voiture. Au moment où sa mission devenait trop difficile, elle s'autorisait à mourir. Il avait passé toute la nuit à essayer de se convaincre qu'il ne devait rien à Terry, mais ça ne marchait pas. Certes, il avait laissé à ce garçon une possibilité de s'enfuir, il lui avait filé de l'argent, il avait tout fait pour qu'il puisse continuer de bosser pour son oncle Henry – il avait peut-être été le seul à se soucier de lui… mais il avait aussi remis la fiole de poison à Huddles.

Pour se rendre à l'aéroport, ils empruntèrent la Trailblazer du voisin. Plusieurs hommes dans le secteur possédaient des véhicules en meilleur état, mais la mère de Sharon n'en connaissait qu'un seul suffisamment pour lui demander ce service. Un type trapu avec une coupe militaire qui ne lui allait pas. Très heureux de faire la connaissance de Jason, il lui serra vigoureusement la main puis se tint aux côtés de la mère pour les regarder partir. Dans le rétroviseur, quand la voiture se fut un peu éloignée, Jason vit l'homme passer un bras autour de ses épaules. Il se demanda si ces deux-là n'entretenaient pas une relation plus intime qu'il n'y paraissait.

Sur le trajet, ils croisèrent des antilopes qui broutaient dans la prairie, levant le museau pour humer l'air déjà chaud. Sharon ralentit et baissa le volume de la radio – une chanson de Dwight Yoakam. Sous leur pelage, les muscles des animaux tremblaient. Sharon se rangea sur le bas-côté et, pendant cinq minutes silencieuses, ils contemplèrent ce spectacle. Puis les animaux s'en allèrent, et à nouveau la prairie fut déserte.

– Ma mère m'a dit qu'elle m'admirait, lui confia Sharon. Que ma capacité à ne pas m'arrêter à ton physique l'épatait.

Jason s'en doutait. Cette vieille dame s'était montrée polie, mais il avait senti qu'elle était choquée. Comme si un gnome débarquait chez elle pour siroter son café et tripoter sa fille.

– Ça ne m'étonne pas.

– Tu sais ce que je lui ai répondu ?

Une partie de lui avait peur de le savoir.

– Quoi ?

– Je lui ai répondu qu'il fallait être idiote pour ne pas voir que tu es un homme fantastique. Avec ou sans toi, je ne retournerai pas dans cette maison. Je vais louer quelque chose en ville. Un endroit pour nous deux.

Jason hocha la tête, prit la main de Sharon et la serra. Il voulait y croire, à cet avenir-là.

Ils se garèrent dans le parking minute et Sharon l'accompagna dans le hall. La poignée extensible de sa valise à roulettes était trop longue pour sa petite taille : la valise roulait loin derrière lui, se confondait avec son ombre. À cause de leur arrêt pour regarder les antilopes, ils n'étaient pas en avance. Devant la porte d'embarquement, Jason prit à nouveau la main de Sharon tout en craignant qu'elle ne la retire. Il entremêla ses longs doigts avec ceux de Sharon et serra plus fort encore.

– Une semaine grand maximum, dit-il. Puis je prends le premier vol pour te rejoindre.

Il sentait qu'elle ne le croyait pas. Des hommes assis près d'eux les observaient par-dessus leurs journaux. Des femmes passant à proximité ralentissaient le pas pour les fixer. En général, les aéroports étaient synonymes de foule et d'anonymat, mais ce n'était pas le cas de ce petit terminal. Jason jeta un coup d'œil à sa montre alors que les haut-parleurs annonçaient les prochains vols. Sharon se pencha pour l'embrasser et il en profita pour plonger les doigts dans ses cheveux. Les regards des autres voyageurs s'intensifièrent.

– Je t'aime, dit-il.

Après une ultime pression sur la main de Sharon, il s'approcha du portique où une agente de sécurité lui demanda de se déchausser. Jason ôta ses mocassins taille 41 et les lui tendit. La femme les examina longuement – étonnée, peut-être, qu'un homme aussi petit possède des pieds aussi grands.

23

Tiger était à la hauteur de sa réputation : la sécurité poussée au maximum, les unités remplies à craquer – une bonne trentaine de détenus –, le personnel deux fois plus nombreux qu'à la Carcasse, et pourtant pas suffisant. Huddles n'avait plus droit à sa propre cellule ; il devait en partager une avec deux autres garçons. Un gamin tatoué de Morgantown à moitié aveugle, son œil gauche autrefois vert désormais recouvert d'un voile blanchâtre ; un petit Noir qui refusait de regarder les gens qui s'adressaient à lui, préférant fixer ses chaussures. La nuit, il sanglotait et hurlait, provoquant la rage de son compagnon de cellule à l'œil mort. Comparé à ces deux-là, Huddles s'estimait presque chanceux.

Reste que s'acclimater à tous ces changements n'était pas évident. Beaucoup plus de portes électroniques à franchir. Beaucoup plus de caméras au plafond. Finies, les couleurs pastel de la Carcasse. Il se sentait noyé dans la banalité du blanc terne et uniforme des murs. Quand les deux autres dormaient, il fermait les yeux et essayait d'effectuer ses exercices de méditation, mais le bruit de tous ces jeunes hommes enfermés dans le même bâtiment le faisait suffoquer. Toute cette vie étouffée se muait en signal radio qui venait dérailler sa concentration. Et pour peu qu'il arrive à bloquer ce son, dans sa tête il ne voyait plus que Terry. Ou Ferris.

Huddles repensait parfois au trajet entre la Carcasse et Tiger Morton. Sur l'autoroute, Fitzgerald s'était arrêté pour pisser dans une station-service qui vendait des tee-shirts VIVE LE CHARBON ! Il avait aperçu un groupe de chasseurs avec des vestes orange fluo et des fusils à l'épaule. Comme il n'était pas sûr que c'était vraiment la saison de la chasse, il avait craint qu'un de ces types s'approche de la vitre du fourgon et profite de ce qu'il soit enchaîné pour l'exécuter d'une balle dans la tête. Même à l'intérieur de l'enceinte ultra-sécurisée de Tiger, il ne se sentait jamais à l'abri de Ferris.

Il y avait bien d'autres choses à craindre. La violence entre détenus était beaucoup plus répandue ici. Depuis l'arrivée de Huddles, au moins un garçon avait été violé dans les douches collectives, et si l'on en croyait les rumeurs, mieux valait ne pas mettre les pieds à l'infirmerie. Sous sédatif, vous aviez encore plus de chances de vous faire tabasser ou baiser.

Même les avantages de Tiger présentaient aussi un élément de danger. Il y avait un dentiste sur place, et sa fraise avait un jour servi à agresser un des garçons. Un dentiste à demeure, ça paraissait incroyable, mais apparemment les détenus de sept comtés différents étaient envoyés ici quand ils avaient un problème dentaire. En défonçant la mâchoire de Woods, c'est le travail de cet homme-là que Huddles avait ruiné. Passer ses journées à détartrer les dents de délinquants, quelle vie… Recommander à cette bande de petits gars en colère de prendre soin de leurs gencives, quelle blague… Ça lui paraissait tellement absurde, au point qu'au lieu de méditer il fermait les yeux et explorait sa bouche avec sa langue, à la recherche de fragilités introuvables. Il s'imaginait volontiers mort, sa chair dévorée par les insectes, et ses dents toujours en pleine forme, riant d'une plaisanterie qu'aucune oreille vivante n'entendrait jamais.

La lettre de Jason arriva juste après sa première altercation avec une des brutes de Tiger, un grand type aux cheveux roux tout hérissés qui l'avait coincé devant sa cellule et lui avait ordonné de lui acheter des trucs à l'intendance. Huddles tenta de lui expliquer qu'il ne disposait pas du moindre dollar, n'ayant personne pour approvisionner son compte, mais le garçon le frappa avant qu'il ait pu terminer sa phrase. Deux directs en plein visage ; il goûta le sang chaud sur ses lèvres fendues. Ça s'arrêta là car les gardiens les plaquèrent au sol. Huddles passa deux jours en cellule d'isolement, une punition qu'il accepta avec gratitude.

À son retour, la lettre l'attendait. Rien de très long. Rien qui mentionnait leurs accords passés discrètement ou les secrets qu'ils ne s'étaient toujours pas révélés. Felts voulait seulement qu'on l'ajoute à la liste des visiteurs autorisés. Assis sur son lit, Huddles fixa l'adresse de l'expéditeur, dans le Dakota du Sud, et se demanda ce que Felts était allé faire aussi loin. Jamais personne n'avait proposé de lui rendre service sans attendre quelque chose en retour. C'était comme ça, pas de quoi s'offenser. Malgré tout ce qu'on vous racontait à la messe, l'instinct principal de l'être humain consistait à exploiter son prochain. Huddles chercha à deviner ce que Jason attendait de lui. Être rassuré, tout simplement ? Entendre Huddles lui promettre de ne jamais révéler le rôle qu'il avait joué dans cette histoire ?

Sans vraie bonne raison, Huddles se décida à l'ajouter à la liste des visiteurs. Peut-être que, de son côté, il voulait voir ce que Jason pouvait faire pour lui. Approvisionner de quelques dollars son compte à la prison. Lui donner des nouvelles de Ferris. À moins que Huddles ait juste envie de se retrouver face à quelqu'un qui l'avait connu à l'époque où on le respectait, où tous les garçons de l'unité B le craignaient.

Jason débarqua une semaine plus tard. Dans le parloir, aucun contact physique n'était autorisé. Les prisonniers s'asseyaient de leur côté de la vitre, appuyaient un combiné de téléphone noir contre leur oreille et écoutaient leur mère, leur sœur ou quiconque daignait encore leur rendre visite. Des conversations urgentes menées à voix basse, qui sonnaient comme des prières chuchotées directement à Dieu.

Huddles s'était installé tout au bout de la rangée de détenus. Il portait une ample combinaison orange ; ses cheveux avaient été rasés de si près que son cuir chevelu était irrité et, après son agression par la brute rousse, il arborait un impressionnant œil au beurre noir. La vitre était maculée par les empreintes de mains qui avaient espéré que le verre puisse se substituer à la chair. Jason s'assit en face de lui et décrocha le combiné. Huddles s'attendait à ce que le petit homme ait mauvaise mine à cause de tous ses soucis, mais il n'avait jamais semblé aussi en forme, le dos bien droit, le regard vif et confiant, voire exubérant. Sa présence aurait été très agréable si Huddles n'avait ressenti une certaine envie, se demandant ce qui procurait une telle paix à cet homme.

À son tour, il décrocha le combiné.

– Qu'est-ce qu'il me veut, le nain ?

Son animosité n'était qu'à moitié sincère. Huddles sourit, dévoilant ses gencives blessées. Entre ses dents, les interstices étaient rouges de sang.

– Tu viens de passer chez le dentiste ? demanda Jason. Ou quelqu'un t'a boxé ?

– Figure-toi que je lui ai rendu la monnaie de sa pièce.

– Je suis surpris qu'on s'en prenne à un Gilbert. Ton nom devrait suffire à te protéger.

– T'inquiète, mon nom en dissuade plus d'un. Et toi, comment ça se fait que t'aies aussi bonne mine ? Comment on peut avoir l'air aussi heureux quand on se trimballe sur des pattes aussi riquiquis ?

– J'étais dans un très bel endroit avec une très jolie femme. Je suis revenu seulement parce que j'ai appris que tu avais des ennuis. Et tes ennuis sont les miens, Huddles.

Du pur cynisme. Jason voulait simplement s'assurer qu'il ne piperait pas. Huddles aurait dû s'y attendre. Ça lui donna encore plus l'envie de sourire.

– Si je comptais parler, je l'aurais déjà fait. J'ai pas l'intention de te livrer en pâture à qui que ce soit.

– Ce n'est pas le problème. Je me fiche de ce qui peut m'arriver.

– Ah ouais ?

– Ce n'est pas à moi que je pense. On a une dette envers lui, Huddles.

Même si c'était indéniable, Huddles secoua la tête. Il ne voulait rien devoir à personne. Tout ce qu'il souhaitait, c'était qu'on l'abandonne à Tiger ou qu'une recrue de Ferris vienne mettre fin à l'attente. Rien de ce qu'il pourrait faire pour Terry ne chasserait les images qui le hantaient. Jusqu'à sa propre mort, Huddles serait condamné à sentir les boucles fantômes du garçon entre ses doigts, le parfum synthétique du shampoing fourni par la Carcasse.

Jason changea le combiné d'oreille.

– Je sais que tu vas me donner ton autorisation, dit-il. Autrement tu ne m'aurais pas mis sur la liste. On a fait une erreur. Laisse-moi la corriger. Après ça, tu pourras leur raconter quel rôle j'ai joué.

Huddles serra son propre combiné plus fort.

– Tout le monde veut quelque chose de moi. Que ce soit celui qui m'a fait ça – il toucha son œil – ou bien mon frère. Terry, c'était le seul qui ne demandait rien.

– Je sais ce que tu éprouvais pour Terry, dit Jason. Il ne méritait pas ce qui lui est arrivé.

Huddles se pencha contre la vitre et son souffle embua le verre.

– On ne peut plus rien faire pour lui. Ça servirait juste à t'apaiser, toi.

– Toi aussi, rétorqua Jason. Tu as peur. Ta vie ici serait plus facile sans cette peur.

– Tu ne peux pas me demander de prononcer ses paroles. Il s'agit de mon frère.

Huddles raccrocha le combiné et regagna sa cellule. Il s'assit sur le lit et prit son vieil exemplaire de *L'Incendie de Los Angeles*. Vu que personne ne l'avait emprunté depuis plus de dix ans, la bibliothèque de la Carcasse l'avait autorisé à partir avec. Il ouvrit les pages qui commençaient à se détacher et essaya de repousser les visions de Terry et Ferris. Pour la première fois, il était seul dans la cellule, les deux autres garçons étant sans doute retenus au parloir ou par une quelconque activité obligatoire. Huddles ferma les yeux et imagina un monde sans son frère. Un monde où lui-même demeurait enfermé entre ses murs de béton tandis que Terry et Ferris pourrissaient six pieds sous terre. Personne ne s'était jamais senti aussi isolé que lui. Tout ce qu'il lui restait, c'étaient ces mots-là.

Sans regarder la page, Huddles se mit à réciter :

– L'heure de la sortie approchait quand Todd Hackett entendit un grand tohu-bohu sur la route[1]...

1. Voir note p. 206.

24

Après avoir quitté Tiger, tout en conduisant, Jason eut le temps de réfléchir. Il passa devant le quartier de Cherry Tree, contourna les pentes raides de Horse Bend Mountain et s'arrêta dans un *diner* ouvert toute la nuit. Le petit bâtiment était niché parmi des sycomores et des chênes centenaires. Il prit place dans un box d'où il pouvait voir la route sombre, puis sirota le café noir que lui apporta la jeune serveuse fatiguée aux cheveux d'une blondeur terne. Pas d'autres clients. Pas de phares fendant la nuit. Jason contempla le fond de sa tasse et essaya de prendre une décision. Devait-il rester ici, ou filer directement à Charleston pour monter dans un avion qui le ramènerait au cœur de la prairie, avec ses hivers glacials réchauffés par des feux de bois et le contact de la peau de Sharon ? À un moment, il fallait arrêter de vouloir tout le temps se sacrifier. Mais face à Huddles, face à ce jeune homme qui persistait à refuser de lâcher pour de bon son frère, Jason s'était senti bien pusillanime.

De retour avec une cafetière bouillante, la serveuse lui remplit sa tasse. Elle lui adressa un sourire las, ce qui était exactement ce qu'il avait toujours espéré provoquer chez les femmes. Quelque chose qui ne se limitait pas à de la correction, à de la courtoisie. Jason ne lésina pas sur la crème et le sucre, au point que sa boisson se transforma en boue qui tenait plus du dessert que du café.

– Autre chose ? demanda la serveuse.

Ses ongles vernis grattèrent du jaune d'œuf séché sur son tablier.

– Vous savez où on peut encore trouver de l'essence à cette heure-ci ?

* * *

Au pied de la montagne, Jason fit le plein de sans-plomb, puis remplit le bidon de vingt litres qu'il transportait à l'arrière. Il s'aspergea accidentellement la manche ; plus tard, dans l'habitacle, l'odeur d'essence était si forte qu'il dut baisser la vitre. Toujours seul sur la route. La radio éteinte. Seul bruit : le glouglou du bidon à l'arrière. Il pénétra dans Cherry Tree, prit l'artère principale. La rue était vide, les quelques bars et magasins de vins et spiritueux fermés à cette heure tardive. Il ne remarqua aucune fille, mais s'il les cherchait, il savait qu'il les trouverait. Sa Chrysler de location était une voiture correcte, le genre de berline qui susciterait bien plus d'espoirs chez ces dames que tous les pick-up cabossés du coin. Mais, ce soir, Jason n'avait pas envie de ça.

Il se gara sur le parking désert en face du Cat's Den et, pendant cinq minutes, observa l'établissement sans bouger. Les néons représentant des bouteilles de bière et des femmes dénudées étaient tous éteints. Personne n'ouvrit la porte d'entrée, aucune silhouette de strip-teaseuse ne se refléta dans les vitres noires, mais Jason patienta encore un peu. Il ne voulait pas prendre le moindre risque. Le moment venu, il descendit de la Chrysler et sortit du coffre ce dont il avait besoin. Trois bouteilles vides et un tee-shirt Tom Petty aux couleurs passées. Appuyé contre la carrosserie, le bidon d'essence à ses pieds, il déchira le tee-shirt pour obtenir des bandelettes de tissu. Puis il remplit d'essence les trois bouteilles, inséra une bandelette dans chacun des goulots et traversa la chaussée, suivi par l'odeur de sans-plomb.

Il s'arrêta à quelques mètres du Cat's Den, une bouteille dans une main et son Zippo dans l'autre. Jason dut faire tourner le cylindre plusieurs fois avant qu'une flamme surgisse. Il alluma la mèche et balança la bouteille sur le toit. Un lancer faiblard, effectué avec son mauvais bras. La bouteille atterrit sur les bardeaux mais ne péta pas, elle roula, tomba sur le parking à l'arrière et mit feu aux graviers. Jason alluma la deuxième bouteille et la lança plus haut, plus fort. Cette fois-ci, elle explosa sur le toit qui s'embrasa aussitôt. Le feu se propagea rapidement jusqu'aux fenêtres. Jason retourna dans la voiture, vit les vitres éclater sous l'effet de la chaleur. C'était idiot de s'attarder ici, mais il fallait qu'il sache. Gilbert sortit du bâtiment en titubant et en agitant les bras ; les flammes lui dévoraient le dos. Il s'effondra près de la porte tandis que, derrière lui, le bâtiment incendié s'écroulait. Des braises volaient jusqu'au ciel tel un feu d'artifices. Jason descendit de la Chrysler, retraversa lentement la route et s'approcha de Ferris. Hurlant de douleur, l'aîné des Gilbert frottait sa chair crépitante sur le bitume. Jason sortit le revolver de son grand-père de la poche de son manteau et arma le chien. Ferris était trop occupé à souffrir pour le regarder. Mais il finit par tourner la tête. La peau de son visage avait à moitié fondu et de la fumée s'échappait de ses cheveux.

Jason braqua le revolver sur lui et dit :

– Si je t'ai bien compris, tant qu'on n'a pas tué quelqu'un ou quelque chose avec une arme, on ne se l'est pas vraiment approprié…

Ferris toussa ; il semblait sur le point de parler, mais aucun mot ne sortait de sa bouche. Il lâcha un long soupir brûlant qui vida ses poumons. Jason attendit de voir s'il allait respirer à nouveau. Non, c'était fini. Jason abaissa doucement le chien et glissa le revolver dans son manteau.

S'éloignant au volant de la Chrysler, il garda un long moment les yeux rivés au rétroviseur. La chaleur de l'incendie, l'odeur de l'essence et le café l'avaient dopé ; il avait l'impression de voir à travers la nuit. Il s'engagea sur la rampe d'accès de l'autoroute, franchit un dernier pont et entama la montée raide qui l'éloignerait de Lynch et de ses quelques lumières à peine tangibles.

Épilogue

C'est toujours le lundi qu'ils s'occupaient des chiens ; ils partaient tôt le matin, dès que Jason s'était garé derrière le tribunal. Oncle Henry attendait sur les marches de granit, les avant-bras enfouis dans ses poches profondes et la joue gonflée par une boule de tabac Redman. La visière de sa casquette lui protégeait les yeux mais ne pouvait rien contre le vent d'octobre, des rafales glacées qui agitaient ses touffes de barbe grise telles des petites queues d'écureuil. Ces matins-là, ils ne se parlaient pas. Jason se contentait de le suivre à l'intérieur, où la femme de pasteur qui s'occupait de la sécurité les accueillait. Une dame d'âge mur qui souriait à Jason, mais jamais à oncle Henry. Ce dernier lui avait sûrement déclaré un jour que ce que racontait son mari pendant la messe, c'était que des conneries. Si seulement les problèmes de son oncle se limitaient à l'impolitesse et à la grossièreté… Henry ne bossait pour le comté que trois jours par semaine, mais il n'arrivait toujours pas à voir le bout de son chantier (en pensant à ces ruines, Jason se revit allongé aux côtés de Sharon, regardant le ciel nocturne par un des trous du toit). La faute à sa consommation d'alcool qui ne diminuait pas. Ce matin encore, alors qu'ils descendaient chercher les garçons au sous-sol du tribunal, Jason sentait les effluves de bière émanant d'oncle Henry.

Le comté prêtait trois prisonniers. Deux frères du nom de Sharp, arrêtés après avoir cambriolé un mobile home à Bradshaw, et un certain Franklin, un garçon qui revendait plus de cachets que la pharmacie du coin. Les Sharp étaient des bosseurs. Qu'on leur demande de nettoyer les accotements de l'autoroute ou les berges de la rivière, ils ne ménageaient pas leurs efforts. L'un comme l'autre, ils semblaient contents d'être à l'extérieur, blaguant, jouant avec leurs pinces ramasse-déchets ou lorgnant toutes les femmes qui passaient dans la rue. Franklin, lui, n'ouvrait la bouche que pour taxer sa cigarette quotidienne. Ce n'était jamais Jason qui la lui donnait.

Quand Jason et Henry arrivèrent au sous-sol, les garçons les attendaient dans une pièce plus ou moins désaffectée, Franklin assis sur un vieux bureau, les frères adossés au mur. Ils parlaient base-ball avec un policier, Gallihue, qui tentait de les convaincre que Mark McGwire était le meilleur batteur de tous les temps.

– Aujourd'hui, c'est les chiens, annonça oncle Henry.

Franklin massa les paupières de ses yeux enfoncés dans leurs orbites et dit :

– Vous me filerez bien une clope, quand même ?

La fourrière se trouvait à une quinzaine de kilomètres, en haut dans la montagne. Une petite route rarement empruntée, ou seulement par les gens qui avaient besoin de se rendre à Bradshaw : toujours les mêmes Pontiac et Buick rouillées et rafistolées, jamais moins de trois cent mille kilomètres au compteur. Personne n'aimait cette route. Oncle Henry conduisait, Jason à ses côtés et les détenus en combinaison orange serrés sur la banquette arrière. Au volant, Henry n'était pas rassuré ; il n'arrêtait pas de répéter à Jason de garder un œil sur les garçons, de peur que ces derniers essayent de s'évader en les assommant avec une pierre. Jason lui répondait que, personnellement, il ne comptait pas se dresser entre ces jeunes gens et la liberté. Si ces gars voulaient s'enfuir à travers bois, grand bien leur fasse. Jouer les gardiens ne l'intéressait plus.

Les vitres remontées, ils profitaient à plein de l'odeur des détritus et des cadavres d'animaux qu'ils avaient transportés. Les tapis de sol étaient à jamais tachés par le liquide échappé des sacs plastique – les corps avaient le temps de commencer à décongeler avant l'arrivée à Charleston, où on les jetait dans l'incinérateur. Lors de sa première participation à un de ces convois d'animaux morts, Jason avait été surpris par le nombre, une trentaine de cadavres que les jeunes avaient dû charger à l'arrière. Comment une ville aussi petite que Lynch pouvait-elle abriter autant de chiens errants ? Après l'incendie criminel du Cat's Den, le reste de Cherry Tree s'était étiolé à grande vitesse. Plus un seul bar ouvert, les derniers commerces du centre-ville en voie d'être abandonnés… Vu qu'on n'avait jamais coincé l'incendiaire, la plupart des habitants ne faisaient plus confiance au shérif Hood, n'entretenaient plus d'illusion quant aux chances de survie de Lynch. Peut-être que seuls les clébards pouvaient décemment s'envisager un avenir dans la région.

La fourrière : un bâtiment en parpaings, sans la moindre fioriture, au centre d'un parking en gravier. Sur la pancarte à l'entrée, pas de mignon petit chat ni de craquant petit chien, juste « Clinique vétérinaire de Lynch » écrit en très gros. Un mensonge peu crédible. De l'extérieur, n'importe qui pouvait voir que ce n'était pas le genre d'endroit où l'on soignait les animaux, mais plutôt où on les enfermait dans des cages souillées d'excréments en attendant que vienne leur tour d'être piqués. Oncle Henry se gara devant cette maison de la mort et descendit du fourgon.

– Aujourd’hui, je compte sur toi pour te donner du mal, Franklin, dit-il en ouvrant les portières arrière.

La dernière fois, Franklin s’était montré peu vaillant ; il lui avait fallu dix minutes pour porter un saint-bernard jusqu’au fourgon, pendant que les frères Sharp s’étaient chargés de tous les sacs remplis de chats, les jetant à l’arrière comme s’ils ne pesaient guère plus que des paquets de papier toilette. Pire, quelques semaines plus tôt, Franklin avait trouvé dans un fossé une canette de bière pas encore ouverte. Oncle Henry la lui avait arrachée des mains, et Franklin s’en était plaint toute la journée.

– J’ai toujours fait ma part, répondit-il à Henry, mais sa voix le trahissait : lui-même n’y croyait pas.

La fourrière sentait le pelage sale et humide, et la javel censée camoufler cette odeur. Les parpaings étaient peints en jaune – couleur dents pourries – et le linoléum vert du sol était taché et gondolé par la pisse des animaux. Chaque fois qu’ils pénétraient à l’intérieur, cet endroit transformait la petite équipe. Les épaules de Franklin se voûtaient et les frères mettaient leurs blagues en sourdine. Oncle Henry était le seul que ça ne semblait pas atteindre. À l’entrée, derrière le bureau de l’accueil, une femme lisait une revue tout en essayant de dompter avec ses doigts des mèches qu’elle avait pourtant recouvertes de spray. Elle détacha brièvement les yeux de son magazine pour regarder oncle Henry.

– Richard vous attend à l’intérieur, dit-elle.

Jason s’engagea dans le couloir, passa devant une salle remplie de cages. Des chiens galeux rongeaient ce qu’il leur restait de fourrure. Deux chihuahuas tremblotaient, leurs grandes oreilles plaquées contre la tête, leurs yeux tout humides. Seuls les chats, recroquevillés en boule, paisiblement endormis, semblaient indifférents à leur destin. De l’autre côté du couloir, Jason vit une autre salle meublée de tables en inox et de placards remplis d'aiguilles. Dans un des tiroirs, il le savait, se trouvaient des linceuls en plastique.

C'était affreux d'entendre tous ces gémissements et ces aboiements, et il ne parvenait à atteindre le bout du couloir qu'en se persuadant que ces animaux ignoraient le sort qu'on leur réservait. Mais peut-être certains d'entre eux avaient-ils vu leurs congénères entrer dans l'autre salle pour en ressortir dans ces sacs noirs que les employés emportaient vers le congélateur géant. Pourvu que chiens et chats n'aient pas le même rapport à la mort que les humains, qu'ils oublient aussitôt l'odeur de l'animal enfermé quelques minutes plus tôt dans la cage à côté de la leur…

Richard, un homme chauve et massif aux bras couverts de tatouages, ouvrit le congélateur et se mit aussitôt à parler westerns avec oncle Henry. Ne jurant que par Clint Eastwood, Richard prenait un malin plaisir à affirmer que John Wayne et Jimmy Stewart n'étaient pas des cow-boys crédibles. Jason ne les écoutait pas, il s'engouffra directement dans le congélateur. C'était toujours aussi étrange de contempler cet énorme tas de sacs noirs, de voir le nuage de vapeur s'élever de sa bouche tout en se disant que ces bêtes, elles, ne respireraient plus jamais. Les frères soulevèrent immédiatement un des plus gros sacs, chacun un bout, et lancèrent des paris sur son contenu.

– Labrador, dit l'un.

– Golden retriever, dit l'autre.

Jason prit trois sacs parmi les plus petits. Des corps trop décharnés pour que, de l'extérieur, on puisse différencier une queue d'une patte ou même d'une nuque. Des chats, pensa-t-il. Ou, à la rigueur, un carlin dans le plus gros des trois.

Il leur fallut une demi-heure pour charger le fourgon, mais encore une fois Franklin se distingua par sa lenteur. Les autres avaient fini, lui traînait encore un grand sac sur les marches en béton fissurées du perron. Il le lâcha avant d'arriver en bas, se pencha pour le ramasser et le sac se déchira. Le corps d'un gros chien tomba dans la poussière avec un bruit sec.

– Et merde ! grogna-t-il.

Aucune odeur de pourriture ne s'échappa, mais Jason n'eut qu'à regarder l'animal pour l'imaginer. Une espèce de berger croisé avec un long museau et des oreilles tombantes en piteux état – celle de gauche, notamment, semblait avoir été maintes fois recousue. Les poils de la fourrure formaient des petites boules glacées sur lesquelles le soleil matinal se réfléchissait. Franklin voulut remballer le chien dans le plastique, mais il interrompit ses efforts pour palper toutes les cicatrices et traces de morsures qui défiguraient la gueule de l'animal.

– Roscoe, dit Jason.

Sa voix était celle d'un homme qui se noie.

Les frères prirent le chien et l'ajoutèrent au tas dans le fourgon. Le sac était éventré, mais ils déplièrent le plastique du mieux qu'ils purent pour cacher l'animal. Seule la queue toute rigide dépassait. Oncle Henry démarra le moteur et le fourgon attaqua la descente vers le fond de la vallée tandis qu'à l'arrière les cadavres s'entrechoquaient.

Lors de ces trajets, Jason pensait à Sharon, à leurs conversations téléphoniques en pleine nuit, deux êtres reliés l'un à l'autre malgré les kilomètres sans fin qui les séparaient. Ils se parlaient pendant des heures, mais Jason sentait toujours le doute gagner la voix de Sharon, comme si elle finissait par ne plus croire en leurs retrouvailles. Il lui répétait qu'il allait bientôt la rejoindre. Malgré ses efforts pour rêver des grandes plaines du Dakota, c'était ici qu'il se sentait chez lui. La vue de quartier de Cherry Tree, des cendres du Cat's Den ou de la maison abandonnée de Hendricks n'était pas un repoussoir suffisant. Un jour, il partirait définitivement pour l'ouest, mais une partie de lui resterait ici, à jamais.

À environ deux kilomètres de Bradshaw, un de leurs pneus creva et le fourgon dérapa dans le fossé. Assis à bord du véhicule immobilisé qui penchait à droite, oncle Henry tapota le volant pendant plusieurs secondes avant de lâcher un soupir et de dire, enfin :

– Allons voir les dégâts.

Dehors, l'air s'était refroidi et des buses décrivaient des cercles au-dessus du fourgon, s'imaginant sans doute déjà le festin qu'elles pourraient faire. Engloutie par l'ombre des arbres, la route était recouverte de nappes de poussière qui se soulevaient à chaque rafale de vent. Les prisonniers descendirent. Comme d'habitude, Franklin ne se pressait pas, prenant le temps de caresser le flanc congelé du chien.

– Dépêche-toi, dit Jason.

Oncle Henry et Jason examinèrent le pneu. La jante était tordue et un morceau de métal avait transpercé le caoutchouc.

– Sors ton portable, dit oncle Henry. Va falloir appeler un dépanneur.

– On capte pas, ici, chuchota Jason.

Il vit la peur s'emparer de son oncle, qui pensait sans doute que les détenus préparaient déjà leur évasion. Henry fit le tour du fourgon et revint avec le vieux manche de hache qu'il planquait sous la banquette avant, de quoi se défendre si jamais les garçons les encerclaient. Avec le manche, il tapota sur la jante.

– On est coincés, dit-il.

Les frères crachaient dans la poussière. On les sentait conscients de cette opportunité offerte par le destin ; ils ne voulaient pas la saisir, mais auraient eu honte de la laisser passer. Jason essaya de se rappeler la durée de la peine qu'il leur restait encore à purger. Cela vaudrait-il le coup de s'enfuir ? En tout cas, il savait que si l'un des frères se faisait la malle, l'autre suivrait.

Et où était passé Franklin ? Jason le trouva derrière le fourgon, accroupi à côté du pare-chocs, le cadavre du chien entre ses bras. La langue toute gonflée de l'animal pendait sur le genou du garçon.

– Mais qu'est-ce que tu fous ? dit Jason.

Soudain, un bruit comme le craquement d'une branche. Jason se retourna et vit les frères se précipiter dans les bois. La casquette d'oncle Henry était par terre et un coquard tout frais lui ornait l'œil, mais il tenait toujours le manche de la hache et il se lança à la poursuite des fuyards. Dans le silence de la montagne, on n'entendait que les brindilles sous leurs pieds.

– Laisse-les filer, cria Jason. On s'en fout !

Oncle Henry était déjà trop loin pour l'entendre.

Jason s'approcha des arbres, hésita à courir après son oncle, puis finalement rejoignit Franklin. Voyant les doigts sales de l'adolescent sur les cicatrices du chien, il pensa aux larmes de Terry dans l'unité B. Terry qui était malade d'inquiétude pour son chien, qui souffrait davantage de ne pas voir Roscoe que d'être incarcéré. Jason tendit la main et caressa le pelage froid. La glace commençait à fondre ; la poussière absorbait les gouttes qui tombaient.

– Je suis désolé, dit Jason avant de lui prendre le chien des bras.

Malgré le poids de l'animal, Jason le porta de l'autre côté de la route, à la lisière de la forêt. Il posa le corps dans les hautes herbes puis palpa le sol. La couche supérieure était glacée, dure, mais avec ses doigts il parvint à creuser un trou de la taille d'un poing.

– Apporte le cric !

Franklin traversa la route à son tour et lui tendit l'outil. Jason s'en servit pour ameublir la terre. Quand oncle Henry réapparut, le pantalon boueux, charriant une odeur de sève, le trou faisait près d'un mètre de profondeur. Henry s'appuya sur son manche de hache et regarda Jason creuser.

– Ils couraient plus vite que moi.

– Sans blague, dit Jason.

– Tu fais quoi, là ?

Oncle Henry s'agenouilla et inspecta la petite tombe. Jason se demanda si elle ferait l'affaire, s'il parviendrait à briser la couche d'argile et à enterrer le chien assez profondément pour que les coyotes ne le déterrent pas. Mais les coyotes s'intéresseraient-ils vraiment à Roscoe ? Ou se contenteraient-ils de le laisser à l'air libre, pour qu'il se décompose et qu'un jour un orage d'été emporte ses os blanchis sur la route ? Alors des inconnus les remarqueraient peut-être, et s'interrogeraient sur leur origine… Quelle importance ? Malgré tout, obéissant à cette obstination qui le guidait depuis si longtemps, Jason continua à creuser.

– Allez, dit-il au bout de quelques minutes. Aidez-moi à le descendre au fond de ce trou.

pca
cmb
édition pré-presse
livres numériques

44400 Rezé

IMPRIM'VERT®

Achevé d'imprimer
en décembre 2021
par Corlet Imprimeur
14110 Condé-en-Normandie

Dépôt légal : décembre 2021
N° d'Imprimeur : 21110800
Imprimé en France